AF295159

Nele Hansen ist das Pseudonym des am 10.07.1980 in Reinbek geboren Hörspielautors Thomas Tippner, der für mehrere Hörspiellabels aktiv ist. Unteranderem schrieb er die bei Maritim erscheinenden Sci-Fi Serie *Captain Future*. Für ZYX schrieb er Literaturklassiker wie Falladas *Jeder stirbt für sich allein*. Im Martin Kelter Verlag erschienen die Romane *Du hast mich nie gewollt* und *Urlaubsküsse, immer wieder Mallorca*. Für den Blitz-Verlag schrieb er die Reihen *Sherlock Holmes*, *Amerikas Wilder Westen* oder *Edgar Wallace*.

NELE HANSEN

WEIHNACHTS POST UND Winterliebe

Ein romantischer Neuanfang
auf Neuwerk mit **Tee am Kamin**
und **Nordseewind**

Erstausgabe November 2024

Copyright © 2024 dp Verlag, ein Imprint der
dp DIGITAL PUBLISHERS GmbH
Made in Stuttgart with ♥
Alle Rechte vorbehalten

Weihnachtspost und Winterliebe

ISBN 978-3-98778-523-8
E-Book-ISBN 978-3-98778-524-5

Covergestaltung: ArtC.ore-Design / Wildly & Slow Photography
Umschlaggestaltung: ARTC.ore Design
Unter Verwendung von Abbildungen von
shutterstock.com: © Cara-Foto, © Pawel Kazmierczak,
© andras_csontos, © Paul shuang, © Safelight Ltd,
© BestPhotoPlus, © New Africa, © Olga_Prozorova,
© Soho A Studio, © Ligankov Aleksey
Lektorat: Astrid Pfister
Satz: dp DIGITAL PUBLISHERS GmbH
Druck und Bindung: Books on Demand GmbH, Norderstedt

Das Werk darf – auch teilweise – nur mit
Genehmigung des Verlages wiedergegeben werden.

Sämtliche Personen und Ereignisse dieses Werks sind frei erfunden. Etwaige Ähnlichkeiten mit real existierenden Personen, ob lebend oder tot, wären rein zufällig

Neuwerk erleben und verzweifeln

Die ersten Schneeflocken begannen träge, von einem eisigen, stetig wehenden Wind getrieben, zur Erde zu fallen. Eiskristalle, zart, beinahe verloren, bildeten sich an Fensterscheiben, schmolzen gleich wieder und liefen als eine schmutzige Bahn hinter sich herziehender Tropfen daran hinab.

Dort, wo der Schnee den Boden berührte, er kurz liegen blieb, zeichneten sich für jene, die aufmerksam ihre Umgebung im Auge behielten, plötzliche Reifenspuren ab. Dicht gefolgt für ein sensibles Gehör, ein *Klingeling* ...

***

„Du wirst dich schon einleben", meinte Erwin Budden abwinkend, nachdem er in Eva-Maries Gesicht gelesen haben musste wie in einem Buch. „Ein wenig Farbe hier und ein wenig Tapete da und du wirst sehen, im Handumdrehen wird alles genau so sein, wie du es gerne hättest. Wenn das Telefon erst einmal funktioniert, ist das schon die halbe Miete, oder was meinst du? *Du* ist doch okay für dich, oder?"

„Vollkommen." Eva-Marie, die keinen schlechten Eindruck machen wollte, wischte sich eine dunkle Haarsträhne aus der Stirn. „Du ist perfekt."

„So haben wir es hier am liebsten", versicherte ihr der kleine Mann, dessen rote Gesichtsfarbe Eva unweigerlich sagte, dass Erwin mit Bluthochdruck zu kämpfen hatte. „Wir sind wie eine ..."

„... Familie", beendete sie seinen Satz. „Ich weiß."

„Muss man sein", erklärte er ihr, ohne sich davon beeindrucken zu lassen, dass Eva-Marie verkrampft lächelte und sich in dem Raum umschaute, in dem eine lose unter der Decke hängende Lampe leuchtete.

Ein Zimmer, wie sie bestürzt feststellen musste, das alles hielt, nur nicht das, was es versprochen hatte.

Noch nie in ihrem Leben hatte sie so viel Gerümpel und abgewetzte Tapeten an den Wänden gesehen wie hier. Da waren Kisten vor eine in einen weiteren Raum führende Tür geschoben worden, die Fenster waren verdreckt, sodass das herbstliche Mittagslicht nur gedämpft durch das Glas fiel und mit Mühe die schummerige Dunkelheit vertrieb.

„Familie ist alles", murmelte sie, um den an ihr vorbeieilenden Erwin erneut die Worte aus dem Mund zu nehmen.

So nett er sich auch benahm und sich um Freundlichkeit bemühte, dass Eva-Marie es richtig niedlich von ihm fand, konnte sie seine ständig und gern angebrachten Floskeln nicht mehr hören. Bei den vier miteinander geführten Telefonaten hatte er sich dieser Äußerungen ebenso bedient wie auch in dem Augenblick, als sie auf Neuwerk angekommen war und er ihre beiden Töchter im Wagen entdeckt und ihnen zugewunken hatte.

Als sie mit einem Pferdekarren rüber zur Insel gebracht worden war, hatte er sie willkommen geheißen und gesagt: „Wie ich sehe, hast du deine Mädchen schon dabei. Sehr schön. Familie ist alles."

Er hatte es erneut gesagt, als er sie hüpfenden Schrittes durch den auf der Insel liegenden Ort führte, in dem der Geruch nach Schnee ebenso in der Luft lag wie der nach Salz und Fisch. Eva-Marie, die Meersalzgerüche schon immer geliebt hatte und sich dadurch an gute und bessere Zeiten erinnert fühlte, setzte ihn nun plötzlich mit ihrem Versagen gleich.

Es kam ihr so vor, als wären alle einmal erdachten Traumblasen mit einem lauten Knall zerplatzt.

Damals, als sie mit ihren Eltern in den Sommerferien hier gewesen war, hätte sie sich niemals träumen lassen, dass ihr Leben einmal in solch schwungvollen Kurven verlaufen und sie aus der Bahn werfen würde.

Sie lächelte aufgesetzt, während Erwin einen der Kartons anhob, der vor der geschlossen gehaltenen Tür stand. „Hier geht es eigentlich in ein kleines Büro, aber jetzt ist es ebenfalls, wie alles hier, ein Lagerraum. Wir haben es nicht mehr geschafft, aufzuräumen. Hatten wir uns allerdings fest vorgenommen. Doch es kam leider zu viel dazwischen. Die Touristen und Tagesausflügler, meine eigene kleine Gastwirtschaft, du verstehst ..."

„Nicht schlimm. Also das mit der Unordnung hier."

„Wir helfen dir natürlich beim Entrümpeln. Postamt und kleiner Krämerladen ... sagt man das überhaupt noch so?", fragte Erwin mehr sich selbst als Eva, um dann schulterzuckend weiterzureden: „... sollen ja spätestens nächstes Jahr wieder in Betrieb genommen werden. Wir brauchen dringend mehr Leben auf der Insel."

„Ihr habt ja jetzt mich", sagte sie liebevoll und hoffte inständig, dass Erwin den ernsten Unterton, der in ihrer Stimme mitschwang, nicht wahrnahm. Am liebsten wäre sie in Tränen ausgebrochen. All ihre Ängste, ihr Kummer, jede erlittene, persönliche Niederlage der letzten beiden Jahre türmte sich plötzlich vor ihr auf, wie eine uneinnehmbare Festung.

„Und zwei Mädchen. Konstantin wird sich riesig darüber freuen, neue Schülerinnen begrüßen zu dürfen!"

„Hattest du ja erzählt. Eure Schule hat wieder neu eröffnet."

„Endlich", sagte Erwin. „Zu deinen beiden Mädchen kommen noch drei weitere Kinder. Es ist fast wie früher, als ich hier zur Schule ging."

„Wir müssen wieder wachsen. Platz genug ist ja da!"

Eva-Marie spürte erneut das beklemmende Gefühl von Versagen in sich aufsteigen.

Obwohl ihr der Verstand sagte, dass es richtig und wichtig gewesen war, dass sie mit Klara und Merle ans Ende der ihr bekannten Welt gezogen war, war es ihr Herz, das unentwegt spitze, tiefe Wunden reißende Pfeile auf ihre Seele abschoss.

Sie wollte sich keine Vorwürfe machen, die traurigen Blicke ihrer Töchter nicht wieder vor ihrem geistigen Auge aufsteigen sehen.

Und nicht meinen Zweifel in mir jaulen hören.

Aber jetzt, wo der Raum, in dem sie stand, all das widerspiegelte, was sie gerade war, trafen Erwins Worte sie.

Der, überrascht, wie es schien, von ihrer plötzlichen Stille, sagte etwas, das sie nicht gleich verstand. Erst als sie die Hand hob, mit dem Handrücken unter ihrer

Nase entlangwischte, und den in ihrer Kehle geborenen Schluchzer unterdrückte, murmelte er: „Wenn ich etwas Falsches gesagt habe, tut es mir leid, men Deern."

Sie hob die Hand. „Nein, nein. Schon gut." Eva-Marie schüttelte den Kopf.

„Ich …"

„Wirklich. Alles gut", murmelte sie, schlug die Augen nieder und wollte dem in ihr aufsteigenden Gedanken keinerlei Raum geben. Sie drängte ihn zurück, wehrte sich innerlich gegen die gehässig klingenden Worte, die die ihr einen kalten Schauer über den Rücken jagende Tonlage ihrer Mutter besaßen.

Sie konnte die einmal in Gang gesetzten Empfindungen nicht mehr stoppen. Es war ihr unmöglich, sie zu beruhigen. Sie hatte keine Chance, tief durchzuatmen und zu verschnaufen. Es war wie eine Selbstgeißelung, mit der sie ihre Fehler wieder und wieder aufzählte und sie feinsäuberlich – geputzten, dunklen, traurigen Trophäen gleich – in ihre Seelenvitrine stellte, damit sie diese betrachten und bestaunen konnte.

Erst als Erwin meinte: „Soll ich dir die Wohnung zeigen?", wurde sie aus ihren Gedanken gerissen.

„Was?"

„Die Wohnung, die an den Laden anschließt. Durch die Küche kommst du in deine eigenen vier Wände."

„Ähm …"

„Muss nicht, wenn du nicht möchtest", sagte er mit einem auf sie gerichteten Blick, der etwas Liebenswertes, etwas Eva Berührendes, Freundliches an sich hatte, sodass sie mit Tränen in den Augen den Kopf schüttelte.

„Ich würde mich freuen", flüsterte sie und hörte draußen die Stimmen ihrer Töchter, die polternd und scheppernd die steinernen Stufen hinaufgeeilt kamen, die zum Postamt führten.

Erwin verharrte mitten in der Bewegung. Eva-Marie wusste, was nun kommen würde. Insgeheim rechnete sie damit, dass der untersetzte Mann auf sie zukommen und die Hand nach ihr ausstrecken würde. Dass er ihr zureden und ihr alles Gute wünschen und ihr versichern wollte, dass jeder hier auf Neuwerk zu ihr stand, egal, was damals in Hamburg passiert war.

Sie setzte – geübt war geübt – ein abwehrendes, Freundlichkeit ausstrahlendes Lächeln auf und wollte sagen: *„Ich werde auf dein Angebot zurückkommen, aber nicht im Moment"*, als sie begriff, dass Erwin in keiner Art und Weise mit dem Gedanken gespielt hatte, auf sie zuzukommen, geschweige denn ihr die Hand auf den Unterarm oder die Schulter zu legen.

Er blieb regungslos stehen, lächelte schmal und sagte nur: „Die Vergangenheit ist das, was wir sind, die Zukunft wird durch unser Tun zu dem, was wir sein wollen."

***

Eva legte den Kopf schief.

Sie kniff die Augen zusammen, überlegte, was es für ein Geräusch gewesen sein könnte, das ihr an die Ohren gedrungen war.

Sie hätte nicht sagen können, woher es kam.

Ob von draußen oder von drinnen.

Um sich dann zu fragen, als sie in sich hineinlauschte, ob das Geräusch nicht direkt in ihrem Kopf erklungen war. Ein leises, schüchtern wirkendes *Klingeling,* das sich mit Vehemenz gegen Evas tobenden Gedanken durchsetzen musste.

Während sie die Hand zur Schläfe führte, sie die Stirn runzelte und anfing, zu begreifen, was es war, was sie da hörte, warf sie einen Blick aus dem Fenster. Hinaus auf das freie Feld, das hinter ihrem neuen Heim lag, dorthin, wo eine in einem Rollstuhl sitzende Frau zu sehen war, die grüßend die Hand gehoben hielt.

Sie lächelte Eva zu, winkte und setzte sich schwungvoll in Bewegung, um kurz darauf, als Eva zu Erwin schaute, zu verschwinden … ganz plötzlich. So, als wäre sie von jetzt auf gleich verschwunden.

„Alles gut bei dir?", riss ihr Nachbar sie aus ihren Beobachtungen.

„Du hast mich mit dem, was du gesagt hast, berührt", flüsterte sie verwirrt; ihre Gedanken auf die Frau im Rollstuhl gerichtet.

Eva war ehrlich zu sich selbst und gestand sich ein, dass sie Erwin so einen Satz niemals im Leben zugetraut hatte.

Da war eine plötzlich in ihr geöffnete Tür, die sie in den letzten vier Monaten sorgsam verschlossen gehalten hatte. All ihre Versuche und all ihr emotional zur Verfügung stehendes Handwerkszeug hatten dafür gesorgt, dass sie nach dem großen persönlichen Crash nicht zusammengebrochen war.

Denn sie hatte funktionieren müssen.

Eva war wie in einem Tunnel gewesen.

Jetzt, hier, wo sie ihr neues Leben beginnen wollte, pfefferte ihr ein ihr wildfremder Mann einen solchen Satz an den Kopf, dass ihr ganz schwindelig wurde.

Noch immer das mit mildem Spott versehene Lächeln auf den Lippen, merkte sie, wie ihr Kinn zu zittern begann. Tränen stiegen ihr in die Augen und als sie begriff, wie in ihrer Kehle ein tiefer, ehrlicher, all ihre Verletzungen nach außen tragender Seufzer aufstieg, war es Klara, die ihre Hand ergriff und rief: „Das ist hier viel kleiner, als ich gedacht habe, Mama!"

Ihr erster, abwehrender Gedanke war gewesen, dass ihre älteste Tochter ihr einen Vorwurf machte. Nur um dann, während sie Luft holte, zu merken, dass da ein anderer Klang in ihrer Stimme mitgeschwungen hatte. Eine Nuance Fröhlichkeit, wenn nicht sogar Heiterkeit, die sie seit Wochen bei ihrer Großen nicht mehr vernommen hatte.

Eva-Marie wandte den Kopf, schaute ihrer ihr bis zum Kinn reichenden Tochter in die grünen Augen und erkannte eine längst verloren geglaubte Lockerheit in ihr.

Eva lächelte und wollte wissen: „Gefällt es dir?"

„Klar. Hier kann man es aushalten."

„Die Internetverbindung ist nicht gerade die beste, um nicht zu sagen schlecht", meldete sich die ihr Handy vor der Nase haltende Merle und klang dabei fast emotionslos. „Ich habe kaum Empfang."

„Sobald der Router steht und die Leitung offen ist, wird es besser", versprach Erwin.

„Schon gut", meinte Eva-Marie. „Merle tut es mal ganz gut, wenn sie ihre Nase nicht immer in die elektronischen Dinger da steckt."

„Diese elektronischen Dinger haben uns hierhergeleitet. Du wärst an Cuxhaven vorbeigefahren.“

„Ich hatte nur einmal nicht auf Google Maps geguckt.“

„Du hast die Hinweise konsequent ignoriert, wie und wann wir abbiegen sollen“, erklärte Merle, um dann, während sie den Blick hob und über den Rand ihres Handys zu ihrer verlegen lächelnden Mutter schaute, hinterherzuschieben: „Dein Handy war nicht ausreichend geladen. Mal wieder. Ich hatte eine Powerbank dabei.“

„Du bist auch die Beste.“

„Ich bin vorausschauend“, erklärte Merle altklug, und wirkte nicht wie eine Zwölfjährige. Sie verdrehte die Augen und sah mit dieser Geste erschreckend wie die junge Eva-Marie aus. Die damals immer gemeint hatte, alles besser zu wissen, auf einer Wolke des Selbstvertrauens der kindlichen Jugend schwebend, in der man ernsthaft annahm, keine Fehler zu begehen und alles durchschauen zu können.

Es war immer wieder verwirrend zu sehen, wie ähnlich sie sich waren und gleichzeitig amüsant, wie unterschiedlich.

„Die Wohnung?“, wollte Erwin wissen und riss Eva-Marie aus ihren Gedanken.

Sie schaute auf und wusste, wie sie gerade aussehen musste.

In ihren Erinnerungen hin- und hergerissen, von ihren Emotionen geschüttelt, ihre Gesichtszüge nicht mehr unter Kontrolle.

„Mädels?“, fragte Eva. „Wollt ihr eure Zimmer sehen?“

„Natürlich", sagte Klara, die die Hand ihrer Mutter hielt, sie drückte und ihr einen weiteren, aufmunternden Blick schenkte. „Deshalb sind wir doch hier, oder?"

„Deshalb sind wir hier", murmelte Eva-Marie.

Die Enge in ihrem Hals ignorierte sie.

***

Im ersten Moment dachte Eva, sich geirrt zu haben; einer kurzen Sinnestäuschung erlegen zu sein. Von solcher Intensität, dass sie merkte, wie all ihre Sinne in Spannung gerieten und sich ein Gefühl in ihr breitmachte, von dem sie glaubte, es längst vergessen zu haben.

Hoffnung.

In dem Augenblick, als sie meinte, aus dem Augenwinkel jemanden erkannt zu haben, den sie seit Jahren, ach was, seit Jahrzehnten nicht mehr gesehen hatte, schaffte sie es, ihre Sorge, die Kinder könnten sich hier nicht wohlfühlen, beiseitezuwischen.

Es war nur eine flüchtige Handbewegung gewesen, die ihr aufgefallen war. Eine Handlung, schnell vergehend, kaum wahrnehmbar, die einer ins Gesicht fallenden Haarsträhne glich.

Was nicht der Rede wert war.

Nicht von Bedeutung, erklärte sie sich selbst, wollte sich damit beruhigen und die hinter ihrer Stirn aufsteigenden Bilder wieder zurückdrängen. Sich nicht dem sich leerenden Füllhorn aus Erinnerungen stellen, die sie an jenen Punkt ihres Lebens zurückbrachten, an denen sie gedacht hatte, glücklich gewesen zu sein.

Hin zu den Momenten, als sie sich verwirrt gefragt hatte, ob sie sich … verliebt hatte.

Ein sie heute verdrießlich schmunzeln lassender Gedanke. Damals aber eine für sie noch nie gemachte Erfahrung, verbunden mit einem sie erschreckenden Schritt in eine Richtung, von der sie niemals angenommen hatte, ihn jemals machen zu müssen.

„Warte mal", murmelte sie, indem sie die Hand hob und Karlas Redefluss zum Erliegen brachte. Ihre Tochter sagte noch etwas, das Eva nicht verstand. Sie schaute an Karla vorbei, in den schmalen, mit Kartons gefüllten Gang, wo sie irgendwann einmal einen Getränkekühlschrank stehen haben wollte.

„Ich räume hier aber nicht allein auf", rief ihre Große ihr hinterher, während Eva verwirrt den Kopf schüttelte. „Merle kann auch mal was machen!"

Alles rückte für Eva in den Hintergrund.

Was sie interessierte, war die in einem Rollstuhl sitzende Frau, die durch den Laden fuhr. Diese dunkelblonde Frau, deren ganze Körperhaltung und Spannung sie an jenen Moment erinnerte, als Eva das Gefühl gehabt hatte, in eine tiefe Bodenspalte zu fallen.

Als ihr der Gedanke kam: *Du bist dumm.*

Daran, wie sie mit überkreuzten Beinen auf der Couch ihrer Eltern gesessen hatte, in das Gesicht eines Jungen geschaut hatte, dessen Anblick sie verrückt zu machen drohte. Eine Chipstüte vor sich; vertieft in ein Gespräch mit ihrer Freundin. Behaftet mit der Ahnungslosigkeit der Jugend, dass Dinge, Haltungen und Empfindungen sich von einer Sekunde zur nächsten in Luft auflösen konnten.

Ebenso wie die Frau im Rollstuhl, die schwungvoll um die Ecke bog, zu dem einmal werdenden Postschalter fuhr, hatte damals auch ihre beste Freundin Barbara die Kurven genommen. Elegant. Zielsicher. Auf zwei Beinen gehend.

„Ba… Babara?", traute sie sich, zu fragen, während sie einen Stapel alter Zeitungen passierte, von denen ein muffiger Geruch ausging und sie meinte, einen kalten Hauch zu fühlen, der ihr unter die Kleidung fuhr.

Eva blinzelte, als sie die Stimme von Merle hörte.

„*Was?*", fragte Eva und schaute hoch, zu ihrer Kopfhörer tragenden, ein Handy in der Hand haltenden Tochter.

„Ob ich dir helfen kann?", wiederholte diese ihre Frage mit einem für sie typischen, skeptischen Blick.

„Helfen?"

Ihre Jüngste nickte und fragte: „Suchst du etwas?"

„Ich dachte … äh …", Eva blinzelte und schaute dorthin, wo sie eben gemeint hatte, Barbara gesehen zu haben.

„Ja?"

Eva fing sich und fand ihre Frage albern, bevor sie sie stellte. „Hier war doch gerade eine Frau im Rollstuhl, oder?"

„Wo? Hier? Bei mir?"

„Ja." Eva nickte und bekam Schweißausbrüche, als sie sah, wie Merle den Kopf schüttelte.

„Erkläre mir mal, wie das gehen soll, Mami! Ich passe hier nicht einmal hin. Wie soll da jemand mit einem Rollstuhl durchpassen?"

***

Es klingelte.

Eva, die im Schneidersitz auf einem Kissen vor dem hüfthohen Holztisch saß, die Gabel mit einer aufgespießten Kartoffel gerade zum Mund führen wollte, schaute verwundert auf.

„Ich gehe schon", sagte Klara, die mit dem Rücken zur Tür gesessen hatte und immer der heimliche Fels in Eva-Maries hochschäumenden Ozean war.

Seit sie hier nach oben gekommen waren, ein heilloses Chaos aus leeren Kartons sowie Fetzen von an den Wänden hängenden Tapeten vorgefunden hatten, war sie es gewesen, die gesagt hatte: „Wenn wir hier einen Schrank stehen haben, sieht es toll aus" oder „Da steht dann das Sofa, auf dem wir abends zusammen kuscheln und Fernsehen gucken."

Eva, die bei dem Wust an auf sie einprasselnden Aufgaben für einen kurzen Augenblick meinte, die Orientierung zu verlieren, war ihrer Ältesten ausgesprochen dankbar dafür, dass sie zurzeit da stark war, wo Eva-Marie schwächelte.

Das soll so nicht sein, dachte sie, während sie die Kartoffel mit einem leisen Seufzer in den Mund schob und kauend nach der Serviette griff, um sich die mit Soße benetzten Lippen trocken zu wischen.

Als sie sich erhob, hörte sie, wie Klara jemanden mit einem freundlich distanziert klingenden: „Ja?", begrüßte.

Als sie fragte: „Wer ist denn da, Schatz?", schritt sie durch das verwinkelt geschnittene Wohnzimmer zum Flur. Dorthin, wo sie vorhin gemeint hatte: *So schlimm sieht es hier nicht aus*, nur um dann beinahe einen Schlag zu bekommen, als Erwin die Tür aufschloss.

Sie hatte nur einen kurzen Blick in den vom Flur abgehenden Raum geworfen und sich bis unter die Decke stapelnde Kisten erkannt, in denen nichts lagerte, außer Staub. Der nächste Schock war die Küche. Die so gigantisch groß war, dass man sich in ihr verlieren konnte. Am schlimmsten war das vom Wohnzimmer abgehende Zimmer gewesen, in dem Merle ihr Domizil aufschlagen wollte.

Ein quadratischer Raum, in dem ein alter, klappriger Schrank, ein bis unter die Decke reichendes Regal sowie drei nebeneinandergestellte Hochbetten standen, die so massiv waren, dass Eva-Marie sie nicht hatte bewegen können, egal, wie sehr sie an ihnen zog und zerrte.

Jetzt, wo sie sich eine braune Haarsträhne aus dem Gesicht wischte, versuchte, freundlich und ungestresst auszusehen, hörte sie eine weiche, sanft klingende Stimme sagen: „Ich wollte euch nur in der Nachbarschaft willkommen heißen. Ich bin Konstantin Gude. Dein Lehrer.“

„Oh“, vernahm Eva von ihrer Tochter.

Sie schmunzelte.

Obwohl Klara keinerlei Hemmungen oder Schwierigkeiten in der Schule gehabt hatte, war es bei ihr immer schon so gewesen, dass sie autoritären Personen mit Respekt begegnete.

Was sie von mir hat, dachte Eva. *Ich fühle mich in der Nähe von Persönlichkeiten dumm.*

Was auf erschreckende Art und Weise stimmte.

Schon immer hatte sie unter dem Komplex gelitten, nicht intelligent zu sein. Es hatte in der Schule angefangen, als sie sich nicht getraut hatte, sich zu melden, um bei den Mathematikaufgaben nachzufragen, wie man Minus rechnete oder eine Divisionsaufgabe löste.

Es ging so weit, dass sie anfing, sich in der Gegenwart ihrer Freundinnen zurückzuhalten. Während ihre Freundinnen unbekümmert quatschten, angeführt von – Barbara? – sich über diese und jene Theorien austauschten und es billigend in Kauf nahmen, Denkfehler zu begehen und diese auszusprechen, war Eva-Marie stets zurückhaltend gewesen. Immer von der unterschwelligen Angst behaftet, jemand könne ihr vorwerfen, doof zu sein.

Wie albern es war und wie bescheuert, wusste sie selbst.

Besonders, weil sie damals in einen ehrlichen und echten, niemals zuvor geführten Streit geschliddert war, der ihr heute noch nachhing.

Sie hatte es gehasst, Trivial Pursuit zu spielen.

Jede Frage, die darin gestellt wurde, war ein Angriff auf ihre Intelligenz. Sie wusste weder, wer das erste Automobil vom Förderband laufen ließ, noch wie die Post von Europa nach Amerika gelangte, bevor es Flugzeuge gab. Sie hatte nie zuvor von den Mormonen und ihrem gottgleichen Schöpfer Smith gehört.

Alles vor dem niedlichsten Jungen, den sie damals gekannt hatte.

Noch heute erinnerte sie sich gerne an Erik zurück.

Daran, wie süß er lächelte, wie einschmeichelnd seine Stimme geklungen hatte und wie unergründlich tief seine blauen Augen gewesen waren. Hinzu kamen die unwiderstehlichen und immer gut in Form gebrachten braunen, lockigen Haare.

Gerade vor ihm hatte ihre beste Freundin Barbara, als Eva-Marie auf die Frage, in was für Landschaftsebenen die ersten Pferde gelebt hatten, nicht hatte antworten können, spöttisch gefragt: „Weißt du das auch nicht? Hast du in der Schule denn nicht einmal aufgepasst?"

Das war es für Eva-Marie gewesen.

Sie hatte zuerst geweint, dann geschimpft und war in einer wahren Flut aus roter, vor ihren Augen aufsteigender Wut explodiert. Sie hatte geschrien und getobt, hatte gezetert und wild mit den Armen gefuchtelt, bis sie erschöpft und müde wurde und mit einem verzweifelten Schluchzen und Jammern auf der Couch zusammenbrach und am liebsten eingeschlafen wäre.

Eben dieses Gefühl der persönlichen Ohnmacht, das sie damals verspürt hatte, befiel sie nun wieder, als sie hörte, wie sich der neue Klassenlehrer von Karla und Merle an der Tür vorstellte.

„Äh, hi, ich bin Eva-Marie", sagte sie und schob hinterher: „Neukamp."

Konstantin lächelte.

Ein Lächeln, wie Eva verwirrenderweise feststellte, das ihr äußerst gut gefiel. Es war nicht aufgesetzt oder künstlich. In seinem Mundwinkel saß ein ehrliches, freundliches, nur für sie – für sie? – bestimmtes Schmunzeln, das ihr einen unerwarteten, warmen Schauer durch den Körper rieseln ließ.

Sie schluckte, beruhigte sich, durch tiefes Ein und Ausatmen, als ihre Gedanken anfingen, hinter ihrer Stirn entlangzuspringen und ihr unentwegt zuzurufen, dass Konstantin gut aussah. Dass sie seine dunklen, mit einer Spur Gel in Form gebrachten Haare gut leiden konnte. Da war diese eine, ihn verwegen wie einen Surfer aussehen lassende Welle, die sie damals schon im Fernsehen bei John Travolta in Grease schmachten ließ.

Hinzu kam, dass er nicht sonderlich groß war. Er überragte sie um wenige Zentimeter und besaß dabei die Ausstrahlung eines freundlichen, liebevollen Mannes, dessen Interessen nicht darauf ausgelegt zu sein schienen, unflätige und anzügliche Bemerkungen zu machen.

Konstantin strahlte mit jeder Pore seines Körpers die Gelassenheit eines Lehrers aus, der wusste, wie er ihm fremden Menschen gegenübertreten musste.

Auch der sonore, weiche Klang seiner Stimme war Eva-Marie nicht verborgen geblieben, als er Karla begrüßte. Ihr entging auch das anerkennende, wohlwollende Blitzen in seinen braunen Augen nicht, als sie an die Tür kam.

„Konstantin", stellte er sich seinerseits vor, lächelte charmant und schob hinterher: „Gude, wenn du es lieber förmlich halten möchtest."

„Du ist okay."

„Prima."

„So habt ihr es hier ja am liebsten", wiederholte sie Erwins Worte und stützte sich am Türrahmen ab, in der irrwitzigen Annahme, so eine lockerleichte Pose einnehmen zu können.

„Mom", entfuhr es Karla, die ihre Mutter mit schreckgeweiteten Augen anstarrte.

„Ja?", fragte sie verwirrt.

„Das ist mein Lehrer!"

„Ja, und?"

„Mein Lehrer!"

Aus dem Wohnzimmer kam, ohne große Emotion in der Stimme: „Karla ist es peinlich, wenn du ihren Lehrer mit dem Vornamen ansprechen würdest, Mom. Sie hat die Befürchtung, dass du dich mit Herrn Gude verbünden und dann gegen sie stehen könntest."

„Merle!", rief Evas Große, schüttelte den Kopf und hob abwehrend die Hände, um in Konstantins Richtung zu sagen: „So ist das nicht."

Dieser lachte und erwiderte beschwichtigend: „Keine Sorge. Ich bin jetzt nicht als dein Lehrer hier, sondern als Nachbar, der euch willkommen heißen möchte, und der euch sagen will, dass wir hier auf Neuwerk zwar einen tollen Weihnachtsmarkt planen, der in Cuxhaven aber auch sehr sehenswert ist. Den solltet ihr euch auf jeden Fall mal anschauen."

„Und Sie kommen mit, oder was?", platzte es aus Karla heraus.

„Karla!", rief Eva ihre Tochter empört zur Räson.

„Nur, wenn es okay ist", antwortete Konstantin mit einem zuckersüßen Lächeln und schaute von Karla zu Eva-Marie, die sich plötzlich falsch angezogen fühlte. „Ich bin hier auf der Insel mit dafür zuständig, dass sich die neuen Bewohner schnell einfinden. Und ganz ehrlich: Ich würde euch Neuwerk und Cuxhaven wirklich gerne zeigen."

Sie strich sich erneut eine Haarsträhne hinters Ohr und lächelte schief, als sie unsicher fragte: „Möchtest du reinkommen? Äh ... zu trinken haben wir nur etwas Wasser und ich glaube ..." Sie schaute über die Schulter zu der unaufgeräumten, im Müll erstickenden Küche. „Eine Dose Cola."

„Ein Wasser wäre nett“, meinte er und nickte ihr freundlich zu, während er einen Schritt nach vorne machte.

„Mom!“, rief Karla wieder mit weitaufgerissenen Augen, in denen eine unmissverständliche, jugendliche Panik stand.

„Ich bleibe nicht lange“, versicherte ihr Konstantin.

„Er bleibt nicht lange“, versprach Eva-Marie ihrer Tochter und musste schmunzeln, als sie sah, wie Konstantin schwörend drei Finger in die Luft hob, um kurz darauf eine Panikattacke zu erleiden. „Ich sehe nicht immer so aus.“

„Das dachte ich mir.“

„Eigentlich bin ich immer hergerichtet.“

Karla warf ihr einen fragenden Blick zu. Merle lachte. „Ey!“

„Macht euch meinetwegen keine Umstände.“ Konstantin schenkte Eva ein aufmunterndes Lächeln, das er mit einem ihr die Knie weich werden lassenden Blinzeln untermalte.

Konstantin, der nicht mitbekommen zu haben schien, wie Eva-Marie die Schamesröte in die Ohren, Wangen und Stirn schoss, sagte: „Ich störe auch nicht lange. Versprochen.“

Dabei liebte sie ihren abgetragenen Sweater und ihre Jogginghose. Nach einem anstrengenden Tag im Büro und mit dem Wissen, dass sie heute nichts anderes mehr erwartete als die Couch und der gedankenverlorene Blick auf den Fernseher, waren diese Kleidungsstücke das, was sie tragen wollte – tragen musste.

„Wir haben gerade gegessen. Nichts Besonderes. Nur Kartoffeln mit Soße, ein Stück Fleisch und Bohnen. Es ist nicht mehr viel da, aber wenn du etwas möchtest …“

„Nein, nein, alles gut. Ich habe gerade zu Abend gegessen.“

„Stört es dich, wenn wir …“

„Nein, nein, überhaupt nicht. Lasst es euch schmecken. Nur zu.“

***

Nach Hause kommen war für Eva ein Gefühl des Ungleichgewichts. Obwohl sie wusste, dass in der Wohnung ihre Töchter auf sie warteten, hatte sie immer mit dem in ihr aufsteigenden Gefühl von Beklemmung zu kämpfen.

Da waren plötzlich Gedanken, irritierend und fremd, die ihr zuraunten, dass es ein Fehler gewesen sei, Hamburg zu verlassen. Dass es schlicht und einfach die falsche Entscheidung gewesen war, hierher, nach Neuwerk, zu kommen.

Eva seufzte, als sie den Haustürschlüssel hervorholte, ihn ins Schloss steckte und herumdrehte.

Natürlich hatte sie den Abend bei Erwin genossen. Sich gerne seine kleine Gastwirtschaft angeschaut.

Aber jetzt, hier zu stehen, auf ihr Postamt zu schauen, die Fensterfassade zu betrachten, durch die man irgendwann einmal ihre angebotene Ware erblicken konnte, bereitete ihr Magenschmerzen. Sie hatte nicht damit gerechnet, dass ihre Arbeit so sehnsüchtig erwartet wurde.

Erst heute Morgen war eine ältere Dame zu ihr gekommen – eine Liste in der Hand, mit der Bitte, diese Dinge zu besorgen.

Was Eva wollte.

Natürlich.

Aber in dem Moment, als sie die ihr gereichte Liste betrachtete, die sorgsam aneinandergereihten Buchstaben zu Wörtern verband, hatte sie begriffen, auf was sie sich hier einließ.

Sie eröffnete einen Laden.

Sie besorgte die Post.

Sie war für die Menschen da.

Was sie erschreckte und zurück in die Vergangenheit führte.

Mit der Hand am Kragen, mit dem Rücken gegen die Wand gepresst, sich sicher, dass sie gleich eine Ohrfeige bekommen würde.

Das hier ist besser.

Viel besser.

Warum fühlt es sich dann noch nicht so an?

Sie schaute sich um. Sah die dunklen, schweren Wolken am Himmel hängen. Der Geruch nach Schnee lag in der Luft.

Neuwerk im Schnee, dachte sie, als sie ihren Blick über die mit Papier- oder elektronischen Sternen geschmückten Fenster wandern ließ, die von den Nachbarn aufgehängt worden waren. Kleine, bunte Dekorationen, die ein Gefühl von Vertrautheit in ihr aufsteigen ließen.

Als sie den schmalen Weg, gesäumt von ordentlich zurückgeschnittenen Büschen, passierte, sie den Haustürschlüssel klimpernd im Schloss herumdrehte, meinte sie, ihr würde ein ihr wohlbekannter Geruch in die Nase steigen. Eine kurze Brise frisch gemähten Rasens.

So wie Barbara immer gerochen hat, dachte sie irritiert und musste an ihre Einbildung von vorgestern denken. Daran, wie sie sich vor Merle lächerlich gemacht und einen skeptischen Blick von Karla kassiert hatte.

Wie im Laden, war es auch jetzt. Ein kurzer, intensiver Schauer des Erkennens, der sie innehalten und zweifelnd die Augenbrauen zusammenziehen ließ.

War sie doch hier?, fragte sie sich mit einem Anflug ehrlichen Zweifelns und drehte den Schlüssel.

Als die Tür aufschwang, leise und leicht, hielt sie inne und glaubte, von einer Duftwolke mitten am Kopf getroffen zu werden.

Eindeutig.

Es roch nach Barbara!

Alte Freundschaft

Eva-Marie erinnerte sich, als sie zum abgestellten Planwagen ging, einen leeren Karton in der Hand, dass sie die Frau dort hinten im Rollstuhl schon einmal gesehen hatte. Jetzt, wo die ersten Tage vorbeigegangen waren und sie nicht mehr das Gefühl von purer Hilflosigkeit in sich spürte, konnte sie sogar etwas anderes als den Laden, ihre Wohnung und ihre beiden Töchter wahrnehmen.

Sie hatte ihre ersten Besorgungen erledigt. Hatte die ihr gereichte Liste abgearbeitet und in sich das Gefühl von *Schaffen* aufsteigen gespürt.

Was irre war. Toll.

Sie hatte nicht mehr das Gefühl, nur für eine Sache brennen zu müssen.

Da war kein Druck mehr, den sie immer dann verspürte, wenn sie Klara in ihrem ungenügend eingerichteten Zimmer auf der Fensterbank sitzen sah. Die Kopfhörer über den Ohren, die Musik gerade so laut gestellt, dass nur sie diese hören und leise mitsingen konnte.

Keine Beklemmung mehr, wenn sie Merle durch das Haus schleichen sah. Die das Gesicht auf das Display ihres Handys gerichtet hatte, wild Textnachrichten tippend oder sich irgendwelche Videos ansehend, die sich mit für Eva-Marie unverständlichen Themen wie Astrologie, Physik und Mathematik beschäftigten.

Sie musste nicht stehen bleiben, während sie die Tapeten abriss und einen sorgenvollen Blick zu ihrem Kind warf, wenn dieses lachte und sich mit einem ihrer alten Freunde amüsierte und fragte: „Hast du den Witz bemerkt, den ich in die Gleichung eingebaut habe? Total schräg, oder? Den wird bestimmt keiner außer uns beiden checken."

Es schien so, als hätten ihre Kinder ihre Mitte gefunden.

In kürzester Zeit.

Allein wie ihre Sachen hierhinüber gekommen waren. Mit der Fähre, ein abenteuerlicher Transport ihrer Kleidungsstücke und Möbel übers Wasser.

Es war ein Ritt gewesen. Allein mit dem Fuhrmann zu sprechen, der ihre Kisten und Koffer mit einem von Pferden gezogenen Planwagen hierher gebracht hatte, hatte sich surreal angefühlt.

Dafür entschädigte der weite Blick über das mit Feldern und Wiesen bedeckte Flachland für so viel.

Eva-Marie musste an das Aufstehen heute Morgen denken. Daran, wie ihr das Rauschen der Wellen an die Ohren gedrungen war. Ihr ein weicher, heller Lichtstrahl ins Gesicht fiel und sie für einen klitzekleinen Augenblick glauben ließ, in absolutem Frieden erwacht zu sein.

Was sich änderte.

So wie immer, wenn sie meinte, in ihrem Leben liefe alles geradeaus und gut.

Aber bevor ihre negativen Gedanken erneut die Oberhand in ihr gewannen, hatte sie sich erleichtert gefühlt. Sie musste nur aus dem Fenster schauen, über den ersten Deich hinweg, der den verschlafen wirkenden Ort schützte, in dem sie jetzt lebte. Dorthin, wo in der Ferne der Leuchtturm stand, den sie mit ihren Mädchen auf jeden Fall noch besichtigen wollte.

Ein hochaufragender, schwerer Bau, der Eva-Marie allein durch sein Alter von über siebenhundert Jahren beeindruckte.

„Was der uns alles erzählen kann", hatte sie gestern Abend erst gesagt, als sie zusammen vor dem Tablet gesessen hatten, Disney+ übers eigene Datenvolumen schauten und sich locker unterhielten.

„Dass er Signale aufs Wasser geschickt hat, damit die Schiffe nicht auf Grund laufen", war Merles trockene Antwort gewesen.

„Dass er sich langweilt", hatte Karla gesagt, gelacht und dann erneut in die vor ihr auf dem Tisch liegende Chipstüte gegriffen.

„Haha!"

Das waren die Momente, in denen Eva-Marie glaubte, glücklich zu sein. Ungezwungen. Frei. In diesen Augenblicken hatte sie das Gefühl, sie würde es schaffen ...

***

Eva glaubte, ihren Augen nicht zu trauen!

Da saß, lässig in ihrem Rollstuhl, die Arme vor den sich unter ihrer weißen Bluse abzeichnenden Brüsten verschränkt: Barbara!

„Ba... Barbara ...", schaffte sie stotternd hervorzubringen.

Ich irre mich. Das ist verrückt.

Wir haben uns seit Jahren nicht mehr gesehen. Sie ist damals weggezogen. Das Letzte, was ich von ihr gehört habe, war, dass sie ihren Führerschein gemacht hat. Und es liebte, zu schnell mit dem Wagen zu fahren. Noch immer habe ich die Worte meiner Mutter im Ohr, die gesagt hat, dass Barbara sich einmal noch den Hals brechen würde, so eng, wie sie die Kurven mit dem Wagen nahm.

Es war unmöglich, dass sie hier war.

Hier bei ihr, vor ihrer Wohnung.

„Du siehst aus, als hättest du ein Gespenst gesehen", sagte sie lachend, löste sich von ihrem Platz und breitete die Arme aus. „Willst du mich denn nicht begrüßen?"

„Du ..."

„Du müsstest dich mal sehen." Sie lachte, als sie die Arme herunternahm und geradewegs auf Eva zukam, einen ihr die Sinne vernebelnden Duft mit sich tragend, der ihr ein Gefühl der Vertrautheit schenkte. „Du siehst aus, als wärst du von einem Wagen angefahren worden."

„So fühle ich mich auch", gab sie stockend zu und konnte es nicht glauben. „Wie ... also ... ich verstehe nicht."

„Ich war mal wieder in der Gegend und dachte mir, es wäre schön, dich zu sehen", sagte sie, schüttelte ihren blonden Haarschopf und meinte dann: „Scheint mir so, als wärst du nicht erfreut mich zu sehen. Bist du noch immer böse wegen damals?"

„Damals", murmelte sie mit heiser klingender Stimme.

Das da konnte nicht Barbara sein.

Das war unmöglich.

Als sie diese das letzte Mal gesehen hatte, als ihre Wege sich trennten, waren sie Anfang zwanzig gewesen, jeder mit eigenen Ideen und Hoffnungen im Kopf. Damals, als sie sich verabschiedeten, als sie sich eine innige Umarmung gaben, war Barbara in Richtung Barcelona aufgebrochen, um dort ihr Studium beginnen zu können.

„Du wirkst, als könntest du nicht glauben, was du siehst."

„Das kann ich auch nicht", murmelte sie, schluckte und wollte dann wissen: „Wohnst du hier auf Neuwerk?"

„Ich komme immer wieder mal vorbei", sagte ihre damals beste Freundin lächelnd und fragte dann: „Schon dabei dich einzuleben, oder ist die Einsamkeit eher eine Last?"

Eva lachte, als sie sich mit der Hand gegen die Stirn tätschelte und sagte: „Wir fangen an, uns wohlzufühlen, das glaube ich zumindest."

„Ausgezeichnet", entgegnete Barbara, die geradewegs auf Eva zurollte. „Dann können wir den Small Talk ja lassen und uns den wichtigen Themen widmen."

„Alkohol?"

„Auch nicht schlecht", meinte Barbara, die sich, obwohl es anfing, kalt zu werden und der Winter Einzug hielt, weder eine Jacke noch einen dicken Pullover übergezogen hatte. Sie trug eine weiße, ihren durch das andauernde Anschieben ihres Rollstuhls muskulösen Oberkörper nachzeichnende Bluse, die ihr einen Hauch eleganter Weiblichkeit verlieh. Nicht, dass Eva jemals auf so etwas intensiv geachtet hätte. Aber als Barbara auf sie zukam und sie gewinnend anlächelte, fiel es ihr auf. Es kam ihr so vor, als würde ihre ehemalige Freundin etwas umgeben, das sie nicht greifen konnte.

Eine angenehme, lockere, sich wohl in ihrer Umgebung fühlende Attitüde, die Eva früher an ihr geliebt hatte. Die sie dazu verleitete frech zu antworten. Was Barbara zum Lachen brachte und sie sagen ließ: „Männer wären auch ein Thema."

„Oha", sagte sie und schüttelte den Kopf. „Gleich die harten Geschütze."

„Männer sind toll. Oder nicht?"

Eva zuckte mit den Schultern und erwiderte: „Geht so."

„Also ich finde sie entzückend."

„Ja, wenn sie vor einem weglaufen und dabei einen Zickzackkurs einschlagen."

„Weil du auf sie schießt?"

„Bingo."

„Also ich habe mir ja sagen lassen, dass du dich in der Umgebung von Konstantin sehr wohl gefühlt hast."

Eva starrte Barbara sprachlos an. Die unbekümmert, unschuldig, frech grinsend die Arme vom Körper abspreizte und eine Geste machte. Lächelnd sagte sie: „Barbara, deine ehemalige beste Freundin."

„Hi."

Eva griff aus einem Reflex heraus nach der ihr gereichten Hand. Sie starrte die vor ihr im Rollstuhl sitzende, von dem stärker aufkommenden Wind unbeeindruckt dasitzende Frau an und konnte nicht glauben, was sie da eben zu hören bekommen hatte.

„Bevor du fragst, wer mir das geflüstert hat – egal. Ich habe es gehört. Na ja, und ich habe den Glücklichen etwas in deine Richtung geschubst."

„Ich ..."

Barbara winkte ab und sagte: „Manchmal helfe ich denen, die nicht laufen können und wenn sie es dann schaffen, ohne mich zu gehen, ziehe ich mich dezent zurück und freue mich darüber, ein gutes Werk getan zu haben. Ich bin halt ein Glücksbringer."

„Das hast du früher schon immer gesagt."

„Ich habe eben geglaubt, was meine Eltern mir erzählt haben."

„Du?"

„Ey, ey, ey, da treffen wir uns nach gut zwanzig Jahren wieder und du hast nichts anderes zu tun, als mir gegen die Reifen zu pinkeln?" Barbara grinste. „*Barbara*, haben sie gesagt, also meine Eltern, *wenn du nicht wärst, wäre die Welt ein schlechterer Ort.* Ich finde, das ist ein nettes Kompliment."

„Über Alkohol wollen wir nicht mehr reden?"

„Darauf kommen wir noch zu sprechen, ganz sicher. Schließlich wird es in der nächsten Zeit ja viel zu feiern geben. Weihnachten steht vor der Tür und dann wird hier immer viel organisiert. Geselligkeit ist schön."

„Habe ich schon gehört", sagte Eva, die den Karton auf das angewinkelte Bein stellte und anfing, einige der lose herumfliegenden Dinge aus dem Planwagen zu fischen. „Das Weihnachtssingen, der kleine Basar und für die Touristen der Weihnachtsmarkt."

„Sehr gesellig alles. Habe ich mir sagen lassen."

Eva versuchte, in Barbara zu lesen. Herauszufinden, wie ihre Freundin sich verändert hatte.

Hatte sie ihre Lippen geschminkt?

Oder waren sie voll und von Natur aus so rot schimmernd?

Waren ihre Haare schon immer schon blond gewesen?

Gab es da nicht einen roten, kupferartigen Stich darin?

Eva-Marie konnte es beim besten Willen nicht sagen.

Was sie sagen konnte, als sie die ihr entgegengestreckte Hand ergriff, war, dass ein angenehmer, wohlig warmer Schauer von Barbaras Haut auszugehen schien. Ein Eva durchflutender Impuls aus Vertrauen und Zuversicht breitete sich ebenso in ihr aus wie ein sie irritierendes Gefühl einer sie durchströmenden Warnung.

So, als wäre da etwas in ihr, das ihr zuwisperte, dass Barbara merkwürdig war.

Ein ihre Menschenkenntnis pickender Dorn, den sie nur unter Mühen aus ihrer Haut ziehen konnte.

Sie erschauderte, als sie ihre Hand zurückzog, die Augen zusammenkniff und nicht wusste, wie sie auf Barbara reagieren sollte.

Diese lächelte, winkte ab und sagte: „Wenn du mich besser kennst, wirst du mich wieder mögen. Das verspreche ich dir.“

„Ich mag dich jetzt schon.“

„Perfekt. Aber bevor ich dich jetzt nerve und aufhalte“, meinte Barbara, „würde ich mich total freuen, wenn wir mal zusammenhocken und ungezwungen klönen könnten. Über Männer, die Welt, deine Vergangenheit und vieles mehr. Das würde ich gut finden. Um der alten Zeiten willen.“

„Aber nur, wenn du dann auch mehr über dich erzählst", meinte Eva. „Wie es dir in Barcelona ergangen ist zum Beispiel."

„Och, ich bin uninteressant", erwiderte sie und winkte ab. „Nur so viel: Weil ich mal geglaubt habe, ich kann schneller als der Wind sein, sehe ich die Welt nun jedes Jahr aus anderen Augen, lerne Menschen und neue Orte kennen. Aber sag, wie ist es dir ergangen? Bist du jetzt mit zwei Kindern allein?"

„Ganz allein."

„Die Traurigkeit in deinen Augen gefällt mir nicht. Das macht dich trüb. Aber das Lächeln in deinem Mundwinkel, das mir sagt, dass die Hoffnung noch nicht ganz verloren ist, mag ich. So wie früher. Also", sie tippte sich gegen die Stirn. „Wir sehen uns. Und viel Spaß mit Konstantin."

„Mit Konstantin?" Eva schaute verwundert der zurücksetzenden Barbara hinterher.

„Der da gerade auf dich zukommt. Wir sehen uns. Tschö mit Ö!"

***

Eva kam gar nicht dazu, sich darüber zu wundern, was ihr widerfuhr. Noch immer war da ein schwacher, durch ihre Hand bebender Impuls, der sie zuerst daran denken ließ, es seien pulsierende Elektroschocks, die ihr da über die Haut rasten.

Nur um das Ganze gleich darauf zu relativieren und sich zu sagen, dass es etwas anderes war. Etwas Weicheres, Angenehmeres, etwas, das sie eher mit sich im Körper ausbreitender, wohliger Wärme gleichsetzte.

So, als würde man ausgekühlt unter eine wolligflauschige Decke schlüpfen.

Ohne zu wissen, was sie denken oder sagen sollte, begriff sie, dass Konstantin sie verwirrte.

Sein Besuch letzte Woche und die flüchtigen Begegnungen hier auf Neuwerk, wenn sie vor die Tür trat oder am Fenster stand und hinausschaute, setzten etwas in ihr frei, das sie nicht mehr für möglich gehalten hatte. Es kam ihr so vor, als wäre sie wieder ein Mädchen; das erste Mal in der Disco, von Flackerlicht und zischend aus Düsen dringenden Nebelschwaden umgeben. Nicht in der Lage zu sagen, warum ihr Herz wie wild pochte und ihre Handinnenflächen kalt wurden, wenn sie den einen, wie von zuckenden Schatten umspielten Jungen sah.

Sie lächelte schief.

Hörte sein: „Hey", nur zögerlich leise und wusste nicht, wie sie sich verhalten sollte.

„Hey."

„Soll ich beim Tragen helfen?", wollte er schüchtern leise wissen, seine dunklen Augen auf sie gerichtet, um die Lippen mit dem Dreitagebart ein bezaubernd süßes Lächeln, sodass ihr einen Sturm kribbelnder Emotionen in den Magen schoss.

Sie wollte etwas sagen, merkte aber, wie ihre Stimme zu versagen drohte.

Eva nickte.

„Soll ich den Karton nehmen?"

Sie schluckte.

„Wirf rein, was du willst. Ich habe ordentlich gefrühstückt und bin deshalb bärenstark."

Eva räusperte sich. Sie wollte was Gescheites sagen, etwas, das ebenso lockerflockig war, wie eben, als sie sich mit Barbara unterhalten hatte.

Aber als sie sich erwidern hörte: „Das sind Kuscheltiere. Alles nicht sehr schwer“, wäre sie am liebsten im Erdboden versunken.

Kuscheltiere?

Nicht schwer?

Was sollte das, was sie hier redete?

Sie merkte, wie ihr die Schamesröte ins Gesicht schoss. Eva wollte etwas hinterher schieben, wollte frech klingen, nur um dann zu merken, wie ihr erneut die Worte im Halse stecken blieben.

„Alles, was leicht ist, ist gut“, sagte Konstantin, der ebenso wie Eva bemüht schien. Sie meinte in seinem Gesicht zu lesen, dass er darüber nachdachte, was er erwidern oder tun sollte. Nur um dann zu sagen: „Hast du die Leute hier schon kennengelernt? Erik auch?“

„Erik?“

„Hätte ich jetzt gedacht, wenn ich ehrlich bin“, sagte er und lachte, bevor er meinte: „Der ist immer der Erste an der Front, wenn es heißt, eine junge Frau begrüßen zu dürfen.“

„Aha.“

„Er ist der Arzt hier und hat eine eigene Praxis.“ Konstantin deutete auf ein neu wirkendes Steinhaus, dessen Außenfassade anscheinend frisch verputzt worden war. „Ist aber auch in Cuxhaven im Krankenhaus aktiv. Mein Kumpel“, schob er hinterher. „Ist mir damals hintergezogen, als ich ...“

Ein düsterer Ausdruck legte sich über Konstantins Züge. Er hielt sich plötzlich zurück, schüttelte den Kopf und sagte: „Er ist mein Kumpel."

„Klingt gut."

„Ich mag ihn sehr. Haben uns letztens erst unten am Steg übers Meer unterhalten. Jeder mit etwas zu trinken in der Hand und dem Gefühl frei zu sein. Wir haben über dieses und jenes gequatscht. Ich liebe es hier … es ist so ruhig." Er winkte ab, als merkte er selbst, dass er nur redete, um etwas zu sagen. „Na ja, er teilt meine Liebe zum Meer. Liebst du es auch?"

Eva zog die Augenbrauen kraus, während sie einen in ein rosa Kleid gehüllten Teddybären in den Karton warf und nach einer Giraffe griff, die giftgrün schimmerte.

„Das Meer?"

Konstantin nickte mit einem bejahenden Laut auf den Lippen.

„Klar."

„Dann können wir ja vielleicht mal hinaussegeln. Kann immer einen guten Skipper gebrauchen", murmelte er, verstummte, hielt inne und sagte: „Natürlich nur, wenn du willst. Ich will dich ja nicht überfallen oder so. Haben deine Kinder über das Kennenlernen in der Schule gestern schon ein Wort verloren?"

Eva lächelte, als sie merkte, dass sie sich auf sicheres Gebiet begab. Nur um dann zu begreifen, dass sie auf Konstantins hastiges und schnelles Angebot, Zeit mit ihr verbringen zu wollen, nicht eingehen musste. „Klar. Wie Teens halt so reden. War cool und lässig. Und dass der Klassenraum zu klein sei und es keinen Chemieraum gebe, der Merles Ansprüchen genügen würde."

„Ja, das habe ich auch vernommen", sagte Konstantin und lächelte dabei. „Von Linus hat Klara nichts erzählt?"

„Linus?" Eva schaute ihn verwundert an. „Nicht, dass ich wüsste. Nein." Sie schüttelte den Kopf, nachdem sie so getan hatte, als würde sie nachdenken. „Solch ein Name ist nicht gefallen."

„Beide haben sich gut verstanden. Sehr gut", erklärte Konstantin, der ein: „Hoppla", ausstieß, als der von Eva in den Karton geworfene Plüschhase auf die Kartonkante prallte und auf den Boden zu fallen drohte. „Haben gleich die Köpfe zusammengesteckt. Sah so aus, als würde Klara Linus sehr mögen. Aber ich kann mich natürlich auch irren. Ich bin in solchen Dingen nicht sehr bewandert." Nur um dann hastig hinterherzuschieben: „Nicht mehr."

„In was für Dingen?"

Konstantin winkte mit der freien Hand ab, während er sagte: „Ach, nicht so wichtig. Ich bin eher ein Tölpel, wenn es um Beziehungen geht. Ich setze sie irgendwann immer in den Sand."

„Willkommen in meiner Welt", erwiderte sie und fügte gleich hinzu: „Ich will aber nicht darüber reden. Echt nicht. Aber zum Kennenlernen würde ich mich freuen, wenn wir uns mal einen Abend zusammensetzen können. Ganz ungezwungen."

„Klingt ... klingt gut ...", meinte Konstantin und wirkte auf Eva enttäuscht. „Machen wir so ..."

Sie seufzte innerlich und versuchte, sich beruhigen. Eva war noch nicht so weit, sich auf etwas Neues einzulassen ...

„Es ist so schön hier!"

Eva kam aus dem Staunen nicht mehr heraus. Sie schaute zu dem verlegen dastehenden, die am Verkaufsstand selbstbemalten Weihnachtskugeln betrachtenden Konstantin. Ein Lächeln, wie sie es seit Tagen, ach was, seit Wochen nicht mehr auf den Lippen getragen hatte, breitete sich von ihren Mundwinkeln her aus. Sie konnte sich nicht sattsehen, an den hell schimmernden Lichtern. Den im weichen Kerzenlicht erhellten Glaskugeln, den kleinen Miniaturhäusern und Menschen, die von einem Verkäufer angeboten wurden.

Dazu die Nähe zu Konstantin, der sie auf der Fähre ungewollt berührt hatte, als er ihr den Vortritt ließ. Er hatte eine einladende Bewegung mit der Hand machen wollen und hatte sie dabei an ihrer berührt.

So kurz und flüchtig; so intensiv und echt.

Eva hatte nur dagestanden, geschluckt und gemerkt, wie ihr das Herz bis zum Hals zu schlagen begann. Wie sie sich zitternd unter Kontrolle bringen musste, um nicht in seine dunklen Augen zu fallen. Um nicht ihrerseits seine Hand zu berühren, nach ihr zu greifen.

Eva hatte innegehalten und sich gleichzeitig wie eine Sprinterin gefühlt.

Dazu kamen die sie umschwirrenden Gerüche, die Bilder und Erinnerungen in ihr aufsteigen ließen, auf die sie seit Jahren nicht mehr zurückgegriffen hatte. Da war der Duft nach über offenem Feuer gerösteten Mandeln. Dem lieblichen, den Appetit anregenden Aroma von Burgunderschinken in einem Brötchen. Das das

Wasser im Mund zusammenlaufende wohltuende Bouquet von auf einem Bratrost röstender Krakauer.

Sie musste sich nur umschauen, um das wilde Klopfen ihres Herzens noch weiter zu verstärken. Da waren die Karussells, die Menschen, die an Glühweinständen standen. Die ungezwungen miteinander redeten, sich zuprosteten, alberne Mützen trugen und frierend von einem Bein aufs andere traten.

Dazu die aufkommende Dunkelheit, eines schnell anbrechenden Abends, der getränkt war, von aus Boxen dringender Musik.

Eva drehte sich um sich selbst, als sie von einem Stand her hörte, der warme, in Knoblauch getauchte Champignons verkaufte, wie *Last Christmas*, gespielt wurde. Während von einem anderen Verkäufer, der Wollmützen, Schals und Handschuhe aus Handarbeit anbot, das Lied *Blue Christmas*, von Elvis Presley interpretiert zu ihr herüber hallte.

Aber das, was sie am meisten in Aufregung versetzte, was ihr Bilder von früher bescherte, war die kleine, aus massiven, in rot und weiß gehaltenen Holzbrettern bestehende Weihnachtsmannhütte.

Winzige, rechteckige Fenster, mit weißen Gardinen behangen, ließen ein schummriges Licht auf die feuchten Kopfsteinpflaster fallen.

„Anders als Neuwerk, was?", riss Konstantin sie aus ihren Beobachtungen und Empfindungen.

„Wie früher", sagte sie und drehte sich einmal um sich selbst. Dabei sah sie – zu ihrer Überraschung – dass Merle ihr Handy nicht in Händen hielt, sondern mit in den Nacken gelegtem Kopf zu dem Kettenkarussell schaute, das gerade dabei war, die Gondel fächerartig auszubreiten.

Ebenso entdeckte sie Klara, wie diese Knoblauchbrot aß und wie versteinert stehen blieb, als ihr eine Gruppe Jungen entgegenkam.

„Linus mit seinen Freunden", erklärte Konstantin und hob grüßend die Hand, als der Chor der Jungen rief: „Herr Gude."

Eva schmunzelte.

Sie selbst kannte diese Situationen.

Sie wusste, wie es war, wenn man gerade etwas vollkommen Idiotisches tat, und genau in diesem Moment ihr größter Schwarm durch die Klassenzimmertür getreten kam, und hören musste, was man gerade Affiges redete.

Über Blähungen zum Beispiel.

Und so, wie sich in ihrem Kopf damals ein Feuerwerk an Peinlichkeiten ausgebreitet hatte, ihre Ohren vor Scham leuchteten, sah ihre Große jetzt auch aus.

Sie starrte auf das in ihrer Hand liegende Knoblauchbrot und ihre eben noch mahlenden Kiefer verlangsamten sich von Sekunde zu Sekunde.

„Du warst auf einem ähnlichen Weihnachtsmarkt damals?", wollte Konstantin wissen.

„Ja." Eva nickte. „Es waren die gleichen Gerüche. Die gleichen Farben. Oh man, selbst das Haus des Weihnachtsmanns war gleich."

„Wollen wir hin?"

„Und dann?", fragte Eva.

„Sehen wir, was passiert!"

Sie zierte sich.

Nicht, weil sie nicht mit Konstantin zusammen sein wollte. Das bestimmt nicht. Was sie störte, waren die in ihr aufsteigenden, verstörenden Bilder ihrer Mutter. Wie diese, Eva an die Hand nehmend, mit sich zog. Hin zu genau solch einer Hütte.

Und so wie damals, als Eva nicht begriff, was mit ihr geschah, wusste sie auch jetzt nichts damit anzufangen, wie es sein konnte, dass sie sich leicht und gleichzeitig schwer fühlte.

Als würden zwei Seelen in ihrer Brust kämpfen. Als wäre da das nach Abenteuern lechzende Kind in ihr und die abwartende, zweifelnde Erwachsene.

„Wollen wir?"

Sie setzte sich in Bewegung.

Das Kind in ihr gewann.

„Ich werde nicht mehr", entfuhr es ihr, als Konstantin die Tür zur Hütte aufzog und alles ganz genauso war, wie damals in ihrer Kindheit.

Der Geruch nach Tannennadeln lag ebenso in der Luft, wie der nach – sie stutzte – Weihnachtskuchen, gebacken von ihrer Oma. Fluffig zart. Mit Schokostückchen, die im Teig zerflossen waren. Garniert mit einem weichen Hauch weiß schimmernden Zuckergusses.

Das war Weihnachten für mich, dachte sie, *zu Oma kommen und diesen Kuchen essen.*

Sie blinzelte, als die in ein grün-rotes Kostüm gekleidete, schlanke Frau auf sie zukam und sie fragte: „Hast du einen Wunsch für den Weihnachtsmann?"

Eva starrte die braunhaarige Frau an.

Auch sie sah aus, wie die Elfe von damals. Die dunklen Haare lockig auf die Schultern fallen lassend. Spitze

Ohren, die dem zart geschnittenen, weichen Gesicht etwas Mädchenhaftes verliehen. Es schien so, als wäre sie jene Frau, die damals lachend auf Evas Mutter zugekommen war, diese bei der Hand nahm, und sie zum Weihnachtsmann führte.

Mama hat wie ein junges Mädchen gekichert. Sich erst geziert und es dann doch getan. Sie saß auf dem Schoß des dicken, weißbärtigen Mannes.

„Na, mein Kind", brummte die Stimme des in Rot gekleideten Mannes, dessen voluminöser Bauch gigantisch aussah. „Was ist dein Wunsch?"

Eva wusste nicht, was mit ihr geschah.

Aber wie ihre Mutter, lachte sie, schaute Konstantin an und ließ sich von der Elfe an die Hand nehmen.

Und wie ihre Mama, kicherte sie, schämte sich auf angenehme Art und Weise und sagte, als sie Platz genommen hatte: „Ich will nichts anderes, als dass meine Töchter glücklich werden ..."

***

Eva ging der Geruch des mit Zuckerguss glasierten Kuchens nicht mehr aus der Nase. Als sie mit Konstantin redete, hatte sie gemerkt, dass eine weitere Erinnerung in ihr emporgestiegen war. Eine Erinnerung an Tage, als sie sich gelöst gefühlt hatte.

Tage, an denen sie meinte, das Glück auf Erden gefunden zu haben.

Wenn ich bei Oma gewesen bin, dachte sie, als sie in ihrer Küche stand und eine pinkfarbene Schüssel aus dem Schrank holte. *Sie hat immer den besten Weihnachtskuchen gebacken, den ich je gegessen habe.*

Allein daran zu denken, ließ ihr das Wasser im Mund zusammenlaufen.

Sie wollte genau den gleichen Kuchen backen.

Ihn so fluffig leicht hinbekommen, und die einzelnen Schokosplitter, die in seinem Teig zerflossen, auf der Zunge fühlen. Ihn mit Zuckerguss übergießen und mit roter Zuckerschrift *Fröhliche Weihnachten* darauf schreiben.

Sie fing an zu backen … und wurde enttäuscht.

Der Kuchen war alles – nur nicht genießbar.

***

Klingeling …

Eva schaute auf. Zuerst meinte sie sich geirrt zu haben, das weiche, aus der Ferne an ihre Ohren dringende Glockenspiel vernommen zu haben. Aber als sie den Kopf hob, sie den Spachtel von der Wand nahm und aufhörte, die einzelnen Tapetenreste abzukratzen, war sie sich sicher, es doch gehört zu haben.

War da nicht ein *Ho! Ho! Ho!* gewesen?

Wie vor drei Tagen, als sie Barbara begegnet war, hatte sie auch jetzt das Gefühl, dass die Geräusche in ihrem Kopf entstanden waren, anstatt dass sie diese hörte.

Eva wusste, wie albern das war. Dass sie mehr als ein Klischee bediente. Aber in dem Moment, als sie meinte, dass das Glockenspiel an ihre Ohren drang, war da der sich bohrend tief in ihren Kopf dringende Gedanke. Eine Erinnerung an einen alten, dicken, in einen roten Mantel gehüllten Mann, der seine Rentiere dazu anhielt, in den Himmel aufzusteigen.

Merle, die neben ihr saß, die Kopfhörer auf den Ohren und laute, schallende Musik hörte, schien nichts vernommen zu haben. Ebenso wenig wie Klara, die dastand, aus dem Fenster schaute und allgemein in eine tiefe Träumerei versunken zu sein schien, die Eva schmunzeln ließ.

Konstantins Information, dass ihre Große sich mit dem Inseljungen gut verstand, hatte Eva ihre Tochter in einem neuen Licht sehen lassen. Ein Licht, wie sie nicht angenommen hatte, dass es überhaupt einmal über Klara fallen würde.

Sie wird jetzt an ihn denken und sich fragen, was er macht, meldete sich ihr Mutterherz zu Wort.

Klara war wie Eva selbst.

Der Welt entrückt. Ihre Gedanken auf eine Person gerichtet, die einem nicht mehr aus dem Kopf wollte.

Irritiert über ihre eigene Ehrlichkeit, schmunzelte Eva.

Sie dachte zu gerne an Konstantin. Daran, dass sie aus waren. Dass sie einen innigen Moment teilten.

Dass er es gewesen war, der ihr erst gestern half, ihr Kassensystem zu installieren. Der ihr half, eine Warenliste anzulegen. Dabei hatten sie nebeneinander in Erwins Gaststätte gesessen; sie mit laut klopfendem Herzen. Einen trockenen Hals, seinen ihr nicht mehr aus der Nase gehenden Geruch.

Und seine ihr zugeworfenen Blicke. Schüchtern. Zurückhaltend. Musternd.

Es kam ihr so vor, als würden sie umeinander schleichen, ohne zu wissen, wie sie sich einander nähern sollten.

Und ebenso, wie Eva sich fühlte, schien auch Klara mit ihren Gefühlen und Hoffnungen überfordert zu sein.

Ein Impuls stieg in ihr auf, der ihr zuraunte, sie solle ihre Große in den Arm nehmen und fest drücken.

Und mich lieber auf das Hier und Jetzt konzentrieren, bevor mir das Regal auf den Kopf fällt, dachte sie, als sie mit dem Ellenbogen gegen das wackelige Ding stieß und es drohte in sich zusammenzufallen.

Als sie sich erhob und das letzte Stück Tapete von der Wand kratzte, stieg ihr der Geruch nach frisch aus dem Ofen gezogenen Plätzchen in die Nase. Verwundert darüber sog sie die Luft ein, schaute sich verwirrt um und fragte Merle: „Riechst du das auch?"

„*Was*?", wollte ihre Tochter wissen, die den Kopfhörer von den Ohren nahm und zu ihrer Mutter aufschaute.

„Der Geruch. Es riecht hier nach Plätzchen."

Merle schaute skeptisch zu Eva und holte tief Luft.

„Ich rieche nichts", gab sie offen zu. „Nur die Tapete." Merle grinste, als sie sagte: „Und dein kläglicher Backversuch von gestern."

„Da ist aber was", sagte Eva-Marie und trat hinter ihre am Fenster stehende Tochter. Sie stupste sie sanft an und sah, was Klara da betrachtete.

Die schäumende, von einem herbstlichen, stark wehenden Wind aufgewühlte Nordsee. Sie konnte die Schaumkronen ebenso tanzen sehen wie die auf das Eiland zurollenden Wellen. Es rauschte und zischte, donnerte und krachte und hatte, obwohl der Himmel schon anfing, dunkel zu werden und die Sonne spärlich durch die tief hängenden Wolken brach, etwas Friedliches an sich. Es fühlte sich an, als wäre die Welt dabei ruhiger zu werden. Langsamer.

„Hast du etwas im Ofen?", wollte Eva-Marie wissen und sah, wie Klara verwirrt den Kopf drehte.

„Den Auflauf von gestern?"

„Kekse."

Klara schüttelte den Kopf. „Ich mag doch gar nicht backen. Nur mit Oma."

„Hatte mich auch schon gewundert", erwiderte Eva-Marie und schnüffelte wieder, in der Hoffnung, dass ihre Große nicht sah, wie sie unter ihrer hinterhergeschobenen Bemerkung zusammenzuckte und sich wie von einem Pfeil durchbohrt fühlte.

Da war der Geruch. Ganz deutlich. Er hing zartflüchtig in der Luft und ließ sie wieder an Weihnachten in ihrer Kindheit denken.

Daran, wie sie auf einem Stuhl stand, den Mixer in der Hand, ihre Mutter hinter sich, ihr zeigend, wie man den Keksteig knetete.

„Macht ihr hier mal weiter. Ich komme gleich wieder."

Eva-Marie schaute Klara noch einmal an. Betrachtete das jugendliche, weichgeschnittene Gesicht ihrer Tochter und fragte sich, wann es passiert war, dass sie so groß geworden war.

„Ich liebe dich", flüsterte sie Klara zu und sah erst den verdutzten, den einer jungen Frau innewohnenden, ablehnenden Blick, der immer dann von ihr Besitz ergriff, wenn es um familiäre Intimität ging, nur um schließlich ein ebenfalls geflüstertes, ehrlich gemeintes: „Ich dich auch", von sich zu geben. So zart und leise, so schmeichelnd und süß, dass Eva-Marie vor Freude am liebsten in die Luft gesprungen wäre.

„Ich bin gleich wieder da", sagte sie und verkniff es sich hinterherzuschieben: „Dann kannst du mir von Linus erzählen."

Sie musste über sich selbst schmunzeln, als sie den Raum verließ.

War dann aber gleich komplett abgelenkt, als sie in den schmalen Flur trat und ihr nicht nur der Geruch nach Keksen in die Nase stieg, sondern auch der von einem frisch zubereiteten Braten.

Dazu mengte sich eine leise, in ihren Ohren aufklingende Melodie, die sie, egal, was sie auch unternahm, nicht vertreiben konnte.

Es war ein Lied, welches sie als Kind selbst immer gesungen hatte.

Mit voller Inbrunst, mit so viel Freude und zum Leidwesen ihrer Eltern laut und schief.

Was sollte das?

Warum musste sie jetzt an *Heidschi Bumbeidschi* von Peter Alexander denken? Daran, wie sie, die Füße hin- und herschwingend, an ihrem kleinen Schreibtisch saß, die Zungenspitze über die Lippen gestreckt, einen Wunschzettel schreibend?

Was war nur los mit ihr?

Warum hatte sie immer wieder das Gefühl, gedanklich in die Heimat zu reisen? In die Vergangenheit, zu jenen Momenten, in denen sie meinte zufrieden, ungezwungen glücklich gewesen zu sein?

Sie erreichte, nachdem sie die Treppe heruntergegangen war, die hinter dem Verkaufsraum liegende Küche.

Sie schaute sich um, sah, dass weder der Ofen in Gebrauch war noch, dass irgendwo Kekse standen oder eine frisch zubereitete Ente.

Hier unten war alles wie immer.

Oder nicht?

Sie schaute sich um, schüttelte den Kopf und sah dann zu ihrer Verwunderung auf dem Fenstersims an die dort stehende, verkümmert aussehende Blume gelehnt, einen weißen Briefumschlag. Beschrieben mit sauberer, klarer Kinderschrift.

Als sie einen Schritt auf die Fensterbank zumachte und mit zusammengekniffenen Augen nach dem Papier griff, meinte sie wieder in der Ferne ein sanftes Glockenspiel läuten zu hören.

Klingeling ...

***

Eva versuchte, die Verwirrung, die innere Unruhe, die Spannung, die sie ergriffen hatte, unter Kontrolle zu bekommen. Sie wollte nach dem Brief greifen. Sie hätte ihn gern in die Hand genommen, ihn betrachtet und gelesen. Am liebsten eine Erklärung dafür gefunden, warum er hier in ihrer Küche einen Platz gefunden hatte.

Gerade als sie schluckte und mit zitternden Fingern nach dem Umschlag griff, hörte sie oben das unangenehme, laute, scheppernde Krachen eines in sich zusammenbrechenden Möbelstücks.

Sie schaute verwundert auf, zog ihre Finger zurück und merkte noch, während sie sich herumdrehte, dass ein Gedanke durch ihren Kopf gewabert war.

Nur leise. Ganz zart. So, als hätte sie ihn gar nicht wirklich gedacht. Als wäre er ein zerfasernder Nebelstreifen, den man nur aus dem Augenwinkel wahrnahm. Es war ein hauchzarter, vergehender Zipfel an Wörtern, der ihr später wieder in den Sinn kommen würde. In dem Moment, als sie im Bett lag, an die Decke starrte, kurz vor dem Einschlafen. Da fiel ihr erneut ein, was sie gedacht hatte, als sie ...

Ich habe nicht gedacht. Es war, als würde von außen ein Gedanke zu mir kommen. Ein intensiver, ein mich innehaltender Wörterfluss, der mir zuwisperte: Lies mich. Lies und verstehe mich.

Bevor ihr bewusstwurde, was sich da in ihr abgespielt hatte, dass der von ihr gedachte Gedanke gar nicht ihrer zu sein schien, breitete sich in ihr rasend schnell, alles andere begrabend, die Sorge um ihre Kinder aus.

Sie wirbelte auf dem Absatz herum, rief: „Klara! Merle!", und stürmte dann, hastig und eilig, die Treppen zu ihrer Wohnung hinauf.

Sie nahm das Knirschen der einzelnen Dielen ebenso wenig wahr wie die auch hier noch in Fetzen hängende Tapete. Was zählte, war die Angst um eines ihrer Kinder.

Eine Furcht, wie sie sie in letzter Zeit immer wieder verspürte. Intensiver. Härter. Mit solch einer Wucht durch ihren Körper jagend und sie wie unter Strom setzend.

Als sie im Zimmer angekommen war und sie Klara erschrocken fragen hörte: „Alles gut bei dir?", kam es ihr so vor, als würde sich der Boden unter ihr öffnen.

Sie glaubte wieder, in ihrem Haus in Hamburg zu stehen. Mit dem Rücken zur Wand, von einer solch beklemmenden Furcht ergriffen, dass sie das Gefühl hatte, keine Luft mehr bekommen zu können.

Die an ihrem Hals liegende Hand dazu bereit, erbarmungslos zuzudrücken, während sie in aberwitziger Weise in den sie anstarrenden Augen Erbarmen suchte.

Was immer das bedeutete.

Wie damals, als sie meinte, ihren Verstand zu verlieren, fühlte sie sich auch jetzt.

Hilflos und überfordert. Nicht dazu in der Lage, zu begreifen, was hier gerade vor sich ging. Sie erblickte das angerichtete Chaos. Konnte sehen, dass Merle unter einem Stapel über sie zusammengefallener Bretter lag und sich langsam bewegte.

Sie stöhnte dabei, schimpfte: „Oh man", und sagte dann: „Warum muss immer mir das passieren?"

„Warum kletterst du auch auf das Regal?", wollte Klara wissen, die neben ihrer Schwester in die Knie gegangen war und anfing, die einzelnen Bruchstücke beiseitezuräumen.

„Weil ich dachte, dass ich so besser die Tapeten von der Decke bekommen kann."

„Man sieht doch, dass das Ding morsch ist. So wie alles hier."

„Ich bin klein, leicht und flink", entgegnete Merle in ihrer trockenen, sich selbst gern nicht zu ernst nehmenden Art.

„Oh mein Gott", stieß Eva hervor, die ebenfalls in die Knie ging und ihrer Tochter half, sich aufzurichten. „Ist dir auch nichts passiert?"

„Aua“, jammerte Merle, als sie sich mit einem Seufzen in die Höhe stemmte. „Nur mein Hintern tut weh.“

Staub und Schmutz bedeckten ihren dunklen Hoodie und färbten ihn beinahe grau. Sie wischte über den Dreck, schaute sich in dem Raum um und flüsterte: „Und mein Rücken auch.“

„Du machst Sachen! Komm, ich helfe dir auf“, sagte Eva, die sanft ihre Hand auf die Schulter ihrer Tochter legte und mit der anderen die kleinen, zarten, ihr winzig erscheinenden Finger umfasste. „Geht es?“

„Lass mich mal kurz. Bitte“, fügte Merle hinzu und verlor die Farbe aus dem Gesicht. Sie stöhnte leise. „Mir geht es nicht so gut.“

Dann verdrehte sie die Augen und fasste sich an die plötzlich feuchtnasse Stirn.

***

Eva war noch nie so in Hektik geraten.

Sie wusste nicht mehr, was sie sagen, denken oder machen sollte, außer ihr Kind auf den Arm zu nehmen und in solch einer Geschwindigkeit, wie sie sie nie zuvor angeschlagen hatte, zu Eriks Haus zu rennen und zu rufen: „Hilfe! Ich brauche einen Arzt. Hilfe!“

Sie erreichte die Praxis und sah sich schon wie wild gegen die Tür hämmern, als diese bereits geöffnet wurde. Ein junger, dunkelhaariger Mann mit glattrasiertem Gesicht öffnete ihr und hielt dann stockend inne.

Genau wie Eva.

Ihre Panik um ihr Kind, die wirbelnden Gedanken, all das um sie herum herrschende Chaos, einfach alles ließ sie den vor ihr stehenden Mann nicht erkennen. Der, professionell darauf trainiert, von jetzt auf gleich zu helfen, sagte: „Hier entlang“, und den Weg in einen weiten, hell gestrichenen Flur freimachte, um kurz darauf zu fragen: „Was ist denn passiert?“

„Sie ist von einem Regal gefallen“, erklärte Eva hastig und nahm wahr, dass der Arzt hinter ihr in den Behandlungsraum getreten war.

„Legen Sie das Kind auf die Liege hier“, um dann, während Eva ihm sagte, dass sie glaubte, dass Merle auf den Hinterkopf aufgeschlagen war, wissen zu wollen: „Sie hat das Bewusstsein verloren?“

„Ja. Aber sie war schnell wieder da.“

„Okay, dann schauen wir mal. Wie heißt du?“

„Merle“, sagte Evas Tochter mit leiser, zartklingender Stimme; so brüchig und verloren, dass sie Eva damit mitten ins Herz traf.

„Wie alt bist du?“

„Elf.“

„Tut das weh, wenn ich dich hier berühre?“

Merle stieß einen scharfen Laut aus und schaffte es nicht, auf Eriks Frage zu antworten. Dieser warf einen kurzen Seitenblick zu Eva und setzte in ihr die eben schon in Bewegung geratenen Gedankengänge wieder in Gang. Jenes Erkennen, das Aufblitzen längst verloren geglaubter Erinnerungen, die sich nun rasend schnell erneut in ihr Gedächtnis gruben.

„Wo wohnst du?“

„Neuwerk.“

„Und deine Mama heißt?“

„Mama.“

„Ihr Vorname?“

„Eva.“

„Geborene Gruber?“

Merle stieß wieder zischend die Luft aus und Eva schluckte bitter, als sie begriff, was hier gerade vorgefallen war.

„Erik?“, fragte sie und sah, wie sich ein kurzes Lächeln auf seine Lippen legte.

„Fahren die Eisenbahnen noch immer nach Amerika, um die Post wegzubringen?“, fragte er mit einem Schmunzeln und wandte sich wieder Merle zu. „Das blendet einmal kurz. Nicht erschrecken.“

Er leuchtete mit einer kleinen Taschenlampe in die Augen ihrer Tochter und ließ eine verdutzt dastehende Eva zurück. Die, hin- und hergerissen von den Zufällen des Lebens, mit zitternder Stimme fragte: „Schlimm ist es nicht, oder?“

„Sieht mir nicht so aus. Ich habe ihren Hinterkopf abgetastet, da sind die Strukturen fest und geben nicht nach. Sie blutet nicht. Ihre Erinnerungen sind intakt. Pupillenreflexe sind ebenfalls normal.

Sie sollte zwei Tage Ruhe halten und am besten nicht aufs Handy gucken oder TV schauen.“

„Okay.“

„Und kühlst du deinen Nacken schön?“, fragte er Merle mit einer sanften, liebevollen Stimme, die Eva an jene Tage ihrer eigenen Jugend erinnerte. An die Zeit, als sie Hals über Kopf in Erik verknallt gewesen war und sich dümmer angestellt hatte, als die Polizei erlaubte, als sie mit ihm Trivial Pursuit gespielt hatte.

„Ja.“

„Dann komm hoch." Er reichte ihr die Hand. „Lass dich von Mama mal nach Hause begleiten. Und, Mami?"

„Ja?"

„Willkommen auf Neuwerk."

„Danke."

„Gut schaust du aus", sagte er, reichte ihr die Hand und fragte: „Wie lange haben wir uns jetzt nicht mehr gesehen? Zwanzig Jahre?"

„Müsste hinkommen. Kommst du zu Mama?", bat sie die auf der Kante der Liege sitzende Merle, die glasig schaute.

„Was verschlägt dich hierher? Wenn ich fragen darf", schob er hinterher und sagte zu Evas Tochter: „Wenn deine Kopfschmerzen ganz doll werden sollten, darfst du gern ein Ibuprofen nehmen, ja? Eine 400 mg, aber höchstens drei Mal täglich. Deine Kopfschmerzen sollten aber schnell abklingen."

„Mama ist hier, weil sie sich scheiden lässt", kam Merle auf die des Arztes gestellte Frage zu sprechen, während sie sich den Hinterkopf rieb.

„Merle!"

„Oh", sagte Erik, stieß einen überraschten Laut aus und schenkte Eva einen bekümmerten Gesichtsausdruck. „Das tut mir leid."

„Muss es nicht. Mama und Papa haben sich nur noch gestritten", erklärte Merle und sprach mit einer erstickten, traurig klingenden Stimme weiter. „Sie haben sich nichts mehr zu sagen gehabt. Nur noch ..."

„Mäuschen", bat Eva ihre Tochter sanft zur Ruhe. „Das möchte Erik bestimmt nicht alles wissen."

„Möchte er schon, und wird er auch irgendwann erfahren“, sagte er mit einem freundlichen Lächeln und erhob sich von seinem Platz. „Schön, dass du wieder hier bist.“

„Danke.“

„Konstantin ist ein netter Kerl, oder?“

Eva schmunzelte, drückte ihre Tochter an sich und sagte: „Ich habe schon gehört, dass ihr beide so seid“, sie zeigte Erik ihre zusammengepressten Daumen. „Du musst nicht mehr für ihn werben.“

„Was ich aber dennoch gern tue, denn er ist mein bester Kumpel.“

Sie lächelte.

„Danke für alles.“

„Die Rechnung kommt noch“, meinte er schmunzelnd, geleitete Merle und Eva zur Tür und sagte, als sie in die Nacht hinaustraten: „Schön, dich wiedergesehen zu haben.“

***

„Alles gut bei euch?“, wollte Konstantin wissen, der nicht neugierig erschien, sondern interessiert, als er auf die aus dem Haus tretende Eva zukam. Merle fest an sich gepresst, die in eine dicke Daunenjacke gehüllt, noch sichtlich gezeichnet aussah.

„Ja“, sagte sie mit erleichtert klingender Stimme und drückte ihrer Tochter einen Kuss auf die Stirn. „Zum Glück.“

„Nicht küssen, Mama.“

„Ihr geht es gut“, meinte Konstantin mit einem Schmunzeln, um dann zu sagen: „Ich wollte nicht aufdringlich wirken, aber ich habe kurz nach Klara geschaut.“

„Das ist sehr lieb von dir.“

„Ihr geht es gut.“

„Danke.“

Erst jetzt, wo sie auf den offenen Platz trat und sich sicher sein konnte, dass Merle nichts geschehen war, nahm sie Konstantins Nähe wahr. Ebenso wie seine angespannten, sorgenvollen Gesichtszüge, in denen noch etwas anderes geschrieben stand, was sie nicht gleich entziffern konnte.

Es war eine Art Musterung, die sie nicht deuten konnte. Ein ihr zugeworfener Blick, eine über ihr Gesicht wandernde Begutachtung, die ihr einerseits unangenehm war, ihr auf der anderen Seite aber gefiel.

So, wie sie es genossen hatte, als sie zusammen in Cuxhaven über den Weihnachtsmarkt geschlendert waren. Kurz bevor sie in die Hütte des Weihnachtsmannes gegangen waren. Dort, wo er die Weihnachtskugeln in den Händen gehalten hatte.

Eine kurze Woge Zuversicht strömte durch sie hindurch.

Sie seufzte erleichtert, weil Konstantin bei ihr war, wenn auch die Angst um ihre angeschlagene Tochter momentan größer war.

Sie ging an Konstantin vorbei und sagte: „Ich kann verstehen, dass Erik dein bester Freund ist.“

Sie sah, dass aus der Ferne Barbara auf sie zu kam.

Barbaras empathische Art war genau das, was sie jetzt brauchte. Die darin gipfelte, dass sie in ihrem Rollstuhl so dicht an Eva heranfuhr, dass sie deren Hand ergreifen und drücken konnte.

„Ist was passiert?", wollte sie wissen, lächelte und schaute von unten nach oben.

Eva-Marie nickte, bevor sie sagte: „Ja. Sind aber mit dem Schrecken davongekommen."

Merle hingegen, noch immer blass und angeschlagen, den erlittenen Schock deutlich sichtbar in ihrem zarten Gesicht lesbar, meinte: „Können wir nach Hause gehen? Mir ist kalt."

„Natürlich, mein Schatz."

„Wenn ich etwas für dich tun kann ...", bot Barbara an, Evas Hand haltend.

„Ich melde mich."

„Wirklich?"

Eva nickte, bevor sie antwortete: „Natürlich."

„Scheu dich nicht. Ich bin froh, wenn ich helfen kann."

„Das ist sehr lieb von dir."

„Was ist lieb von mir?", wollte Konstantin wissen, eine steile Falte der Unwissenheit auf der Stirn.

Eva schaute über die Schulter hinweg zu dem unsicher dastehenden Mann, der sich im Hintergrund hielt, der den Kopf kaum gehoben hatte, mit dem Fuß über das von Regen benetzte Kopfsteinpflaster kratzte.

Eva, ebenfalls verwirrt, sagte: „Alles."

„Nun ja, du kannst ja Bescheid sagen, wenn du Hilfe brauchst. Das würde mich freuen."

„Ich will mein Kind nach Hause bringen."

„Mach das", entgegnete Barbara, die einen halben Meter zurücksetzte, Merle betrachtete, ihr ein Lächeln schenkte.

„Soll ich euch begleiten?", wollte Konstantin plötzlich wissen, als Eva und ihre Tochter sich trottenden Schrittes in Bewegung setzten. „Euch bei irgendetwas helfen? Merle stützen oder etwas in der Art?"

„Die fünfhundert Meter schaffen wir allein", sagte Eva mit einem Lächeln. Sie legte den Arm um die Schultern ihrer frierenden Tochter und, während sie Merle an sich presste, stellte sie fest, dass Konstantin ihr immer besser gefiel. Dass er etwas besaß, das ihr bei Männern in letzter Zeit nicht eine Sekunde aufgefallen war. So war es in Cuxhaven gewesen und bei Erwin in der Gastwirtschaft. Und auch jetzt. Er betrachtete sie mit dem ihr Schmetterlinge in den Bauch entstehenden Blick.

Es war, und das nahm sie mit Überraschung zur Kenntnis, eine von ihm ausgehende liebevolle Wärme, von der sie allen Ernstes angenommen hatte, auf diesem Auge für immer blind geworden zu sein.

„Ja ... okay", meinte Konstantin, der die Hand in den Nacken gelegt hatte, schüchtern lächelte und dann ebenso wie Barbara und Eva zu der im Türrahmen des Hauses stehenden Klara schaute. Diese rief: „Das Regal ist hin. Da kann man nichts mehr machen, Mom!"

„Alles gut", sagte Eva, die Merle noch fester an sich drückte. „Darüber machen wir uns später Gedanken."

„Das wollte ich nicht", schluchzte ihre Tochter plötzlich neben ihr auf, presste sich fest in die flüchtig übergeworfene Daunenjacke ihrer Mutter und wiederholte: „Ich wollte das wirklich nicht."

„Mach dir deswegen keinen Kopf, mein Schatz“, flüsterte Eva, tief getroffen vom Gefühlsausbruch ihrer Tochter. Sie fühlte sich plötzlich wie mit dem Rücken an die Wand gestellt. Es war ihr kaum möglich, einen klaren Gedanken zu fassen. Sie wollte nichts anderes, als ihrem Kind den Halt zu geben, den sie in letzter Zeit selbst immer wieder meinte zu verlieren.

Als sie Merle an sich drückte, ihr ein Küsschen auf den Scheitel gab, sie murmelte, dass alles gut werden würde, dass so etwas eben passierte, schluchzte ihre Tochter erneut und weinte, als sie sagte: „Ich mache immer solchen Blödsinn. Meinetwegen ist alles schiefgegangen.“

„Es ist nur ein Regal. Das kann man reparieren, und wenn man es nicht kann, dann wirft man es halt weg und kauft ein Neues. Bitte, mein Schatz, mach dich wegen solch einer Kleinigkeit nicht fertig.“

„Hätte ich Papa damals nicht ...“

„Psssst ...“

Eva schnürte es die Kehle zu.

So stark und so hart sie auch sein wollte, und der Fels in der Brandung, verstand sie doch, dass ihr die Hilflosigkeit ihrer Tochter wie ein Messer durch weiche Butter mitten ins Herz fuhr.

Sie begriff, während sie dastand, innerlich wie erstarrt, im Kopf in einem ausbrechenden Feuerwerk an eigenen Vorwürfen, Ängsten und Beklemmungen gefangen, in was für einer emotionalen Zwickmühle Merle sich gerade befinden musste.

Ja, sie hatte den Stein damals ins Rollen gebracht.

Sie war es gewesen, die erste eindeutige Hinweise gegeben hatte auf ein längst in Eva angefangenes wucherndes Unkraut.

Obwohl sie sich nicht dazu in der Lage fühlte, einen klaren Gedanken zu fassen, geschweige denn ihre eigenen Gefühle in irgendeiner Art und Weise unter Kontrolle zu bekommen, flüsterte sie: „Alles wird wieder gut, mein Engel. Ich verspreche es dir. Sobald wir mit der Renovierung fertig sind. Dann sind wir endlich zu Hause."

„Ich ... äh ... habe einen Akkubohrer, wenn du einen brauchst", meldete sich Konstantin stotternd zu Wort. Er stand da, einem Schuljungen gleich, der nicht wusste, ob er sich zu den anderen Kindern gesellen sollte oder nicht.

„*Was?*"

„Wegen des Regals", meinte er, hob die Hand, fuhr sich mit dieser durchs Gesicht und sagte dann leise: „Ich wollte dir nur anbieten, zu versuchen, das Regal wieder zusammenzubauen." Er seufzte. „Falsche Zeit. Falscher Ort. Entschuldige bitte."

Sie lächelte ihn an.

„Danke."

„Ich komme gern vorbei", rief er ihr hinterher, die Hand erhoben, aus jeder Pore Unsicherheit ausströmend, um dann murmelnd hinterherzuschieben, als sie mit Merle im Arm die Treppe hin zu ihrem Haus hochging: „Oder wann es dir passt ..."

***

Eva wollte nicht, dass Merle auch nur eine Sekunde daran glaubte, dass sie an irgendetwas schuld war. Dass sie es war, die das Leben ihrer Mutter mit einer unbedachten Bemerkung ins Schwanken und schließlich zum Einstürzen gebracht hatte. Was Eva sich wünschte, war, dass ihre Tochter ihre Freude an Elektronik ebenso ausleben konnte, wie sie der Mensch werden konnte, der sie gern sein wollte.

Aus diesem Grund hatte sie sich auf die Bettkante ihrer Tochter gesetzt, strich ihr eine Haarsträhne aus der blassen, hochangesetzten Stirn und flüsterte: „Schlaf gut, mein Schatz. Morgen wird alles schon wieder anders aussehen.“

Merle schwieg.

Erst als Eva erneut sagte: „Schlaf gut“, sich von der Bettkante erhob und leichten Schrittes in Richtung Ausgang des noch nicht fertig eingerichteten Kinderzimmers ging, meldete sich Merle zu Wort: „Du, Mama?“

„Ja, mein Engel?“

Sie drehte sich ihrer Tochter entgegen.

„Bist du glücklich?“

Eva erstarrte. Sie sagte nichts.

„Auf dem Weihnachtsmarkt warst du es. Als du beim Weihnachtsmann warst.“

Eva schaute ihre Tochter an.

Merle flüsterte: „Da hast du gelacht. So wie früher. Du warst wunderschön.“

***

Mit vor den Mund erhobener Hand war Eva aus dem Zimmer ihrer Tochter getreten. Tränen hatten ihr ebenso in den Augen geschimmert, wie sie gewusst hatte, dass sie jeden Augenblick die Fassung verlieren würde, würde sie nur eine Sekunde länger dastehen und nichts sagen.

Eva wusste nicht, wie sie Merle begegnen sollte.

Ihre in ihr wohnende Angst, ihr immer wieder zu ihr zurückkehrender Schrecken, alles könnte schlimmer werden, sie tiefer mit sich reißen, hatte sie mit erstickt klingender Stimme sagen lassen: „Ich bin glücklich. Hier bin ich zufrieden.“

In diesem Moment hatte Merle sie wieder angeschaut. Hintergründig. Durchdringend. Sezierend.

Ihre Unsicherheit, die ins Unermessliche wuchs, hatte sie dazu gebracht, schief zu lächeln und zu wiederholen: „Ich bin glücklich“, um sich dann einen Ruck zu geben, um hinterherzuschieben: „So glücklich wie noch nie.“

„Echt?“

„Mein Ehrenwort!“

Als sie das sagte, ihr der hoffnungsvolle Klang von Merles Stimme in den Ohren widerhallte, war ein Hauch schimmernden Muts zu ihr zurückgekehrt. Einem Sonnenstrahl gleich, der es schaffte, die dunklen, am Himmel entlangziehenden Gewitterwolken zu vertreiben. Sie hatte ihre Fingerspitzen zum Mund geführt, diese geküsst und sie sich dann aufs Herz gepresst.

„Ich wollte das nicht“, setzte Merle wieder an, als Eva sich dem Ausgang zuwandte. „Wirklich nicht.“

„Was denn, mein Schatz?“

„Das mit Papa und dir. Ich … Ich wollte nicht sehen, dass er die andere Frau …“

Eva machte einen Schritt auf Merle zu, ließ sich wieder auf die Bettkante fallen und strich ihrer weinenden Tochter erneut eine Haarsträhne aus dem Gesicht.

Während sie dachte, sie würde lichterloh in Flammen stehen, nahm sie sich vor, mit ruhiger, besonnener Stimme zu Merle zu sprechen. Auch wenn all die Erinnerungen in ihr wieder emporstiegen, sie merkte, dass sie sich unwohl zu fühlen begann – die Hand an der Kehle – lächelte sie sanft und flüsterte: „Deshalb bin ich wieder glücklich, mein Engel. Weil du es gesehen hast und ich so meine Entscheidung treffen konnte.“

Merle schniefte. Sie wischte sich mit dem Handrücken über die Augen.

„Ich liebe dich“, wisperte sie, als sie sah, wie ein kurzes, ehrliches Lächeln die Lippen ihrer Tochter eroberte. Diese hatte sich auf die Seite gedreht, hatte die mit irgendwelchen Eva völlig fremden Fantasiegestalten bedruckte Decke bis zur Nasenspitze hochgezogen und etwas gemurmelt, das sie nicht mehr verstand.

Was, als sie unsicheren Schrittes im Hausflur stand, der hin zum Postraum führte, zugeben musste, in dem plötzlich aufklingenden *Klingeling* unterging.

Es war aufgeklungen, einem vergessenen Gedanken gleich.

So, als habe sich jemand ihr wieder in Erinnerung rufen wollen. Und damit der Brief, der noch immer unten in der Küche an den Blumentopf gelehnt stehen musste.

In all ihrer Aufregung, in dem plötzlich über ihr zusammenbrechenden Stress, war ihr der Umschlag und die merkwürdige von ihm ausgehende Anziehungskraft vollkommen entglitten.

Um jetzt mit einem ihr unerwartet schnellen, sie verwirrenden Gefühl zu ihr zurückzukehren.

Beinahe so, als *wollte* er gelesen werden.

Eva schüttelte den Kopf.

Auch wenn der Gedanke albern war und sie für J.R.R. Tolkiens *Der Herr der Ringe* nie viel übriggehabt hatte – eigentlich gar nichts – fiel ihr jetzt eine seiner Figuren wieder ein. Nicht, weil sie das Buch ernsthaft gelesen, geschweige denn die Filme aufmerksam verfolgt hatte.

Eine Szene, in der es hieß, dass der Ring, den Frodo mit sich führte, nach jemandem rief.

Er nicht zulassen wollte, dass er in Vergessenheit geriet.

Ich hoffe nur, dass der Brief nicht solch eine Wirkung auf mich hat wie auf diesen kleinen Kerl bei den Elben, der plötzlich zu so einem Zombie mutiert ist, dachte sie. Eva erinnerte sich mit Verwunderung an jene sie erschreckende Szene zurück. Daran, wie Bilbo nach dem Ring griff, als Frodo sich das Kettenhemd aus Methril überzog und das Erbe Saurons über den Kragen rutschte. Und wie er sich daraufhin verändert hatte. Faltig war er geworden, runzelig, entstellt und hässlich, all seiner Lebenskraft beraubt, weil er nichts anderes mehr im Sinn hatte als diesen einen Ring.

Sie schüttelte den Kopf und musste schmunzeln; trotz des Kummers wegen Merle. Ihre Tochter liebte diese Art der Geschichten. Sie hatte sich schon immer mit Elfen und Riesen beschäftigt, Hexen geliebt und Abenteuer von Kobolden verfolgt, die ihre kleinen, vor dem Untergang stehenden Reiche retten mussten.

Gerade jetzt, wo sie sich unwohl in ihrer Haut zu fühlen begann, erklang das Geräusch wieder in ihrem Kopf.

Klingeling.

Sie nahm plötzlich den Geruch von Zimt wahr, meinte den Geschmack von Orangen auf der Zunge zu schmecken und war sich sicher, dass irgendwer in der unmittelbaren Nachbarschaft gerade damit beschäftigt war, einen Braten zuzubereiten.

Sie machte einen Schritt auf die Treppe zu, streckte die Hand nach dem Geländer aus und wollte verstehen, wie es sein konnte, dass sie diesem Brief so viel Bedeutung beimaß.

Was war es, was sie antrieb, diese niedergeschriebenen Zeilen lesen zu wollen?

Eva bekam keine Antwort.

Als sie in die Küche trat und erneut meinte, in eine Duftwolke aus Kakao, Keksteig und frisch im Ofen aufgehenden Plätzchen zu treten, begriff sie, dass sie ein kalter Schrecken durchfuhr.

Der Brief, der an dem Blumentopf gelehnt hatte, der sie so sehr faszinierte, dass sich ihre Gedanken um nichts anderes mehr zu drehen schienen, lag auf dem Tisch.

Feinsäuberlich hingelegt, als habe ihn jemand dort drapiert. Als wolle irgendwer, dass sie ihn las. Als wartete er darauf, geöffnet zu werden.

Der erste Brief

Es war wie verhext.

Seit sie den Umschlag entdeckt hatte und sie ihn öffnen wollte, kam immer etwas dazwischen.

Egal ob es Kunden waren, die fragten, ob sie schon Pakete entgegennahm, Post frankierte oder kleine Besorgungen machen konnte, wie Nahrungsmittel oder Backwaren.

Eva hatte später, wenn sie genauer darüber nachdachte, das Gefühl, als wäre sie in einen schlechten Film geraten. In eins jener miserabel geschnittenen Werke, wo man jeden Schnitt und jede Szene voraussagen konnte.

So war da erst die ältere Nachbarin gewesen, die nach Marmelade fragte. Dann Erwin, der sich erkundigte, ob sie Briefumschläge hätte. Oder Erik, der ihr ins Schaufenster die neuesten Bekanntmachungen der Gemeinderatssitzung hängen wollte.

Als ihre Gedanken wieder zu dem Schriftstück wanderten, hatte sie gerade damit begonnen, die einzelnen Postfächer, die es hier gab, von Staub zu befreien. Eva wusste nicht, warum sie an den Brief dachte, wieso er ihr in den Kopf kam. Als sie den Staublappen aus dem obersten Fach hervorholte, ihr die sie zum Niesen reizenden grauen Flocken um die Nase flogen, war der Gedanke plötzlich da.

Hell klirrend, von einem *Klingeling* begleitet.

Irritiert von der Tatsache, dass sie einen inneren Drang fühlte, wieder in die Küche zu gehen, hin zu der Schublade, in den sie den Brief feinsäuberlich gelegt hatte, seufzte sie. Es verwirrte sie, dass die den Brief bis jetzt nicht geöffnet hatte. Dass sie ihn an einen Ort gelegt hatte, der für sie untypisch war, um etwas abzulegen.

Es kam ihr so vor, als wären ihre Schritte wie ferngesteuert.

Damals wie heute.

Als habe man sie an Bändern befestigt und sie sanft in den Raum gezogen, in den sie gestern das erste Mal entspannt und nicht unter Druck gekocht hatte.

Noch immer lag der Geruch des Fritteusenfetts in der Luft. Gepaart mit dem Hauch angebratener, in Speck gewickelter Bohnen.

Gerade in dem Moment, als sie die Hand nach der Schublade ausstreckte und sie den hölzernen Griff umfasste, klingelte das an die Wand angebrachte Telefon.

Eva hatte zu dem altertümlichen Apparat geschaut und sich den Gedanken gestattet: *Wieso geht denn das Telefon? Ich dachte, die Leitung sei tot,* um dann mit den Schultern zu zucken und zu denken: *Wer weiß, was Erwin alles hinter meinem Rücken schon angeschoben hat.*

Als sie den Hörer abnahm und ihn sich ans Ohr presste, verzog sie das Gesicht. Ein lautes, knirschendes Knacken wehte ihr entgegen und ließ sie glauben, jemand stünde direkt neben ihr und blies in eine Trillerpfeife.

„Ich wollte schon wieder auflegen, da ich gedacht habe, du seist gar nicht zu Hause", hallte ihr die Stimme von Barbara ins Ohr. „Dabei wäre es so schade gewesen, wenn du nicht da gewesen wärst. So hätte ich dich nicht anrufen können und mit dir über Dieses und Jenes klönen können. Sieht das Telefon nicht schön aus?"

Eva, die Barbaras Sprunghaftigkeit keinerlei Bedeutung beimessen wollte, betrachtete den an die Wand montierten Telefonapparat. Sie sah, dass er ebenso beige war wie der, den ihre Eltern damals besessen hatten.

Selbst die Drehscheibe ist abgewetzt ..., der Gedanke stockte, riss ab, zerfaserte einer Rauchsäule gleich, in die der Wind fuhr. Sie traute sich plötzlich nicht, nach der untersten Kante des Telefons zu greifen. Sie wollte nicht die ...

Sie war da!

Ebenso herausgeschlagen wie damals ihr Apparat zu Hause, nachdem sie es in einem Anflug von Übermut von der Wand gerissen hatte, weil sie den Hörer schwungvoll abnehmen wollte.

Ich war aber zu klein. Ich bin nicht drangekommen. Deshalb habe ich am Verbindungskabel gezerrt und so das ganze Telefon heruntergerissen.

„Woher hast du meine Nummer?", wollte Eva wissen und merkte dabei, wie ihr aus jedem einzelnen gesprochenen Buchstaben ihre eigene Skepsis entgegenwehte. Ihre in Unruhe geratenen Gedanken, ihr plötzliches Unwohlsein, das Gefühl zu ahnen, dass hier etwas nicht stimmte, ließ ihr den Hals trocken werden.

„Hier im Dorf braucht man keine Telefonnummern. Wir sind stets alle miteinander verbunden. Jeder hat eine Nummer, die du ins Tastenfeld eingibst. Da du die

Letzte bist, die hierhergezogen ist, bist du die Nummer sechzehn. Ich habe die Fünfzehn."

„Okay."

„Cooles Prinzip, oder?"

„Ich bin begeistert", flüsterte sie, wollte aber innerlich zur Ruhe kommen, deshalb fragte sie: „Ich muss die Raute vorher drücken, bevor ich die Verbindung herstellen will?"

„Bingo. Was macht Merle?"

„Der geht es gut, danke", antwortete Eva, die das Kabel des Telefons um den Finger wickelte.

Wie damals.

Sie fühlte sich wieder wie ein Teenager. Wie ein junges, ungezwungenes Mädchen, das stundenlang am Telefon saß, mit ihrer besten Freundin telefonierte und sich darüber aufregte, wie spießig ihre Elternhäuser waren. „Sie hat keine Schmerzen mehr."

Ihre Stimme hatte bei den letzten beiden Wörtern einen dumpfen, leisen Klang angenommen. Der Gedanke an damals, daran, wie sie mit ihrer besten Freundin redete, sie sich austauschten, hatte etwas in ihr zutage gefördert, das sie nicht fassen konnte.

Eine Art Kummer, ein Schmerz, der ihr unangenehm in die Brust gestiegen war.

„Geht es dir gut?", wollte Barbara wissen.

„Natürlich. Warum fragst du?", wich Eva aus, verwirrt darüber, dass sie an ihre Mutter denken musste. An die Streits, an die Konflikte, an all diese schrecklichen Kämpfe, die sie miteinander ausgetragen hatten.

„Du bist plötzlich so leise und so nachdenklich. Wenn ich irgendetwas bei dir in Gang gesetzt habe, tut mir das nicht einmal leid. Genau das wollte ich sogar."

„Du meinst, das wolltest du nicht.“

„Dann hätte ich genau das gesagt“, verbesserte Barbara sie und ließ Eva schmunzeln.

„Es ist dein Anruf und das Telefon“, gestand Eva ihr. „So ein ähnliches hatten wir früher zu Hause. Und … nun ja, ich musste gerade daran denken, wie meine Mutter und ich immer aneinandergeraten sind wegen Kleinigkeiten.“

„Ihr habt kein gutes Verhältnis, was?“

„Beschissen wäre noch geprahlt.“

„Reden geht nicht?“

„Mit meiner Mutter? Vergiss es. Wenn sie dir keine Befehle gibt, macht sie dir Vorhaltungen. Nein, leider kann man kein vernünftiges Wort mit ihr wechseln. Denn du musst wissen, sie ist jemand, der die Schuld fürs eigene Versagen bei anderen sucht. Deshalb bin ich früh ausgezogen. Ich habe es nicht mehr ausgehalten.“

„Und du?“

„Und ich?“

„Was hast du dazu beigetragen, dass das Verhältnis so schlecht geworden ist?“

Eva, die sich nicht anmerken lassen wollte, dass sie sich angegriffen fühlte, machte unbewusst einen Schritt in die Küche hinein. Aus der Ferne vernahm sie das zaghafte, leise, sie wieder lockende *Klingeling* des Briefs und schoss auf Barbara, ohne dass sie es wollte. Aber als sie die Frage ihrer Freundin hörte und das aufwallende Gefühl ehrlicher Verzweiflung in sich fühlte, folgte sie dem durch sie hindurchschießenden Impuls der Verteidigung. Weshalb sie sagte: „Darüber möchte ich nicht reden.“

Barbara stockte. Dann zwang sie sich, wie es schien, zu einem heiter klingenden Lachen. Schließlich sagte sie: „Oha, da habe ich aber einen Knopf gedrückt. Aber wenn ich Sorry sagen würde, würde ich lügen."

Jetzt war es Eva, die lachte.

„Du hältst nichts von der Methode Samthandschuh, oder?"

„Bringt oft nichts. Besser, wenn man weiß, woran man ist. Du bist zu lieb, als vom Gram zerfressen zu werden. Du musst dir immer die Frage stellen: *Will ich ein guter oder ein ätzender Mensch sein?* Gut oder ätzend?"

„Ich weiß nicht, was du meinst." Eva wollte sagen, dass sie sich überfordert fühlte. Barbara ließ sie nicht zu Wort kommen. Sie sagte: „Gut oder ätzend? Die Schuld bei dir oder bei anderen suchen? Willst du griesgrämig in den Spiegel schauen oder lächelnd? Dich freuen oder an allem verzweifeln? Angst vor der Gegenwart oder Freude auf das Hier und Jetzt haben?"

Eva bekam einen trockenen Hals.

„Tschö mit Ö."

***

Das *Klingeling* erklang erneut, als Eva das Telefon mit einem *Klick* auf die Gabel hängte und Klara in die Küche getreten kam.

Eva, die sich herumgedreht hatte, ein Chaos im Kopf wie schon lange nicht mehr, sah, dass der Brief noch immer in der aufgezogenen Schublade lag. Unheilvoll, wie sie plötzlich meinte, einen Dunst ausströmend, dem sie sich nicht stellen wollte. Die Worte von Barbara hallten ihr in den Ohren wider und hatten etwas in ihr in Bewegung gesetzt, das sie nicht fassen, nicht greifen konnte. All diese Fragen, all diese kurzen Lichtblitze in ihrem Kopf, die Erinnerungen und Szenarien aus der Vergangenheit freigesetzt hatten, ließen ihre Knie weich werden.

Klaras: „Mama, ich will kuscheln", nahm sie kaum wahr. Sie spürte nur, wie ihre Arme sich um sie schlangen. Der Kopf ihrer Tochter fand seinen Platz auf Evas Schulter und der angenehme von ihrer Großen ausgehende Geruch stieg ihr in die Nase.

Sie schloss die Augen.

Wer willst du sein?

Sie erschauderte.

Eva wollte verstehen, was das für Worte waren. Warum diese sie so sehr trafen.

Lächeln? Griesgrämig?

Klingeling.

Der Geruch nach frischem Kakao stieg ihr in die Nase, als sie meinte, dass *Bimbam, Bimbam* einer aus der Ferne aufklingenden Glocke zu hören.

Wie damals, als ich noch ein Kind war, vor der Wohnzimmertür stand und darauf wartete, dass sie geöffnet wurde und ich zum Tannenbaum laufen durfte …

Von all den Bildern und Eindrücken überwältigt, merkte sie, dass die Umarmung mit Klara ihr einziger Halt im wogenden Meer aus sie überflutenden Emotionen war.

Sie drehte sich herum, legte ihren Kopf auf den ihrer Tochter, drückte sie an sich und fragte: „Na, was ist denn los, mein Schatz?"

„Ich will nur kuscheln.“

„Mehr nicht?“

„Nur kuscheln.“

Sie standen da, hielten sich fest, jeder für sich in seinen eigenen Gedanken gefangen, dem anderen da Halt gebend, wo der andere gerade haltlos war.

„Hier habe ich eine offizielle Einladung“, meinte Klara und zog raschelnd ein Blatt Papier aus der Hosentasche. „Wir sind zum Backen in der Schule eingeladen. Ich habe für uns alle zugesagt. Du müsstest bitte Zucker und Mehl mitbringen sowie Ausstechförmchen.“

Eva machte einen halben Schritt zurück, hielt ihre Tochter an den Schultern fest und fragte: „Wo soll ich das denn alles herbekommen?“

„Haben wir das denn nicht im Haus?“ Klara schaute ihre Mutter unschuldig an.

„Nein. Gar nichts.“

„Oh, dann müssen wir wohl nach Cuxhaven fahren und noch einmal einkaufen gehen, oder?“

„Die Fähre legt aber in drei Stunden ab.“

Drei Stunden, dachte Eva und wunderte sich über ihren eigenen Gedanken. *Dann könnte ich ja selbst auch noch einmal versuchen, zu backen.*

Klingeling.

***

Eva seufzte.

Der Teig schmeckte nicht.

Obwohl sie den Kuchen ganz genau wie ihre Oma zubereitet hatte, ihn mit den Schokotropfen versetzte und ein wenig Zucker dazu gegeben hatte, war er nicht genießbar.

Er war fade.

Lieblos.

Vielleicht war noch etwas anderes in dem Kuchen, etwas das ich vergessen habe.

Eine weitere Komponente.

Rosinen?

Sie stach erneut in den Teig.

Als sie den Löffel ableckte, schüttelte sie den Kopf und murmelte: „Fade. Einfach nur fade."

Rosinen, dachte sie wieder. *Vielleicht waren es Rosinen*, um das in ihr aufsteigende zweifelnde Gefühl zu ignorieren. Es war ihr Strohhalm, an den sie sich klammern wollte. Eine weitere Möglichkeit, um die in ihrem Hinterkopf pochende Erinnerung beiseiteschieben zu können.

Eine Erinnerung, die ihr etwas anders zeigte ...

Bilder, die sie nicht sehen wollte.

***

„Wirklich Rosinen?"

Eva hob den Kopf. Nachdem sie nach Cuxhaven übergesetzt hatte und wieder durch die festlich geschmückten Straßen geschlendert war, war sie gedanklich das Rezept noch einmal durchgegangen.

Ihr letzter Fehlschlag, hatte sie entmutigt. Die Enttäuschung, als sie sich das Stück Kuchen in den Mund schob ... kaum zu beschreiben. Nicht dazu gemacht, um sich irgendwann daran mit Freuden zu erinnern.

Nur um dann, als sie auf die Fähre ging, zu denken: *Hat Oma ernsthaft Rosinen in den Kuchen getan? Ihm damit die nötige Süße verliehen?*

Eva wusste nicht, warum sie das dachte. Was sie wusste, war, dass ihr Herz vor weihnachtlicher Freude höherzuschlagen begann. Dass ihre alltäglichen Sorgen plötzlich in den Hintergrund traten.

Klingeling.

Es schien ihr wieder so, als *wolle* Weihnachten zu ihr kommen.

So wie sie jetzt in das bärtige, runde Gesicht eines Weihnachtsmannes schaute, der den Kopf schief gelegt hielt und sie fragend betrachtete.

„Ich ... denke ...", sagte sie und musste wieder an ihre Mutter denken. Daran, wie diese sich auf den Schoß des in Rot gekleideten Mannes gesetzt, gelacht und in kindlicher Freude die Beine ausgestreckt hatte.

„Rosinen im Teig schmecken nicht", sagte der Weihnachtsmann. „Da beißt man so komisch drauf."

Eva nickte.

„Das fand ich immer ekelig."

„Keine Rosinen."

„Aber was, denn dann?", fragte sie.

„Manchmal sind es Momente, die das Essen perfekt machen."

„Da war irgendetwas drin, das mir ungeheuer gut geschmeckt hat. Der Kuchen von meiner Oma ist mir immer auf der Zunge zergangen. Ich habe ihn geliebt und mich stets so sehr darauf gefreut, ihn essen zu dürfen", sagte sie, als sie sich zum Regal herumdrehte, die Packung zurück in das Fach legte und kurz innehielt. „Ich erinnere mich nicht", um dann plötzlich auszustoßen:

„Warum erzähle ich Ihnen das eigentlich?" Sie verstummte und schaute sich verwundert um. Der Weihnachtsmann war verschwunden.

Was er hinterließ, war das kribbelnde Gefühl einer schönen Kindheitserinnerung.

Ihre Mutter, die lachte und sagte: „Ich wünsche mir, dass meine Tochter glücklich wird."

***

Eva schüttelte den Kopf.

Das, was sie hier erlebte, war unfassbar. Nicht nur, dass sie in dem kleinen Schulgebäude stand, das feinsäuberlich aufgeräumt war, mit neuester Technik ausgestattet, es waren auch so viele Menschen hier.

Menschen, denen sie schon begegnet war. Ihr vollkommen fremde Leute, die sie bisher nicht einmal aus der Ferne gesehen hatte.

Sie stand da und sagte freundlich Hallo, stellte sich vor und fühlte sich auf eine sonderbare Art und Weise ganz allein.

Auch wenn sie Erik oder Konstantin kannte, kam es ihr dennoch so vor, als würde sie inmitten eines Kreises stehen, während die Menschen sich um sie herum in einem wilden Reigen bewegten. Sie hätte gerne dazugehört, aber sie hielt sich zurück. Erik unterhielt sich angeregt mit Erwin. Klaras Lehrer war in ein Gespräch mit einer älteren Dame verwickelt, die von ihm etwas wissen wollte, über die Deichpflege, die auf der letzten Gemeindesitzung beschlossen worden war, und wann diese ihre Umsetzung fand.

Dazu drangen aus einer mitgebrachten und mit einem Handy verbundenen Bluetooth-Box die sanften Klänge von Bing Crosbys *White Christmas*. Während die verspielte, liebliche, Eva immer unter die Haut gehende Stimme Crosbys sang: „I`m dreaming of a white christmas“, war da etwas in ihr – wie vorgestern – das sich zu regen begann. Das den schön dekorierten und geschmückten Raum in den Hintergrund treten ließ.

Da waren keine aus buntem Papier gebastelten Sterne an den Fenstern. Keine von der Decke baumelnden, aus Resten gefertigten Engel. Der Weihnachtskranz entfaltete seine auf Eva immer magisch wirkende Aura.

Ihr kam es so vor, als mache sie wieder einen Schritt zurück in die Vergangenheit.

Hin zu jenem Ort, wo ihre Welt noch in Ordnung schien. Als ihre Zukunft in weiter Ferne lag; dekoriert mit Sternen und Glitzer, kleinen Lichtreflexen und dem Gefühl, unter der Decke des Lebens würde sich im Takt einer unvorstellbaren Musik die Discokugel für einen allein drehen.

Wer willst du sein?

Bei dieser Frage reckte sie sich. Sie spürte, wie sich der Glanz jener weihnachtlichen Tage erneut in ihr ausbreitete. Merles Bemerkung schoss ihr durch den Kopf.

Glücklich will ich sein.

Glücklich.

Sie warf einen Blick zu der in der hintersten Ecke des Schulraums in ihrem Rollstuhl sitzenden Barbara.

Diese war immer, egal, was Eva unternahm, ein Stück entfernt von ihr. Nicht greifbar. Bewegte sich Eva auf das Lehrerpult zu, befand sich Barbara an der Tür. Kam

Eva dorthin, saß ihre Freundin vor dem kleinen Essenstisch.

Egal, was Eva tat, Barbara war für sie nicht erreichbar.

Ebenso wie ihre Kinder.

Sie fielen zwischen den Neuwerkern gar nicht auf. Merle gehörte schon genauso dazu wie Klara.

Sie waren weder zurückhaltend noch schüchtern. Sie redeten und lachten mit ihren Bekannten, als hätten sie ein Leben lang nichts anderes getan.

Merle, die mit einem Mädchen in ihrem Alter zusammenstand, schaute nicht einmal auf, als Eva sie betrachtete und still und zufrieden in sich hineinlächelte.

Klara hingegen war ununterbrochen damit beschäftigt, die Nähe von Linus zu suchen.

Sie lachte über dessen Witze, schlug ihm spielerisch gegen den Oberarm und musste, wie Eva sah, all ihre Emotionen zurückhalten, die sie Linus entgegenbrachte. Sie kniff ihren Mund zusammen und ihre Bewegungen brachen abrupt ab, wenn Linus sie nicht beachtete. Um dann wieder mit Leben gefüllt zu werden, wenn er sich ihr zuwandte, sie ansprach und sie mit einem Eva nicht gefallenden Blick bedachte. Einen Blick, der etwas Tiefes hatte, etwas Inniges. Ein Ausdruck ehrlichen Interesses, der Eva kurz schüttelte.

Wer willst du sein?

„Hey du", sagte Erik plötzlich neben ihr und ließ Eva den Blick von ihrer Tochter nehmen. „Sorry, dass ich mich so lange nicht gemeldet habe. Im Krankenhaus steppt zurzeit der Bär."

„Wir sind es ja gewohnt, dass wir uns eine Zeit lang nicht hören."

Erik grinste.

„Wir haben uns echt aus den Augen verloren“, gestand er und meinte dann: „Dennoch schön, dass wir uns hier in der Einsamkeit wiedergefunden haben.“

„Total.“

„Wenn auch aus einem traurigen Anlass.“

„Wieso das?“

„Das mit deiner Scheidung tut mir leid.“

„Muss es nicht“, meinte sie und holte tief Luft. „So etwas passiert. Man lebt sich auseinander und dann werden andere Menschen eben interessanter.“

„Das ist dir passiert?“

„Uns.“

Wer willst du sein?

Eva schluckte, sie erschauderte, spürte einen kalten Hauch ihren Rücken herunterrieseln, glaubte eine eiskalte Hand zu fühlen, die sich ihr auf die nackte Haut legte.

„Ich verstehe.“

Konstantin Stimme erklang: „Wir wollen gleich mit dem Backen beginnen. Ich freue mich, dass ihr alle so zahlreich erschienen seid ...“

Woraufhin Erik einwarf: „Du hast uns ja keine andere Wahl gelassen. Wären wir nicht gekommen, hätten wir alle die nächste Mathematikklausur mitschreiben müssen!“

Das Gelächter war herzlich. Eva, die den Witz hatte kommen sehen - da solche Sprüche immer irgendwann fielen – schmunzelte verhalten und stieß Erik kopfschüttelnd mit dem Ellenbogen an.

Dieser grinste jungenhaft; so wie damals auf dem Schulhof, wenn er gewusst hatte, dass einer seiner Sprüche zündete.

„Es ist schön, wieder hier bei dir zu sein", flüsterte sie und hörte wie Konstantin ein: „Ja, ja, und du hast gerade deinen ersten Eintrag ins Klassenbuch bekommen", vorbrachte, was wieder zu Gelächter führte.

„Ich hoffe, du wirst hier glücklich", wisperte Erik zurück, der den Spott seines Freundes tapfer lächelnd ertrug.

„Noch mehr freut es mich, dass unsere Neuen gleich so tatkräftig dabei sind, uns zu unterstützen. Eva, Klara und Merle, danke für das Mehl und den Zucker sowie die Ausstechformen."

Beifall klang auf.

Während Merle, die Lässigkeit in Person, den Arm hob und einen coolen Gesichtsausdruck zur Schau trug, war es Klara peinlicher, im Mittelpunkt fremden Interesses zu stehen.

Sie senkte den Kopf, winkte schüchtern und warf Linus einen verzweifelt wirkenden Blick zu. Der, zu Evas Überraschung – und Erleichterung – freundschaftlich gegen den Oberarm boxte, sie angrinste und dann kurz und lässig in den Arm nahm.

Wer willst du sein?

„Dein Applaus, Eva", riss Konstantin sie aus ihren Gedanken und ließ sie die Hand heben.

„Das habe ich gern gemacht", sagte sie abwinkend. „Muss mich ja irgendwie einfügen."

„Das machst du sehr gut", rief Erwin. „Darum würde ich mich auch freuen, wenn du zur Sitzung kommst, wo wir unseren Weihnachtsmarkt organisieren. Da sind wir über jede helfende Hand glücklich."

„Und über jeden Schluck, den du da trinken kannst", ließ Erik sich nicht nehmen zu sagen, was wieder für Erheiterung sorgte.

„Weil du mich immer dazu animierst", schoss Erwin zurück und alles ging in einem heiteren Geplänkel unter, das Eva gefiel. Es hatte etwas Lockeres, Leichtes, etwas sich nicht Ernstnehmendes. Eine Möglichkeit, dem tristen Alltagsgrau zu entkommen, in dem sie alle steckten. Der sie mit Aufgaben überschüttete – mit Gedanken – und den Blick fürs Wesentliche verlieren ließ.

„Na, dann will ich euch beide mal allein lassen", sagte Erik plötzlich neben ihr und zwinkerte ihr zu.

„Allein?"

„Damit ihr beide reden könnt", sagte er schmunzelnd, deutete mit einem Nicken auf den sich unsicher auf sie zubewegenden Konstantin. Dem er, als er sich wegdrehte, zurief: „Sauber bleiben, Bursche. Das Mädchen hier verdient nur das Beste."

Sein Freund sagte hastig: „Entschuldigung, er meint das nicht so."

„Habe ich denn nicht das Beste verdient?", fragte Eva grinsend und legte den Kopf schief, weil sie es niedlich fand, wie Konstantins Ohren rot wurden.

„Nur das Allerbeste."

„Dann ist ja gut!"

Ein kurzes, unangenehmes Schweigen breitete sich zwischen ihnen beiden aus.

„Und?", wollte Konstantin zu Evas Erleichterung wissen, während die Kinder damit anfingen, den schon vorbereiteten Teig auf den Arbeitsflächen auszurollen. „Gut so, wie es ist?“

Eva sah das Mehl an Konstantins Händen, an seiner Wange und dem Kinn kleben.

Sie sagte mit schneller werdendem Herzklopfen: „Gerade ja.“

Sie streckte die Hand nach ihm aus, berührte seine Nasenspitze und spürte, wie ein angenehmes, wohliges Kribbeln durch ihren Magen fuhr.

So hat Oma mich früher auch auf die Nase gestupst.
Beim Backen, oder?

Es kam ihr so vor, als wäre da etwas, das ihr vollkommen abhandengekommen war.

Ähnlich einem Moment, wenn man in die vor langer Zeit verlassene Heimat zurückkehrt und sich verwundert über die sich veränderten Dinge die Augen reibt und dennoch viel Wohlbekanntes wiedererkennt.

Da war diese Berührung. Sie hatte etwas Vertrautes und Fremdes zugleich. Vertraut, weil sie der Meinung war, eine ähnliche, sie erfüllende Stimmung schon einmal durchlebt zu haben. Fremd war es, weil es so lange zurückzuliegen schien, Inniges zu fühlen und zu wissen, dass der Gegenüber nicht zurückzucken und ihr sagen würde: „Was soll das denn jetzt?“

Konstantin blieb regungslos stehen. Er genoss ihre Berührung offenbar.

„Du hast da was“, sagte sie, wischte das Mehl fort und sah, wie Konstantin sie anblickte. Dass er unter ihrem Streicheln kurz erschauderte. Dann, als sie ihn anlächelte und ihn betrachtete, hob er die Hand, berührte seine Nase und flüsterte: „Oh ... wie ist das denn dahin gekommen?“

„Du hast den Keksteig zu schnell ausgerollt.“

„Wollte wohl fertig werden, um …“

„Um *was*?“

„Um dir zu sagen, dass wir uns unbedingt alle einmal zusammensetzen müssen“, sagte Erik plötzlich hinter ihnen.

***

Er platzte einer Rakete gleich, die alle Dunkelheit vertrieb, in ihre Mitte und sagte entschuldigend: „Erwin lässt fragen, ob ihr mal Zeit für einen Klönschnack habt. Ganz ungezwungen.“ Er warf Konstantin einen um Verzeihung bittenden Blick zu. „Ohne Erwartungen. Es wäre sehr schön, wenn ich dich als Inselwart mal persönlich herumführen dürfte – was Erwins Idee ist. Was meinst du?“, um dann mit freundlicher, wieder belustigter Stimme zu sagen: „Konstantin wäre sicherlich auch mit dabei, oder? So als Feuerwehrmann des Orts hat er dir bestimmt auch einiges zu erzählen.“

„Feuerwehrmann?“

„Mit Uniform und Helm“, versicherte ihr Erik. „Er sieht spitze darin aus. Ich hatte auch schon die Idee, einen Neuwerk-Feuerwehrkalender zu machen. Aber drei Stück drucken zu lassen, lohnt sich nicht.“

„Hahahaha“, meinte Konstantin.

„Sie kommen, beide“, rief Erik über die Schulter zurück zu dem im Hintergrund stehenden Erwin, der freudestrahlend den Daumen in die Höhe reckte. „Und?“, wollte der Arzt wissen, sichtlich darum bemüht, die zerstörte Atmosphäre wieder herzustellen.

„Habt ihr euch schon wegen des kaputten Regals ausgetauscht? Wann kommt Konstantin denn zu dir, um
es zu reparieren?"

„Erik", stieß Konstantin erschrocken aus. „Was soll
das?"

„Was denn? Ich habe nur Interesse daran, was hier
auf der Insel so vor sich geht. Also?" Er schaute unschuldig zu seinen sichtlich peinlich berührten Freunden.

„Morgen?", fragte Eva unsicher.

„Wenn es okay für dich ist?"

„Ist es."

„Fein. Wenn ihr schon dabei seid, magst du mir dann
noch einmal die Schalternummer für dein Telefon geben? Ich muss der Telefongesellschaft noch die Position mitteilen", meinte Erik und löste damit Verwirrung in Eva aus.

„Mein Telefon geht schon", sagte sie vorsichtig.
„Meine Inselnummer habe ich auch."

„Deine Inselnummer?" Erik schaute sie verwirrt an,
während die Playlist der Weihnachtslieder von sanft
beschwingt zu kindlich lustig überging und *I am a Little
Christmas Cracker* aus den Boxen zu schallen begann.

„Wie, dein Telefon geht schon?" Konstantin schaute
ebenso verwundert wie sein Freund.

„Ich habe schon damit telefoniert, mit …"

Die beiden Männer starrten sie ratlos an.

Sie sagte leise, vorsichtig und unsicher: „Meine Nummer ist die Sechzehn."

„Welche Sechzehn?"

„Die Kurzwahl?", murmelte Eva hoffnungslos verloren, während sie hörte, wie Klara hinter ihr laut kicherte, als Linus ihr Teig ins Gesicht schmierte.

„Keine Ahnung, wovon du sprichst, aber es klingt interessant."

„Ich habe doch schon telefoniert ..."

„Dein Telefon kann noch gar nicht funktionieren. Als das Haus aufgegeben wurde, wurde auch die Leitung gekappt. Die muss erst wieder hergestellt werden. Mit wem auch immer du telefoniert hast ... keine Ahnung, wie du das anstellen konntest."

***

Im ersten Moment meinte Eva sich getäuscht zu haben. Dass sie sich die da durchs Fenster an ihre Ohren dringenden Worte nur eingebildet hatte.

Nur um dann, als sie sich zum Tablet vorbeugte, das vor ihr auf dem Tisch stand, um es auf stumm zu schalten, zu merken, dass da etwas war. Leise, abgehackte Worte, deren Sinn sie nicht, ihre Klänge aber dennoch verstehen konnte.

Sie erhob sich von der Couch.

Eigentlich hatte sie sich, nachdem der Abend in der Schule vorbeigewesen war und sie ihre Verwirrung ebenso abstreifen, wie auch verdauen wollte, geschworen, sich heute nicht mehr von der Couch zu erheben. Eva hatte nur die Füße ausstrecken und Disney+ schauen wollen. Ein, zwei Folgen *M.A.S.H.* Eine Episode von *Hör mal, wer da hämmert* oder *Scrubs*. Irgendetwas, das es ihr ermöglichte, ihre in ihr aufsteigende Verwirrung zu lindern.

Die sich erweitert hatte, als sie Barbara zu fassen bekam. Diese hatte als eine der Letzten das Grundstück der Schule verlassen. Während Eva darüber nachsann, wie sie Konstantin mit der Fingerspitze gegen die Nasenspitze getippt und zu ihm gesagt hatte: „Jetzt bist du mein Weihnachtsstern“, und sich dabei so wohl, wie nie zuvor in ihrem Leben gefühlt hatte, da war ihr Barbara aus dem Augenwinkel aufgefallen. Eine junge, dynamische Frau, die eine kleine Anhöhe hinauffuhr, als Eva sie erreichte.

Sie hatte zu dem heiteren Konstantin gesagt: „Bin gleich wieder da“, und mitbekommen, dass dieser mit einer älteren Dame ins Gespräch kam, die ihm sagte, wie nett sie es gefunden habe und wie schön der Abend im Allgemeinen gewesen sei.

„Es gibt gar kein funktionierendes Telefon bei mir“, hatte Eva zu Barbara gesagt.

Diese grinste, als sie ein: „Ach?“, von sich gab.

„Haben Konstantin und Erik bestätigt. Später auch Erwin. Wie hast du mich dann angerufen?“

Barbara hatte sie angeschaut, einen verdutzten Gesichtsausdruck gemacht und gefragt: „Wie, angerufen?“

„Du hast mich ...“

Eva stockte. Sie wusste nicht, was sie sagen sollte.

„Wie soll das gehen?“, fragte Barbara sie. „Die Leitung zu deinem Haus ist tot.“

Als Eva hinter sich hörte, wie Konstantin das Gespräch mit einem: „Einen schönen Abend noch“, beendete, wandte sie ihren Blick kurz von Barbara ab. Diese sagte: „Genieße, was auch immer du tust“, und Eva drehte sich zu Konstantin herum. Der fragte: „Darf ich dich noch nach Hause bringen?“, um dann wissen zu wollen, als sie verwirrt nickte: „Was war denn das?“

Er hatte an ihr vorbeigeschaut, dorthin, wo Barbara gerade noch gestanden hatte.

„Bar...“, setzte sie an.

Ihre Freundin war verschwunden. Weggerollert.

Ich kam mir so doof vor, kehrte sie aus ihren Gedanken zurück in die Wirklichkeit. Hierher, wo das Telefon nicht funktionierte und sie unter dem Stubenfenster jemanden reden hörte. *Das Telefon konnte nicht funktionieren. Der Anschluss war nicht vorhanden.*

Was stimmte, so verrückt es auch klang. Sie hatte es ausprobiert. Eva war in die Küche gegangen, hatte den Hörer in die Hand genommen und in die Stille gelauscht.

Nichts. Alles war stumm geblieben. Das Telefon war tot. Finito. Aus. Zu nichts zu gebrauchen.

Sie hatte mit Barbara telefoniert!

Eva hatte mit ihr gesprochen, sich mit ihr ausgetauscht und darüber geredet, wer Schuld hatte, wenn eine Beziehung in die Brüche ging.

Es war ... gespenstisch.

Was ihr wiederum deutlich machte, während sie dastand, den Hörer in der Hand, wie verführerisch der angenehme Duft nach frisch gebackenen Keksen die Küche erfüllte. Dazu eine Weihnachtsmelodie, deren Klang sie kannte, aber nicht zuordnen konnte.

Erst als Klara sich verabschiedete, hinauf in ihr Zimmer ging und ihr sagte: „Hab dich lieb, Mami“, hatte sie das Lied erkannt.

Here Comes Santa Claus.

Fröhlich gesungen, heiter gespielt. Mit einem Hauch Kindheitserinnerung versehen.

Jetzt, wo sie auf den Knien über die Couch in Richtung Fenster krabbelte und einen Blick hinaus in die vorherrschende Dunkelheit warf, überkam sie erneut eine Gänsehaut. Aber nicht, weil sie sich nicht daran erinnern konnte, sich mit Barbara auf dem Keksbackabend unterhalten zu haben.

„Ich vermisse Hamburg schon", sagte Merle mit einer weinerlichen, mit Kummer beladenen Stimme, die Eva mitten ins Herz traf. „Ja, aber hier ist es auch cool. Ganz ehrlich. Alles ist nicht so groß, zum Glück. Das Haus wird auch immer schöner. Wir machen da ja echt viel. Der Laden, den Mama aufbaut, wird toll. Ich freue mich schon darauf, dass ich mich immer an den Naschis bedienen darf."

Eva war hin- und hergerissen.

Sie wollte mit ihrer Tochter reden und ihr die Sicherheit geben, die sie verdiente. Die sie haben sollte. Andererseits wollte sie Merle nicht aus ihren Gedanken reißen, sie nicht mit ihrem plötzlichen Auftauchen überraschen und in Verlegenheit bringen.

Als ihre Tochter schwieg und dann fragte: „Kommst du uns eigentlich mal besuchen, Oma?", kam es ihr so vor, als habe Merle ihr mit voller Wucht in den Magen geschlagen.

Ihr erster, abwehrender, sich wie ein Schutzschild vor Eva stellender Gedanke war: *Sie telefoniert mit Boris Mutter. Sie redet mit Oma Lala, weil sie sich gut mit ihr versteht. Beide hatten immer Spaß miteinander.*

Sie interessieren sich für Physik und mögen Chemie. Wenn es um neue Technik geht, dann stecken sie gern ihre Köpfe zusammen.

Nur um zu merken, als der Gedanke sich wohltuend in ihr ausbreitete, dass es niemals im Leben Oma Lala sein konnte, denn diese war im Urlaub auf Lanzarote. Immer dann, wenn sie das kalte Deutschland verließ, hatte sie weder ein Handy bei sich, noch gab sie das Hotel preis, in dem sie abstieg.

Man sollte sie nicht erreichen.

Das war unerwünscht.

Sie spricht mit meiner Mutter!, schoss ihr ein aberwitziger, sie mit Angst und Furcht erfüllender Gedanke durch den Kopf. *Sie redet mit meiner Mutter.*

Um dann, als sie in einer verzweifelten Reaktion nach den Fenstergriffen fasste, diese ruckartig herumzog, in der Ferne ein vergessenes Geräusch zu hören.

Lieblich und weich. Melodisch, harmonisch aufeinander abgestimmt, Kindheitserinnerungen in sich tragend.

Ein aus der Ferne an ihr Ohr dringendes: *Klingeling ...*

***

Eva war wie ferngesteuert.

Obwohl sie, als sie das Fenster aufriss und sich ihre Sinne vernebelten, merkte, dass sie überreagierte, kam es ihr so vor, als könnte sie sich dadurch Luft verschaffen.

Sie wollte tief durchatmen. Nur einmal einen klaren Kopf bekommen.

In dem Moment, als ihr ein kalter Schwall Nordseeluft entgegenwehte, sie eine eisige Böe auf der Haut fühlte, meinte sie zu begreifen, dass es nicht nur das Telefonat war, das sie aus der Ruhe brachte.

Es war das *Klingeling.*

Das Wissen, dass sie etwas vergessen hatte.

Die dazu gehörenden, sie heimsuchenden Erinnerungen an das Telefonat mit Barbara und die nun in ihr nachebbenden Gedanken.

Sie schluckte schwer, als sie mit erstickt klingender Stimme fragte: „Mit wem redest du da?"

„Mama!", entfuhr es Merle erschrocken, die mit weitaufgerissenen Augen im Freien stand; das Handy am Ohr, eine schimmernde Träne, die ihr glitzernd über die Wange lief.

„Sag mir nicht …"

„Ich habe Heimweh", erwiderte Merle erstickt klingend. Ihre Lippen zitterten und in ihr langsam jugendlich werdendes Gesicht, in dem noch immer die Spuren des Kindes zu sehen war, das sie vor Kurzem noch gewesen war, zeichnete sich ehrliche Traurigkeit ab.

Gerade in dem Moment, als Eva etwas sagen, Merle darum bitten wollte, das Telefonat zu beenden, damit sie in Ruhe miteinander reden konnten, hörte sie ihre Tochter verneinen: „Sie schimpft nicht mit mir, Oma. Das macht Mami nie. *Was?*"

Merle schaute Eva verwirrt an, nahm das Handy vom Ohr und sagte mit erstickt klingender Stimme: „Oma will mit dir sprechen."

„Ich aber nicht mit ihr. Ich will mit dir reden. Was ist los, dass du mir nicht sagen kannst, was du denkst und fühlst? Um Himmels Willen, bitte, komm herein. Es ist eiskalt draußen."

Merle regte sich nicht.

Sie schaute ihre Mutter an, nickte, nachdem sie sich das Handy wieder ans Ohr gehalten hatte, und sagte dann: „Ja, warte kurz", um schließlich zu Eva zu schauen. „Sie will unbedingt mit dir reden!"

Eva hasste diese Telefonate. Sie schaffte es nie, einen Moment die Ruhe zu bewahren. Obwohl sich alles in ihr sträubte, sie sich dagegen wehrte, und sich vornahm, mit Merle zu sprechen, streckte sie die Hand aus.

Sie wollte die Stimme ihrer Mutter nicht hören.

Nicht jetzt, wo das *Klingeling* immer deutlicher in ihren Ohren nachhallte, und sie meinte, das wilde Glockenspiel würde lauter und lauter werden; zu einem ohrenbetäubenden Klirren und Bimmeln anschwellen, dass es einem das Trommelfell zu zerreißen drohte.

„Ja?", fragte sie mit belegt klingender Stimme, nachdem sie das Handy ihrer Tochter entgegengenommen und ihr mit einer Geste zu verstehen gegeben hatte, ins Haus zu kommen.

„Eva-Marie", begann Doris und ließ Eva eine Gänsehaut bekommen.

Jedes Mal, wenn sie die Stimme ihrer Mutter hörte, hatte sie das Gefühl, sie wäre selbst wieder ein Kind. Hilflos und verloren. Nicht dazu in der Lage, auch nur einen klaren, echten Gedanken zu fassen.

„Wir müssen dringend über *meine* Enkel reden. Schleunigst! So schnell wie möglich. So kann es nicht weitergehen. Die Kinder aus ihrer gewohnten Umgebung reißen, aller Kontakte berauben, nur weil es in der Ehe einmal nicht läuft."

Eva hielt den Atem an. Am liebsten wäre sie in die Luft gegangen.

Aber wie immer, wenn ein Schwall mütterlicher Vorwürfe und Besserwisserei über sie hereinbrach, kam es ihr vor, als wäre sie innerlich gelähmt. Sie fand keine

Möglichkeit mehr zu atmen. Sie stand da am offenen Fenster, den kühlen Hauch des langsam aus dem Herbst in den Winter übergehenden Windes auf dem Gesicht und meinte, jeder einzelne ihrer Muskeln sei gefroren.

„Die Kinder haben Kontakte", hörte sie sich wie aus weiter Ferne sagen. Es waren hohle, kraftlose Worte, die sie am liebsten revidiert und ausgetauscht hätte. Mit einer vor Wucht und Stärke dominierten Stimme, die ihrer Mutter deutlich sagte, wie wohl sich ihre Kinder fühlten und wie glücklich sie waren. Mehr als den hervorgebrachten Satz brachte sie nicht heraus und musste sich daher eine weitere, ihr mitten ins Herz dringende Frage gefallen lassen: „Esst ihr auch genug? Ich meine, nicht nur das schreckliche Essen aus diesen …", sie schluckte, schien zu kämpfen, um dieses Wort hervorwürgen zu können, als würde der bloße Gedanke an so ein Menü ihr den Magen herumdrehen, „… Schnellrestaurants?"

„Hier gibt es keine Fast-Food-Ketten", antwortete Eva müde.

„Dann isst du auch genug, Eva? Nicht, dass du mir zugrunde gehst. Du weißt ja, wie schrecklich stur du sein kannst, und mich immer damit versuchst du treffen, nicht richtig zu essen. Also, magerst du auch nicht ab?"

„Nein, Mami", sagte sie und hätte sich am liebsten die Zunge dafür abgebissen, dass sie ihre Mutter *Mami ge*nannt hatte. „Ich verhungere nicht", und fügte hinzu: „Ich bin ja die, die für die Lebensmittel zuständig ist."

„Du musst doch keine Tiere schlachten, oder?", wollte Doris mit ihrer aufgesetzten, hohen, fistelnden

Stimme, die Eva schon als Jugendliche auf die Nerven gegangen war, wissen.

„Nein, Mami, muss ich nicht."

„Ich dachte schon!" Erleichtert stieß ihre Mutter die Luft aus.

„Aber wenn du schon einmal dran bist", sagte Eva und begann sich wieder selbst dafür zu hassen, dass sie so redete ... dass sie mit dem Kopf gegen den kalten Fensterrahmen lehnte, sich das Handy ans Ohr presste und merkte, wie einsam sie war.

So paradox und verrückt es auch klang, sie sehnte sich danach, von Doris ein Wort des Trostes zu hören. Einen kurzen Anflug ehrlich empfundener mütterlicher Sorge, die darin endete, dass ihrer Mama ihr sagte, dass alles wieder gut werden würde.

Dass sie sich, wie früher – früher? – auf ihre Bettkante setzte, sie anschaute, ihr mit der Hand übers Gesicht streichelte und ihr versprach, dass sich Probleme lösen ließen, wenn man sie nur gemeinsam anging.

Warum wünsche ich mir das immer wieder?, fragte sie sich selbst und hoffte auf innere Ruhe. Ruhe vor ihren Gedanken und den, sie wie Raubtiere anspringenden Gefühlen. „Hast du auch manchmal den Eindruck, dass die ganze Welt dabei ist, über dir zusammenzubrechen?"

„Du willst mir jetzt nicht auf deine schonungslose Art sagen, dass du lesbisch bist oder so?"

„Nein, Mami, ich bin nicht lesbisch."

„Was für ein Glück, ich dachte schon, ich müsste deinem Vater eine noch schlechtere Nachricht überbringen als die, dass du auf einer Insel Lebensmittel verkaufst ..."

„Und die Post zustelle, sobald alles hier fertig ist“, fügte Eva leise seufzend hinzu.

„Himmel, auch das noch. Na, ich möchte nicht wissen, was dein Vater davon halten wird“, um dann etwas zu sagen, das Eva nicht verstand. „Wenn er mir altem Drachen denn überhaupt zuhört“, um sich selbst zu beruhigen und Eva einen Vorwurf zu machen. „Ein Mädchen mit deiner Intelligenz als Kassiererin und Briefträgerin. Perlen vor die Säue, würde ich sagen ...“

„Ich freue mich immer wieder, wie gut du mir zuhörst, Mami. Und noch mehr würde ich mich freuen, wenn du mir sagen könntest, wie Oma es immer geschafft hat, dass ihr Kuchen so gut geschmeckt hat.“

„Welcher Kuchen?“

„Der zu Weihnachten. Der mit der Glasur, dem fluffigen Kern und den Schokolinsen.“

„Ganz ehrlich“, redete ihre Mutter weiter und ignorierte das Gesagte ihrer Tochter. „Ich weiß nicht einmal, ob ich überhaupt irgendjemandem sagen will, was du gerade so treibst.

Da wäre mir das mit dem Lesbisch schon lieber. Ganz ehrlich.“

Eva verdrehte die Augen.

„Ich glaube, ich werde dich besuchen müssen“, sagte sie.

In Eva stand alles in Flammen und sie hörte gar nichts mehr, nur das zögerliche, weit in den Hintergrund getretene *Klingeling* ...

***

Eva liebte es.

96

Während aus ihrer kleinen Bluetooth-Box *Wann kommst du Weihnachtsmann*, lief, lachten Klara und Merle über den Blödsinn, den sie mit dem Keksteig anstellten. Sie bliesen sich gegenseitig Mehl ins Gesicht, hielten der anderen Teig hin und zogen blitzschnell die Hand zurück und steckten sich die Leckerei selbst in den Mund.

Sie kicherten auf eine so herrlich verspielte, schöne Art und Weise, dass Eva nicht anders konnte, als übers ganze Gesicht zu strahlen.

Das waren die Augenblicke, die sie liebte.

So wollte sie es immer haben.

Hören, wie liebliche Musik aus den Lautsprechern drang, sie alle gelöst und munter waren, darauf bedacht, sich gegenseitig Gutes zu tun.

Dazu rührte sie unentwegt Teig an, immer im Hinterkopf den verwegenen, sie nicht loslassenden Wunsch, endlich den Kuchen backen zu können, den ihre Oma damals zu Weihnachten aufgetischt hatte.

Was ihr nicht gelang.

Leider.

Sie wusste schon, als sie ihre pinkfarbene Schüssel nahm, Mehl und Milch zusammengoss, und etwas Zucker in die Masse gab, dass es ihr nicht gelingen würde.

Was sie nicht störte.

Sie rührte in der Schüssel, nahm den aus dem Ofen dringenden Geruch der langsam aufbackenden Plätzchen wahr und hörte sich rufen, als sie sah, wie Merle einen Teelöffel ergriff und ihn in den grün gefärbten Zuckerguss tauchte: „Unterstehe dich!"

„Was denn?", fragte diese unschuldig.

„Das weißt du ganz genau ..."

Doch da war es schon geschehen.

Eva war von oben bis unten mit Zuckerguss bekleckert.

Sie lachte.

Und aus der Box sang Rolf Zukowski *Wenn ich an Weihnachten denk.*

Alles war richtig.

***

Es war ein Zufall gewesen, dass sie Erik draußen vor ihrem Laden traf. Der war gerade aus seinem Haus gekommen, rieb sich die Hände und stieß seinen eine Kondenswolke bildenden Atem deutlich hörbar aus.

„Scheiß Kälte", fluchte er, sagte dann: „Oh", als er Eva sah und grinste frech. „Was raus muss, muss raus, würde ich sagen."

Er zog den dunkelbraunen Mantel mit dem Stehkragen eng um seinen Körper und trat frierend von einem Fuß auf den anderen.

„Die Renovierung geht weiter, wie ich sehe", meinte er und stieg die beiden zu seinem Eingang führenden Treppen hinunter.

„Ja, ist noch einiges zu tun", sagte sie und betrachtete die zugestellten Farben und Tapeten.

„Damit Hamburg immer nah ist, wie?", wollte er wissen, als er auf ein gegen die Wand gelehntes Bild deutete, auf der die Skyline der Hansestadt zu sehen war. Die Köhlbrandbrücke, eingefangen von den letzten Sonnenstrahlen eines vergehenden Tages, die sich majestätisch lang über den Hafen der Stadt erstreckte.

„Will ich im Kassenraum aufhängen", entgegnete sie, noch immer den Schrecken des gestrigen Telefonats und die wie eine Drohung klingenden Worte ihrer Mutter im Ohr. „Um ihn etwas zu dekorieren."

Dazu hatte sie eine Landschaftszeichnung gekauft, die die Vier- und Marschlande zeigte; den Platz um das Zollenspieker Fährhaus, vor dem sich wie ein langes, blaues, aufgewühltes Band die Elbe entlangzog.

Das aber, was ihr am besten gefiel, war eine Fotografie einer Familie; eine junge Frau, durch kniehohes Gras watend, während sie links und rechts an den Händen ihre Kinder spazieren führte. Sie, in ein wallendes, weißes Kleid gehüllt, ihr Nachwuchs von Outfits lässiger Rustikalität eingehüllt. Dazu Strohhüte auf dem Kopf, die sie festhalten mussten, da ihre Mutter mit so einer Geschwindigkeit durch das Gras lief, dass sie davonzuwehen drohten.

„Du hättest wirklich besseres Wetter bestellen dürfen, Eva. Das ist ja scheußlich und ekelhaft. Ich weiß nicht, ob du es noch weißt, aber am Oorkatensee habe ich mich damals wohler gefühlt, so mit Badehose und Luftmatratze."

„Mir liegt der Sommer auch mehr."

„Ganz deiner Meinung", sagte er, trat auf sie zu, um ihr zur Begrüßung, als wäre es das Natürlichste der Welt, ein Küsschen auf die Wange zu geben. „Ist doch okay für dich, oder?"

„Wie in alten Tagen", erwiderte sie schmunzelnd.

„Richtig", um dann zu sagen: „Der Sommer ist nicht nur besser, weil wir dann mehr Touristen hier haben, es ist hier einfach viel schöner. Nicht so trist. Wenn die

Meergänse wiederkommen, dann weiß ich, dass es wieder schön wird."

„Habe ich von gehört", sagte sie und erinnerte sich daran, dass Merle etwas über sie vorgelesen hatte. An einem Abend, als sie zusammen auf der Couch lagen, kuschelten und sie der festen Überzeugung gewesen war, dass ihre Kinder sich hier wohlfühlten. Dass sie auf Neuwerk ein neues Zuhause gefunden hatten.

Weit weg von den Problemen in Hamburg. Unendlich weit entfernt von denen Eva sich verletzt und missverstanden fühlte.

Weit gefehlt, dachte sie, als Erik sie betrachtete, und dieser zu ihr sagte: „Es ist wunderbar. Sie sind laut, aber so schön anzusehen. Letztes Jahr haben Konstantin und Erwin die Population auf fast 20000 geschätzt."

„Konstantin? Was macht der denn noch alles? Ich dachte, als Feuerwehrmann und Lehrer hat er hier schon genug zu tun."

„So wie wir alle – macht er alles", erwiderte Erik lächelnd. „Ich spiele zum Beispiel mit dem Gedanken, eine kleine Gastwirtschaft zu eröffnen. Was meinst du dazu? Bei all den Touristen hier können wir doch noch eine gebrauchen, oder nicht?"

„Aber was ist mit Erwin?"

Erik winkte ab und entgegnete: „Der verdient doch mit seinen Betten und seinem Restaurant genug. Ich finde, so ein kleiner Ort für müde Touristen, die unsere Insel bewandern, wäre passend."

„Aber nicht, dass du mir meine Kunden wegschnappst. Ein Kühlregal für Getränke habe ich schon geordert und aufgestellt."

„Wir werden Freunde bleiben", versicherte er ihr freudestrahlend und meinte: „So, ich muss leider rüber aufs Festland. Die Seeklinik wartet auf meinen Dienst."

„Du machst auch zu viel", entgegnete sie.

„Wie wir alle", sagte er erneut, um dann zu entgegnen: „Schön, dass ihr hier seid. Bringt mehr Leben auf die Insel. Es ist toll, dich wiederzusehen. Ganz ehrlich."

Er drückte sie, was sie sich nur zu gern gefallen ließ, und ihr den Mut verschaffte zu fragen: „Zwischen uns ist es nicht mehr wie früher, oder?"

„Wie meinst du das?"

„Wegen damals. Als du mich getröstet hast. Wir sind uns damals beinahe … Du weißt schon …"

„Damals hätte ich dich sehr gern geküsst", gab Erik zu. „Auch heute mag ich dich gut leiden. Sehr sogar."

„Wir werden uns aber nicht …"

„Von meiner Seite aus nicht."

„Es gibt da jemanden?"

Erik lächelte. Dann zuckte er mit den Schultern und antwortete: „Eine Schwester, drüben in der Klinik. Keine Ahnung, ob es was wird, aber wir verstehen uns sehr gut."

Eva war erleichtert und sagte: „Das freut mich sehr."

„Und mich erst. Außerdem", Erik zwinkerte ihr zu, „ich wünsche mir so sehr, dass Konstantin und du glücklich werdet. Es ist zu viel …" Er verstummte.

„Was ist zu viel?"

„Sagen wir es mal so: Gute Menschen sind in dieser kälter werdenden Welt so unglaublich wichtig. Wir sollten glücklich sein. Meinem besten Kumpel wünsche ich das sowieso."

„Ist denn etwas vorgefallen, dass er nicht glücklich sein könnte?"

Erik winkte ab, was Eva irgendwie missfiel.

„Nur so viel: Ein Kumpel steht dem anderen bei. Egal, was er getan oder sich geleistet hat."

Als er das sagte und ihr zulächelte, war da wieder der Duft nach frisch aus dem Ofen geholten Keksen in ihrer Nase. Ein Geschmack von Soße und Knödeln auf der Zunge sowie der Wunsch, in alten Erinnerungen zu kramen und sich an das zu erinnern, was einst schön gewesen war.

Einen Brief zu lesen, dachte sie, blinzelte, fasste sich in die Gesäßtasche und schaffte es nur mit Mühe, ihren eben gesponnenen Gedanken weiterzuverfolgen. *Die Leute hier. Die mich, ohne mit der Wimper zu zucken, in ihrer Mitte aufgenommen haben, und mir, nein uns, das Gefühl von Geborgenheit geben.*

Sie schmunzelte, als sie zu Erik sagte: „Danke. Danke für alles."

„Kein Ding. Wir haben ja eine schöne Zeit hier zusammen!" Dann wollte er wissen: „Karla und Merle geht es gut, hoffe ich?"

Eva nickte irritiert, noch immer von dem sie durchströmenden Drang den Brief lesen zu wollen, innerlich wie gelähmt. „Ja, klar. Super. Manchmal haben sie etwas Heimweh, aber das legt sich hoffentlich noch."

„Die Kids sind heute unterwegs, habe ich gehört."

„Ja, Konstantin hat einen Tag frei. Eigentlich muss er sich fortbilden, und mir ein bisschen helfen, ein zusammengebrochenes Regal wieder aufzubauen", sagte sie lächelnd und sah Eriks ihr guttuendes Schmunzeln.

„Deshalb hat sich Linus Mutter, die in Cuxhaven arbeitet, bereit erklärt, einen Fortbildungstag für die Kinder im Museum zu organisieren. Sie kommen heute Abend mit der letzten Fähre heim.“

„Ausgezeichnet!“ Erik tippte sich gegen die Stirn, drehte sich herum und eilte in Richtung Anleger davon, um die Fähre noch zu erwischen.

Sie winkte ihm hinterher, hielt den Brief in der Hand und tat das, was sie schon seit Tagen hatte tun wollen.

Sie öffnete ihn.

***

Lieber Weihnachtsmann,
ich weiß, dass du viel zu tun hast. Aber Letztens, als wir uns im Kaufhaus getroffen haben, hast du gesagt, ich dürfe dir immer schreiben und dir sagen, was ich mir wünsche. Viele Wünsche habe ich nicht. Eigentlich keine. Nur, wenn du magst, würde ich mich riesig über eine Barbiepuppe freuen. Eine mit einem blauen Kleid. Das wäre toll. Wenn nicht, ist es auch nicht schlimm.
Ich weiß, dass du viel zu tun hast. Aber darf ich dich dennoch dieses Jahr um etwas bitten?
Ich habe alles, was ich brauche. Andere Menschen haben das nicht. Darum wäre es schön, wenn du meiner Freundin Michaela einen Ausflug mit ihrem Papa schenken könntest. Sie sieht ihn kaum und wenn er da ist, ist er so müde. Für meinen Nachbarn Kevin wünsche ich mir, wenn du das machen könntest, dass er weniger Schimpfe bekommt. Dann wünsche ich mir etwas Frieden, Liebe und Kerzenschein für das Weihnachtsfest. Dass es so schön wird wie

letztes Jahr. Da war es so herrlich. Mama hat gelacht und Papa sogar gesungen. Das wäre so toll ...

***

Eva nahm kaum wahr, dass Konstantin mit einem leisen: „Hallo? Ist jemand da?", in den Laden kam. Obwohl sie sich immer über ihn freute und sie es genoss, seine warme, angenehme Stimme zu hören, war sie vollkommen in den Brief versunken, den sie in den Händen hielt.

Einen Brief, wie sie mit Irritation feststellte, der so gar nicht zu der eigentlichen Post passen wollte, die sie sonst verteilte.

In einen einfachen Umschlag gesteckt, war ihr ein Geruch nach Zimt und Orange in die Nase gestiegen, als sie ihn geöffnet hatte.

Als sie den Brief zu lesen begann, verlor sich die Welt um sie herum.

In ihr war alles ruhig geworden.

Voller Vorfreude und Spannung.

So, als wäre sie wieder ein Kind, das begierig darauf wartete, dass vom alten Schallplattenspieler ihres Vaters die alle innere Aufregung beiseite wischenden Klänge des Glockenspiels ertönten.

Bimbam. Bimbam.

Was jedes Mal dazu führte, dass ihre mühsam aufgetürmten Dämme einstürzten.

Eva meinte, sich ernsthaft wieder als Kind hinter der Wohnzimmertür stehen zu sehen. Von einem Fuß auf den anderen tretend, die Hand immer dazu bereit, sich nach der Türklinke auszustrecken.

104

Bilder einer unbeschwerten Kindheit traten ihr in Erinnerung. Unbelasteter Tage. Eine Zeit ohne Streit.

Wer willst du sein?

Sie wusste, dass ihre Eltern den Vormittag genossen hatten, um gemeinsam den Baum zu schmücken. Dass sie dabei Wein getrunken, gelacht und herumgealbert hatten. Sich manchmal angezickt hatten, weil das Lametta nicht so hing, wie es hängen sollte, die Kerzen nicht so positioniert waren, wie ihr Vater es gern gehabt hätte.

Es waren schöne, beruhigende Erlebnisse gewesen.

Szenarien des Friedens.

Eva hatte die Weihnachtstage zu Hause immer genossen. Allein am Heiligen Abend zusammen zu frühstücken, ihrem Vater dabei zuzusehen, wie er das Ei für sie aufschlug und tat, als könne es durch den entstandenen Riss sprechen. Er verstellte die Stimme, sang ihr schräg und schlecht vor: „Ich liebe dich so sehr. Ich liebe dich viel mehr. Vieeeeelllllll mmeeeeehr allls allles andere auf der Weeeeellllllttttt …"

Sie hatte dabei gegackert, sich die Ohren zugehalten und aus dem Augenwinkel das ihrer Mutter einen schönen, liebreizenden Schein verleihende Lächeln gesehen. Es hatte zart auf ihren Lippen gelegen und seinen Fokus in ihrem Mundwinkel gefunden. Da lag es dann, versteckt, immer jeden einladend, ihr ein Küsschen zu geben.

Diese unbeschwerte, ihr fehlende Zeit machte sie melancholisch, als sie den Geruch des Briefs tief in sich einsog. Sie spürte, dass ihr etwas fehlte, ohne sagen zu können, was es war.

Sie hatte das sorgsam zusammengeklappte Blatt Papier noch gar nicht auseinandergefaltet, als ihr die geschwungene, kindliche Handschrift ins Auge fiel.

Jeder Buchstabe sorgsam gemalt, darum bemüht, einen guten, liebenswerten Eindruck zu hinterlassen.

Lieber Weihnachtsmann, begann der Brief und ließ Eva schmunzeln. Ihr Herz schmolz vor Freude, als sie las. *Ich weiß, dass du viel zu tun hast. Aber darf ich dich dennoch dieses Jahr um etwas bitten?*

Es war die Bescheidenheit, diese Eva ins Auge springende Liebe, die sie glauben ließ, zerfließen zu müssen.

„Eva?"

Sie schreckte hoch, faltete den Brief zusammen und starrte Konstantin mitten in sein wohlgeschnittenes, ihr ausgesprochen gut gefallendes Gesicht.

„Ich habe keine fremde Post geöffnet!"

„Das habe ich auch nicht behauptet", sagte er vorsichtig und starrte Eva an, die sich nervös eine Haarsträhne aus der Stirn wischte. Die ganz irritiert von dem Brief war, von dem, was sie zu lesen bekommen hatte. Die merkte, wie sich in ihr etwas in Bewegung setzte, das sie nicht mehr aufzuhalten verstand. Sie fühlte sich, als wäre sie emotional überfahren worden. Als zeichneten sich erste Risse in den sorgsam errichteten, seelischen Mauern ab, die sie umgaben.

„Ich habe nur gelesen." Ihre Stimme klang hohl, heiser und gehetzt.

„Was sehr schön ist, da wir alle mehr lesen sollten", murmelte er und nahm Eva in Augenschein.

„Dann bist du wegen ...", sie schaute ihn durchdringend an, „... was hier?"

Er hob den schweren, grünen Koffer, auf dem ein Akkuschrauber abgebildet war. „Wegen des Regals. Erik hat mich hierher zitiert, damit ich dir helfe, es wieder an die Wand anzubringen. Du erinnerst dich?"

Sie schlug sich gegen die Stirn und sagte: „Das Regal. Stimmt ja. Habe ich total vergessen." Dann fragte sie: „Hast du nicht gewollt, dass wir das Regal aufbauen?"

„Nein", beharrte er, ein schüchternes, jungenhaftes, süßes Lächeln auf den Lippen. „Ich habe es mir gewünscht."

***

Sie hatten gelacht. So unendlich viel Spaß miteinander gehabt. Eva, die nervös gewesen war, die es nicht lassen konnte, Konstantin zu mustern, ihn anzuschauen und sich dabei immer neue, ihr besser gefallende Facetten zu betrachten, hatte unentwegt die Worte des Briefes im Hinterkopf. Sie sah wieder diese bemühte, nach Sauberkeit strebende Handschrift eines Kindes vor ihrem geistigen Auge. Dazu das innige, echte Gefühl von gelebter, gern gesehener Vergangenheit in sich. Da waren plötzliche, wie durch kleine Fugen und Spalten dringende Lichtstrahlen und Erinnerungen in ihr emporgestiegen.

Sie meinte wieder ein sie irritierendes *Bimbam, Bimbam, Bimbam* zu hören. Dicht gefolgt von einer schier grenzenlosen Neugierde, die sie dazu zwingen wollte, ihr Kinderzimmer zu verlassen, um einmal, nur ganz kurz, unerlaubt und doch einen so selten wichtigen Blick durchs Schlüsselloch der Wohnzimmertür zu werfen.

Heidschi Bumbeitschi Bumbum im Ohr ...

Alles stürmte auf sie ein. Ließ sie an Dinge denken, die längst zurücklagen. Die ihr plötzlich wieder im Gedächtnis erschienen.

Das erste Weihnachten mit Klara. Die Zeit mit Merle, als diese den Tannenbaum berührte, die Nadeln anfasste und diese alles studierte, als würde sie verstehen, was sie da sah.

Eva kicherte plötzlich und merkte, wie ihr die Regalplatte aus den Händen rutschte. Konstantin schnaubte, als er sie kichern hörte, sagte: „Aua", und sie „Entschuldigung. Das wollte ich nicht."

„Warum lachst du dann?"

„Weil es lustig aussah", meinte sie amüsiert und kicherte wieder, bevor sie hinterherschob: „Aber es war keine Absicht. Ehrenwort. Das musst du mir glauben."

„Wenn ich das nur könnte", sagte Konstantin und rieb sich den Hinterkopf.

„Lass dir zeigen, wie ernst ich es meine."

Er schaute sie an, den Akkuschrauber in der Hand, die andere an der getroffenen Stelle. „Wenn du mir jetzt Trostlieder singen willst, gehe ich."

„Hey", rief sie. „Was soll das denn heißen? Ich singe ausgezeichnet."

„Warte ... wie hat Klara es genannt, als wir über Weihnachten sprachen und aufgezählt haben, was wir am Fest nicht mögen ...?"

„Sie hat nicht von meinem Solo erzählt ...!"

„Doch, doch, warte, sie nannte es: Ohren vom Kopf fallen oder so."

„Oh, dieses ..."

„Merle hat ihr zugestimmt." Konstantin grinste. „Daher", er zuckte mit den Schultern, „glaube ich beiden,
dass du alles kannst, nur nicht singen."

„Du wirst mich singen hören, Freundchen. Oh ja. Das
wirst du."

„Also wirst du mit Erwin, mir und den anderen als
Weihnachtssänger auftreten?"

„Das habe ich nicht gesagt", rief Eva verstört. „Niemals ..."

„Hast du gerade."

„Mit keinem Wort."

„Warte, ich schreibe Erwin kurz. Man, wird der sich
freuen!"

„Unterstehe dich!"

Eva hatte mit einer schnellen Bewegung nach Konstantins Hand gegriffen, in der er das Handy hielt. Er,
mit einer solchen Attacke rechnend, hatte diese hastig
zurückgezogen, sich von ihr weggedreht und angefangen, eine Nachricht ins Textfeld einzugeben.

Als sie ihn ansprang, wusste Eva, wie übertrieben und
wie albern es war. Aber in dem Moment, als sie begriff,
wie er sie hopsnahm, mit ihr schäkerte und mit ihr
spielte, fühlte sie sich frei.

Frei wie damals, als noch alles gut gewesen war.

Als ihre Gedanken nicht erfüllt waren von einem
Wust an Vorwürfen, Trauer und Verletzungen.

Wer willst du sein?

Als sie meinte, dem Leben mit offenen Augen und
kindlicher Vorstellungskraft entgegentreten zu können.

Als ich mir sicher war, dass ein einziges Gefühl alles verändern kann, dachte sie mit Spaß, als sie Konstantin ansprang, an ihm vorbeigriff und alles daransetzte, ihn daran zu hindern, die Nachricht zu verschicken.

Er wehrte sich, streckte ihr den Hintern entgegen, nahm die Arme nach vorne und lachte dabei ein herrliches, ungezwungenes Lachen, das Evas Herz in wilde Raserei versetzte. Gefühle und Emotionen schossen in ihr empor, ließen sie glauben, von einem in die Segel ihrer Glücksmomente treibenden Wind getroffen zu werden.

Sie spürte, wie sich in ihr etwas zu öffnen begann. Eine Tür, seit mehr als zwei Jahren sorgsam verschlossen. Von einem rostigen Schlüssel abgesperrt, den sie in einem Akt eigener Hoffnungslosigkeit über das Brückengeländer ihrer Seele in den Tümpel ihrer Traurigkeit geworfen hatte. Hinein in diesen Morast aus Enttäuschungen und Verleugnen, hineingeworfen in einen Pfuhl aus stinkenden Erinnerungen und dem Genuss dabei zuzusehen, wie er in den trüben, blubbernden Blasen aus sich aufsteigendem Moor zu versinken begann.

Es war für sie nicht möglich, ihre Freude – *meine Zuneigung* – ihm gegenüber zu verbergen.

Sie wusste, als sie ihn berührte, dass da etwas mit ihr geschah, das sie nicht aufhalten konnte – nicht aufhalten wollte.

Sie kletterte in einem Anflug kindlichen Übermuts auf seinen Rücken. Sie schlang ihre Beine um ihn, hörte, wie er unter ihrem Gewicht ächzte und rief dann entsetzt: „Das hast du nicht getan!", als sie das *Wisch* einer auf Reisen geschickten, virtuellen Nachricht vernahm.

„Willkommen im Neuwerker Weihnachtschor", sagte er grinsend, drehte sich im Kreis und lachte dabei ebenso heiter, wie sie klang.

„Du Arsch", rief sie, klammerte sich fester an ihn, bei dem Versuch, Konstantin zu Boden zu reißen.

Der aber, viel stärker, als er aussah, blieb standhaft, machte einen Hopser und lud sie sich dann, ihre Hände mit seiner Hand umfassend, höher auf seinen Rücken und stampfte durch das Zimmer hin zum Fenster.

„Ich sehe dich schon da hinten stehen", sagte er, während er die zappelnde Eva noch immer mit sich trug. „Am Steg. Eine rote Zipfelmütze auf dem Kopf, am Ende des Zipfels eine hell klirrende Glocke und in der Dämmerung das Kreischen und Wehklagen einer nicht zum Singen geborenen Stimme. Hach, das wird so herrlich. So schön."

So albern es auch klang und sie ernsthaft glaubte, niemals wieder solche Gefühle für jemanden bereitzuhalten wie für ihren damaligen Mann. Sie meinte sich dastehen zu sehen. Von dem rauen Wind der Nordsee umspielt, Kälte auf dem Gesicht, in den Haaren die ersten kristallisierenden, zu Eis werdenden Wassertropfen. Vor sich die wenigen Bewohner Neuwerks, die kümmerlich erscheinenden Gäste, jeder mit einem Kerzenlicht dastehend, dabei zuhörend, wie der Chor *Stille Nacht, Heilige Nacht,* sang. Ganz vorne, ein stolzes, nur für sie bestimmtes Lächeln auf den Lippen stehend Konstantin.

Für einen kurzen Moment genoss sie dieses Bild. Sie liebte es und fand, dass es die sorgsam verschlossene Tür einen Spaltbreit öffnete. Den Pfuhl, in den sie ihren Schlüssel geworfen hatte, austrocknen ließ. Nur um dann, als es in ihr unangenehm eng zu werden begann, zu merken, wie sich ein Gefühl der Spannung in ihr ausbreitete und wie wild an ihr zerrte.

„Ich mach dich fertig", rief Eva, lachte und schaffte es, dass Konstantin aus dem Tritt kam. Dass er einen Schritt zurückmachen musste und dann, als sie erneut an ihm zog, aus dem Gleichgewicht geriert.

Er ließ sie los, fiel mit ihr zu Boden und lag plötzlich Nasenspitze an Nasenspitze mit ihr da.

Sie schauten sich tief in die Augen.

Er flüsterte, als sie jede Linie seines Gesichts betrachtete, meinte, sich in dem Dunkel seiner Augen zu verlieren: „Alle schiefen, aus deinem Mund dringende Töne werde ich genießen."

***

„Wenn das nicht meine kleine Wattwanderin ist", begrüßte Barbara die wie beschwingt wirkende Eva. Die, von ihren Erinnerungen übermannt, in den Bemühungen und der Nähe gefangen war, hob den Kopf und sah ihre Bekannte im Rollstuhl vor ihrem Haus sitzen. Die Hand zum Gruß erhoben, auf dem Gesicht ein freudiges Strahlen.

„Du hier?", fragte Eva, während sie näherkam, die Hände tief in den Taschen ihres Anoraks vergraben.

„Klar."

Eva spürte, wie ihr die Kälte durch die Kleidung direkt auf die Haut gedrungen war. Sie sehnte sich nach nichts anderem, als in die Wärme zu kommen, doch Barbara hielt sie zurück. Ungewollt. Es gab zu viele Fragen, die sie stellen wollte.

Weshalb sie sich vornahm zu ignorieren, dass ihre Nase lief und sie das Gefühl hatte, ihr Gesicht würde einerseits unter einer Eisschicht verborgen liegen, andererseits von Feuer bedeckt sein.

„Da ich dich nach der Weihnachtsbäckerei nicht mehr gesehen habe, dachte ich, du wärst fort."

Barbara winkte ab und sagte: „Ich bin gerne auch mal für mich allein. Ich brauche dann meine Ruhe. Konstantin ist nett, oder?"

Sie machte das wissende, anzügliche Gesicht einer Frau, die alle Details ganz genau und vor allem die schmutzigen zu hören bekommen wollte. „Hat er dir ein wenig die Küste gezeigt?"

„Ich glaube nicht, dass dich das etwas angeht", antwortete Eva schmunzelnd.

Sie fühlte sich unendlich wohl in Barbaras Nähe. Sie gab ihr etwas, das ihr guttat. Eine Leichtigkeit, das Gefühl, Dinge anzunehmen, wie sie waren.

Wer willst du sein?

„Ich denke, dass du mir genau das erzählen solltest", entgegnete Barbara mit einem breiten Lächeln. „Ihr saht äußerst vertraut aus da draußen. Ganz harmonisch. Du und er. Jeder darauf vertrauend, dass der andere ihn auffangen würde, wenn man zu fallen droht. Wie längst vergangene Erinnerungen."

Eva schmunzelte.

Genau so war es gewesen.

Ähnlich wie in dem Brief, den sie gelesen hatte. Dessen Worte ihr durch den Hinterkopf geisterten. Die aufblitzten, immer wieder in ihr leuchteten, um dann, leicht pulsierend, einem ausgehenden Funken gleich, in der Dunkelheit der Nacht zu verglühen drohten.

Da war plötzlich dieser ihr unbekannte Drang, ihrer Bekannten erzählen zu *wollen*, wie es mit Konstantin gewesen war. Wie sehr sie es genoss, neben ihm herzulaufen, über den Meeresgrund, der für sie, verrückterweise, nicht schlammig, sondern fest war. Über den man gehen konnte, ohne einzusinken.

Sie wollte ihr sagen, dass sie beide sich vorhin, bevor sie sich entschlossen hatten, raus ins Watt zu gehen, beinahe geküsst hätten. Dass sie Nasenspitze an Nasenspitze dagelegen hatten, den Blick des anderen in sich aufnehmend, in die Augen ihres Gegenübers zu fallen drohte.

Ich will es so unbedingt, dass ich vergesse, dass ich Barbara ganz andere Dinge fragen möchte. Ich vergesse ... was wollte ich von ihr wissen?

„Er war so lieb und süß. Total schüchtern", plapperte sie plötzlich los. „Und das, obwohl er mich frecherweise im Weihnachtschor angemeldet hat. So hinterhältig von ihm."

„Du willst singen? So wie früher?"

„Sag nicht, dass Klara dir auch erzählt hat, wie meine Stimme klingt und dass ich echt mal in einem Kinderweihnachtschor der Kirche gesungen habe."

Sie machte ein bekümmertes Gesicht und nahm die Hände vor die Augen.

„Ich habe dich unter der Dusche gehört", witzelte Barbara, die, wie Eva feststellte, ihre Hand mit einem sie wärmenden, einem Impuls aus Erinnerungen freisetzenden Gefühl ergriff. Diese streichelte und, jetzt wo sie ins Reden gekommen war, langsam losließ. „Nur ein Scherz. Ich kann nicht viel. Helfen geht ganz gut und mir vorstellen, wie Menschen Noten singen, geht auch. Bei dir, mein Schatz, sei mir nicht böse, muss ich nur daran denken, dich singen zu hören, und meine Zehennägel klappen hoch.“

Eva schaute sie an und rief entrüstet: „Hey.“

Barbara zuckte mit den Schultern und entgegnete: „Du liebst das Singen, das weiß ich. Aber du kannst es nicht, das weißt du besser als jeder andere.“

„Es wird schrecklich werden auf der Bühne.“

„Du wirst es genießen, so, wie du es immer genossen hast.“

Eva fragte: „Woher weißt du das?“, um dann von sich selbst wissen zu wollen: *Habe ich das gerade wirklich gefragt, oder habe ich es mir nur eingebildet?*

„Es ist, wie es ist. Aber mach dir nichts draus. Dafür kannst du andere Dinge toll. Verzeihen zum Beispiel.“

„Verzeihen?“

„Hast du doch schon bewiesen. Konstantin zum Beispiel. Ihm hast du die Anmeldung verziehen und bist mit ihm ins Watt gegangen.“

Eva schaute Barbara zweifelnd an. Auch wenn sie zu wissen glaubte, dass ihre Bekannte ihren sie hinaus aufs Meer treibenden Ausflug meinte, war da eine leise sich in ihr zu Wort meldende Stimme, die etwas anderes behauptete. Die ihr zuflüsterte, dass es Barbara nicht primär um Konstantin ging.

Um wen denn sonst?

Sie schüttelte den Gedanken ab und versuchte, die in ihr unentwegt wispernde Stimme zum Schweigen zu bringen. Um dann zu sagen: „Er war echt lieb." Sie geriet ins Schwärmen. „Er hat davon geredet, wie gerne er auf dem Wasser sei. Mit seinem kleinen Boot, allein auf den Wellen. Den Blick in die Ferne gerichtet. Es hatte etwas ...", sie hielt kurz inne, verschränkte die Arme vor der Brust und flüsterte dann: „... Echtes. Romantisches. Ich konnte ihn wirklich da draußen schippern sehen."

„So soll es doch auch sein", sagte Barbara, setzte mit ihrem Rollstuhl zurück und richtete ihrerseits den Blick auf das schäumende, brandende Meer.

„Und du?", wollte Eva wissen.

„Was ich?"

„Was ist mit dir? Hast du irgendwelche schönen Träume oder Hoffnungen?"

„Allgemein oder an Weihnachten geknüpft?"

„An Weihnachten."

„Das ist ein schweres Thema für mich", gab Barbara zu, drehte den Kopf und sah dabei nicht fassbar aus. So, als würde der von ihr ausgehende Schein von etwas abgedunkelt werden. Einer vor die Sonne ziehenden Wolke gleich, die alles eben im Licht Liegende mit dunklen Schatten überzog.

„Warum, wenn ich fragen darf?"

„Erinnerungen. Zuerst schöne, dann nicht so gute. So etwas halt. Weihnachten lag mir mal echt am Herzen. Aber dann hat es für mich irgendwie den Zauber verloren. Dabei dachte ich immer, dass so ein Gefühl steinerne Herzen ..."

„… erweichen kann. Dass alles irgendwie doch noch gut wird. Egal, ob man an die Geburt eines Kindes oder an einen Mann im roten Mantel denkt", beendete Eva den Satz, den sie immer mit ihrer Mutter gedacht und gefühlt hatte, als sie ein Kind gewesen war.

Ach, was. Den ich auch heute noch in mir trage. Den ich liebe, wenn meine Mädels und ich Der Grinch gucken oder den Polarexpress.

„Ich glaube, wir Erwachsenen verlernen einfach, zu fühlen. Schrecklich, oder? Wir verzeihen nicht mehr, weil wir Angst haben, unsere Negativität zu verlieren."

„Weil wir verletzt worden sind."

„Und vergessen dabei, warum wir uns gegeben haben, wie wir es taten und warum wir das Schwert gezogen, anstatt die Hand gereicht haben. Wer ist das denn?", wollte Barbara plötzlich wissen.

Eva schluckte.

Sie schüttelte den Kopf und raunte: „Das gibt es ja nicht."

Wenn die Mutter kommt

„Mami", begrüßte Eva-Marie die durch die Kälte stöckelnde, direkt auf sie zukommende, gut frisierte und in ihrem rosa gehaltenen Kostüm perfekt aussehende Frau.

Ihr Herz schlug ihr bis zum Hals.

Niemals im Leben hatte sie damit gerechnet, dass ihre Mutter sich aus ihrem trauten, fehlerlosen, wohlhergerichteten Haus wagen und hierher nach Neuwerk kommen würde. Dass sie ernsthaft die lange Fahrt über Cuxhaven auf sich nehmen und sich dann auf eine der Pferdekutschen setzen würde, um ihrer abtrünnigen Tochter unter die Augen zu treten.

„Hier lebst du also jetzt?", fragte Doris sie, den Blick über die grüne Landschaft schweifen lassend. „Hier?"

„Wie du siehst", entgegnete Eva und wollte, während sie eiligen Schrittes auf ihre Mutter zuging, wissen: „Was machst du hier?"

„Willst du nicht erst mal meine Sachen nehmen und mir dein ...", sie hielt kurz inne und überlegte, wie sie den richtigen Ton treffen konnte, und sagte schließlich: „... *Heim* zeigen?"

„Nein."

„Das da ist es, nicht wahr? Dort, wo die Tür offen steht. Natürlich, von Sicherheit hast du ja noch nie etwas gehalten."

Doris machte sich, ohne darauf zu achten, ob ihre Tochter ihr folgte oder nicht, geradewegs daran, auf das kleine Postamt zuzugehen.

Eva lief widerstrebend neben ihr her.

Hunderte und Aberhunderte von Gedanken rasten in ihrem Kopf hin und her, die sich allesamt mit Rache, Schreien und Mord beschäftigten.

Allein wie Doris durch die Tür trat, wie sie mit einem verächtlich klingenden Laut ihren Blick durch den kleinen, feinsäuberlich geputzten und erschreckend leer wirkenden Laden schweifen ließ, ärgerte Eva.

„Das ist es", sagte sie, breitete die Arme aus und fühlte sich hilflos wie noch nie zuvor in ihrem Leben.

Sie wollte am liebsten einen Schritt an ihrer Mutter vorbei machen. Hinein in das Hinterzimmer ihres Ladens, dorthin, wo noch nicht ausgepackte Kartons darauf warteten, geöffnet zu werden.

„Du weißt, weshalb ich hier bin", kam ihre Mutter gleich zur Sache. „Ich dulde keine Widerrede, keinen Widerspruch oder irgendetwas anderes, womit du dich die letzten Jahre über meiner immer entzogen hast. Pack deine Koffer und komm mit mir."

„Nein!"

Das laut hallende *Klickklack, Klickklack, Klickedeklickklack* der energisch aufgesetzten Stöckelschuhe auf dem gefliesten Boden verstummte abrupt.

Sie wurden von einem kreischend lauten *KLINGE-LING* abgelöst, was Eva irritierte. Die nun an Ort und Stelle stehen blieb, sich umschaute und unterbewusst nach einem Brief Ausschau hielt.

Sie wartete darauf, dass ihr ein guttuender, lieblicher Geruch nach Nüssen und Orangen in die Nase stieg.

Doch vergebens.

Sie sah weder einen Umschlag aus irgendeiner Fuge ragen noch einen Brief auf der Kante des Tisches oder eines Schranks liegen.

Sie bemerkte den kurzen, ihr gut gefallenden, irritierenden Schatten aus Nichtverstehen auf den stark geschminkten Zügen ihrer Mutter. Diese fragte zischend, einem Gollum aus *Herr der Ringe* gleich: „Was hast du gesagt?"

„Nein!", wiederholte sie und spürte ihr Herz dabei bis zum Hals schlagen. „Du kannst deinen Enkeltöchtern Hallo sagen, wenn sie aus Cuxhaven zurück sind." Dann schob sie hinterher: „Und dann kannst du wieder die Fähre nehmen. Ich glaube, die nächste Fahrt startet um 17:45 Uhr."

„Ich lasse mich von dir doch nicht vor die Tür setzen."

„Und ich mich nicht von dir herumkommandieren!"

So oder ähnlich hätte Eva-Marie die Unterhaltung gern geführt. Hätte ihrer Mutter gesagt, was sie von ihr hielt und wie frech sie es fand, dass diese sich daran gemacht hatte, hier, ohne Vorankündigung, zu erscheinen.

Doch anstatt unverschämt und abweisend zu sein und sich gegen die Diktatur ihrer Mutter zu wehren, stand sie wie ein Reh im aufblendenden Licht eines rasend auf sie zukommenden Autos da und wartete auf den unvermeidlichen Zusammenprall.

„Ich … ich … ich kann hier nicht weggehen", sagte sie mit brüchig klingender Stimme und merkte, dass sie innehielt und einen Postsack in der Ecke stehen sah.

Der Kurier ist doch noch gar nicht hier gewesen, dachte sie verwirrt.

Dabei meinte sie, während sie angsterfüllt zu ihrer Mutter schaute, dieses Mal ein leises, in der Ferne aufklingendes *Klingeling* zu hören. Ganz dezent. Schüchtern beinahe, als wäre der, der das Geräusch verursachte, noch in der Nähe.

Wer willst du sein?

Diese Frage fuhr ihr wieder in den Verstand, gepaart mit den Worten des Briefs.

Sie spürte, wie sich ein Gefühl der Ruhe in ihr ausbreiten wollte. Ein Eindruck, der dabei war, erneut eine geschlossene Tür in ihr zu öffnen, die sie einen Blick zurück in die Vergangenheit werfen ließ.

Dorthin, wo sie mit ihrer Mutter zusammen vor dem Tannenbaum saß.

Was hatte sie da zwischen den Fingern?

Eine Puppe?

Einen Plastikkopf mit Haaren?

Und hatte ihre Mutter eine Bürste in der Hand?

Ein seliges Lächeln auf den Lippen?

Ihr stieg ein Geruch nach Lebkuchen in die Nase; würzig herb, so intensiv, dass sie meinte, ihr würde das Wasser im Mund zusammenlaufen.

Zu dem sie heimsuchenden Eindruck gesellte sich ein in ihrem Verstand aufkommender Lichtblitz, der ihr den gefundenen Brief wieder in Erinnerung rief.

Die Zeilen: *... und dann wünsche ich mir etwas Frieden, Liebe und Kerzenschein für das Weihnachtsfest*, schossen ihr in den Sinn und ließen sie verwirrt zu ihrer vor ihr stehen gebliebenen Mutter schauen.

„Dass es dich hierher zurückverschlagen hat", meinte sie und schüttelte missmutig den Kopf. Sie stieß einen abfälligen Laut aus, bevor sie sagte: „Wer hätte das gedacht?"

„Ich mag es hier. Es ist ruhig und man wird nicht viel gestört." Eva holte kurz Luft und flüsterte: „Hier hatten wir immer gute Zeiten."

Ihre Mutter schaute sie skeptisch an, bevor sie sagte: „Ich störe dich offenbar." Es klang erkennend und verletzt, wie Eva registrierte. Aber so, wie es Doris Art war, schob sie keine Frage hinterher. Keine Regung, keinerlei Anzeichen dafür, dass sie ihre eigene Erkenntnis zerriss.

Sie streckte das Kinn nach vorne, betrachtete ihre Tochter mit einem geringschätzenden, abwertenden Blick und faltete die in ihrer Hand liegenden Handschuhe sorgsam zusammen.

„Also?"

„Also *was*?", fragte Eva, die das laute Klopfen ihres Herzens einfach nicht unter Kontrolle bekam und sich darüber ärgerte, dass ihre Mutterfurcht ihr rote Ohren bescherte.

„Kommst du mit mir zurück nach Hamburg?"

„Was soll ich da?"

„Na, was schon ..."

„Das kannst du vergessen!"

Eva-Marie löste sich von ihrem Platz und huschte hinter die Theke, hin zur Kasse. Was ihr lächerlich erschien, sie wirkte so klein und hilflos. *Dachte sie ernsthaft, dass sie hier geschützt war vor den Attacken ihrer Mutter?*

Dass sie einen Hort der Sicherheit fand, wenn sich so etwas Banales wie eine frisch polierte und auf Hochglanz gebrachte Theke zwischen ihnen befand?

Am liebsten hätte sie geheult.

Eva drehte ihrer Mutter den Rücken zu und verachtete sie dafür, dass sie es mit Leichtigkeit schaffte, ihr all das Schöne zu nehmen, was sie meinte zu besitzen. Die Erinnerungen, eben noch frisch und lebendig, voller inniger, vertrauenserweckender Gefühle, waren wie weggeblasen.

Was fiel ihrer Mutter ein?

Was glaubte sie, wer sie war?

Meinte sie tatsächlich, weil sie hier auftauchte, dass Eva sofort ihre Meinung änderte und zurück zu einem Mann ging, der sie ...

Sie unterbrach ihren Gedanken, wischte mit der Hand über die glatte Arbeitsfläche ihrer Theke und blinzelte den sich in ihren Augen bildenden Tränenschleier fort.

„Sei doch nicht so störrisch. Ihr habt Verpflichtungen."

„Haben wir nicht."

„Er ist der Vater ..."

„Er wollte mich schlagen!", entfuhr es Eva, der die ihr eben durch den Kopf gehenden Zeilen plötzlich wie grell leuchtender und in der Nacht blinkender Spott erschienen.

Frieden ... Pah.

Liebe ... Wo das denn?

Kerzenschein ... der erlischt.

„Weil du ihn provoziert hast ..."

In dem Moment, als Doris einen Satz sagen wollte, der alles zur Eskalation bringen würde, kam Barbara durch die Tür gefahren. Brüstend und sich schüttelnd, eine unangenehme Kälte mit sich bringend, die direkt von der Nordsee aufs Festland geweht kam. Sie erschien in einem Augenblick, der alles hätte auf den Kopf stellen können. Der Eva dazu bringen würde, ihre Mutter im wahrsten Sinne des Worts am Kragen zu packen und rauszuschmeißen.

Allein die Tatsache, dass Doris ernsthaft gemeint haben könnte, dass Eva, ihre eigene Tochter, schuld an dem ganzen Dilemma gewesen war, die ihre Ehe mit Boris heimgesucht hatte, versetzte ihr den nächsten Tiefschlag.

Sie schluckte, schäumte vor Wut und hörte Barbara sagen: „Das muss die Frau sein, die einen so herzlichen und guten Menschen zur Welt gebracht hat. Von der habe ich ja schon einiges gehört."

Eva schmunzelte.

Es tat gut, Barbara an ihrer Seite zu haben. Einen kurzen, inneren Moment der Ruhe genießen – zu wissen, dass sie sich auf ihre Freundin verlassen konnte. Dass diese an ihrer Seite stand.

Wie eine Mutter es eigentlich tun sollte.

Doris machte einen geringschätzenden Laut.

Erst sah es so aus, als würde Doris etwas sagen wollen. Nur um dann steif zu werden. Ihre Augen verengten sich zu Schlitzen. Sie blickte sich um und lauschte in die Ferne, so, als habe sie etwas vernommen, als wäre da etwas gewesen, das sie aus dem Takt brachte. Ihr einen unerwarteten Stoß versetzte. Oder ihr bei voller Fahrt mit dem Rad etwas in die Speichen geriet.

Doris hörte in sich hinein.

Sie schaute sich um, schüttelte dann den Kopf und schnupperte.

So wie ich, dachte Eva, als sie zu begreifen schien, was gerade mit ihrer Mutter geschah.

„Hast du etwas im Ofen? Einen Braten?", wollte Doris mit einem irritierten Klang in der Stimme wissen.

„Nein", sagte Eva, die ihrerseits innehielt und erneut das leise, zaghafte, wie aus weiter Ferne an ihre Ohren dringende *Klingeling* hörte.

„Ein Glockenspiel?", fragte Doris verwirrt und schaute sich um.

„Wer willst du sein?", fragte Barbara.

Es war erstaunlich, wie wendig ihre Freundin mit dem Rollstuhl war, fand Eva. Wie sie es mit Leichtigkeit schaffte, durch die jetzt schon eng wirkenden Gänge ihres kleinen Ladens zu manövrieren. Wie sie es schaffte, Eva zu erden und sie fragen zu lassen: „Ist es nicht schön zu hören? Ich liebe es. Du auch?"

Doris kniff die Augen zusammen.

Sie schaute sich um und flüsterte dann: „Es klang wie die Glocken, die meine Mutter immer läutete, wenn sie zum gemeinsamen Backen rief."

***

Es war verblüffend zu sehen, wie Doris sein konnte.

Als Karla am frühen Abend in den Laden kam, prustend aus der Kälte und, wie es ihre Art war, wenn sie fror, auf der Stelle trat, erhob Doris sich von ihrem Platz. Sie hatte sich einen Stuhl herangezogen, die Arme vor der Brust verschränkt und ihrer Tochter dabei zugesehen, wie diese die ersten gelieferten Waren in den Kühler sortierte. Marmeladen aus der Region ins

Regal stellte und sich anschließend über die süß gearbeiteten Souvenirs freute, die sie aus einem Karton nahm. Kleine, niedlich gefertigte, aus Keramik hergestellte Gänse, Krebse und Leuchttürme.

Die verächtlich klingenden Schnauber und Seufzer ihrer Mutter hatte Eva ignoriert – oder es zumindest versucht. Einmal war ihr ein: „Was denn?", entwichen, als sie die Zwerge feinsäuberlich nebeneinander auf eine aus Glas bestehende Plattform stellte.

„Nichts."

„Außer?"

„Du ... du hast einen Laden!"

„Papa hat ein Versicherungsgeschäft, mit Filiale", hielt sie ihr entgegen.

„Damit hat er unseren Lebensunterhalt bestritten."

„Was ich jetzt auch tun werde."

„Ja aber ... Das hier ...?"

Eva hatte nichts weiter getan, als ihre Arbeit zu verrichten und Doris dabei zuzusehen, wie diese sich plötzlich von ihrem Platz erhob, schnupperte und meinte: „Wer kocht denn hier?"

In dem Moment trat Karla ein.

Doris Verwirrung löste sich ebenso auf, wie ihr finsterer Blick. Die weichen Konturen ihres Gesichtes verhärteten Züge wurden weich. Das auf Doris Mund liegende Lächeln zeichnete ihre Lippen in feinen Linien nach. Ihre Augen schimmerten vor Glück dunkelblau und ihre herrische Aura, löste sich, zu Evas Überraschung, auf.

Da war keine Verachtung mehr, kein abfälliges Schnauben, wenn Eva ihr den Rücken zudrehte, einen Karton öffnete und in diesen hineinschaute. Keine in ihren nicht vorhandenen Bart gemurmelten Worte, die sie nicht verstehen konnte. Die aber Unverständnis in sich trugen, sodass Eva Spaß daran hatte, den leeren Postsack in die Hand zu nehmen, in ihn zu schauen, die wenigen Briefe hervorzuholen und diese, in die für die Bewohner vorgesehenen Fächer zu legen.

Sie war wie ausgewechselt.

„Mein Schatz!" Doris breitete die Arme aus, kam auf Karla zu und strahlte über das ganze Gesicht, als die auf ihr Handy schauende Merle ebenfalls eintrat. Ganz anders als ihre Schwester. Sich weder um die äußeren Temperaturen scherend noch darum, wie warm es im Inneren des Ladens war.

„Engelchen!"

„Oma?", fragte Karla irritiert, nachdem sie die auf ihrem Kopf sitzende, selbst gestrickte Zipfelmütze abgenommen hatte. „Du? Hier?"

„Oma? Ist ja krass", ließ Merle verlauten, die verwundert von ihrem Handy aufschaute.

„Mein Schatz", wiederholte Doris und strahlte eine plötzliche Liebe und Wärme aus, einen Stolz, der Eva wie ein Messer in die Brust drang. Sie hatte seit ihrem großen Streit, seit dem Zerwürfnis gewusst, dass ihre Beziehung unheilbar zerstört war. Aber jetzt, wo sich die Situation zuspitzte, sie nicht mehr auszuhalten war und sie hörte, wie ihre Mutter die Enkelkinder mit so viel Liebe und Achtung begrüßte, kam es ihr so vor, als habe sie ihr mit der flachen Hand mitten ins Gesicht geschlagen.

Was sie irritierte.

Sie hatte immer gemeint, dass es ihr egal war, was ihre Mutter sagte und tat.

War sie nicht genau deshalb hierhergekommen, um Ruhe vor Doris Übergriffen zu haben?

Warum stört es mich jetzt, dass sie auf meine Kinder zugeht? Dass sie mit ihnen Spaß haben möchte?

Komm schon, mach dich nicht lächerlich.

„Hi, ihr Süßen", begrüßte Eva ihre Mäuse, die auf ihre Oma zugingen. „Ich hoffe, ihr hattet einen spannenden Tag im Museum."

„Was seid ihr groß geworden", sagte Doris. „Und so hübsch bist du, Klara. Und du, Merle, wirst ja schon eine richtige Dame. Nur an deiner Haltung müsstest du noch etwas arbeiten. Nicht so die Schultern hängen lassen."

Die Kinder umarmten ihre Oma, gaben ihr ein Küsschen auf die Wange und ließen sich drücken und herzen.

Was dazu führte, dass Eva irritiert feststellte, dass sie früher auf eine ähnliche Art und Weise gedrückt worden war.

Mit eben solchen Bussis, voller Liebe.

Dass es so schön wird wie letztes Jahr, kam ihr der Brief plötzlich wieder in den Sinn. Es war, als flammten die einzelnen gelesenen Worte hinter ihrer Stirn auf. Als brannten sie ein lichterlohes Feuerwerk in ihrem Kopf ab, das die dunkelste Nacht spielerisch leicht vertreiben konnte.

Da war es so herrlich. Mama hat gelacht, dachte sie weiter und meinte das weihnachtliche Lachen ihrer Mutter hören zu können. Die Heiterkeit in ihr, die Freude, wenn sie sah, wie ihre Tochter mit leuchtenden Augen geradewegs auf den festlich geschmückten Tannenbaum zuging.

Und Papa hat sogar gesungen. Das wäre so toll, zitierte sie weiter und wusste nicht, was sie an diesen Zeilen störte. Warum sie aufschaute, zu ihrer Mutter, die die Hände vors Gesicht hob und noch einmal betonte: „Klara, nein, siehst du toll aus", um ihr dann über die Wangen zu streicheln und anschließend wissen zu wollen: „Gibt Mama dir auch genug zu essen? Du siehst so schrecklich dünn aus. Komm, ich werde dir etwas kochen. Ihr habt doch einen Herd, oder?"

„Natürlich haben wir einen Herd." Klara lachte.

„Das dachte ich mir", sagte Doris, während sie ihrer Enkeltochter den Arm über die Schulter legte. „Ich frage nur vorsichtshalber. Nicht, dass ihr euch nur diesen schrecklichen Fraß bestellt, von diesen Burger-Ketten." Sie schüttelte sich angeekelt.

„Wir essen auch ab und zu Pizza", konnte sich Eva nicht verkneifen zu sagen.

„Gyros haben wir auch bei Erwin gegessen. Das war lecker. Mit so viel Zaziki ..." Merle machte eine ausschweifende Handbewegung. „Wir haben danach richtig gestunken. Das war gut!"

„Kulinarisch ausgewogen. Fein."

„Wie zu Hause gelernt."

Eva warf die Post in die Fächer, wollte sich ihrer Wut, ihrer Enttäuschung nicht hingeben. Als sie sich herumdrehte, war sie darum bemüht, ein neutrales, unvoreingenommenes Gesicht zu machen.

Aber in dem Moment, als sie sah, wie Doris ihre Enkeltochter an der Hand nahm, sich umschaute und fragte: „Gibt es hier denn auch einen Laden, in dem man richtiges Essen kaufen kann?", meinte sie innerlich zu zerreißen.

Sie wollte etwas sagen, wollte kreischen und schreien, als sie das *Ringring* ihres Handys vernahm.

Kurz darauf meinte sie, als sie mit einem heiser klingenden: „Ja?", ans Telefon ging, innerlich zu erfrieren, denn Boris war dran.

***

Eva wollte abgeklärt klingen, als sie ans Telefon ging. Keinerlei Zittern in der Stimme, keine Angst davor, dass ein Wort das nächste einholte und sie sich wieder Nasenspitze an Nasenspitze gegenüberstanden. Jeder mit so viel Wut und Hass auf den anderen, dass es nur eine falsche Betonung benötigte, um im wahrsten Sinne des Worts emotional zu explodieren.

Eva wollte nicht, dass die Bilder von damals, als sie Boris zur Rede gestellt hatte, wieder in ihr aufstiegen. Obwohl sie alles daransetzte, um die Tür geschlossen zu halten und den Erinnerungen zu trotzen, wie Läufer bei Takeshis Castle den ihnen entgegengestellten Gefahren, konnte sie sich nicht dagegen wehren. Sie stemmte sich innerlich gegen ihre Emotionen. Sie wollte nicht, dass eines dieser schrecklichen Bilder auf ihrer seelischen Leinwand gespiegelt wurden, konnte es aber nicht verhindern, dass der Projektor des Lebens angeworfen wurde.

Sie meldete sich mit einem: „Was willst du?", und schluckte dabei schwer, während sie sich einbildete, dass sie das Rattern des Vorführapparats deutlich laut hören konnte.

„Ich mache mir Sorgen“, begann er, ohne eine Sekunde für Höflichkeiten zu verschwenden. „Sorgen um unsere Kinder. Sie scheinen sehr einsam zu sein.“

Eva schluckte erneut.

„Wie kommst du darauf? Du redest doch gar nicht mit ihnen.“

„Wir leben in einer digitalisierten Welt, EVA“, betonte er und spielte ihr einen steilen, ihr Selbstbewusstsein ins Abseits stellenden Pass zu, den sie am liebsten abgefangen hätte.

Aber so, wie der Projektor in ihr angefangen hatte zu laufen, ging sein Schuss geradewegs ins Tor.

„Was willst du?“

„Die Mädchen sehen.“

„Nein.“

„Das hast du nicht allein zu entscheiden.“

„Das hat die Richterin getan“, hielt sie Boris entgegen und meinte das erste Mal seit mehreren Stunden, so etwas wie sicheren Boden unter den Füßen zu spüren.

„Das interessiert mich nicht. Es handelt sich hier schließlich um meine Mädchen, und es dreht sich darum, dass es ihnen schlecht geht. Ist ja fast schon eine Entführung, die du da durchgezogen hast. Einfach abhauen, in der Hoffnung, dass ich nicht rausbekomme, wohin du dich verpisst hast.“

„Ich habe dir gesagt, wohin ich gehe.“

„Du hast mir gesagt, dass du Distanz brauchst. Aber nicht, dass ich eine Weltreise unternehmen muss, wenn ich denn mal irgendwann meine Kinder wiedersehen darf. Was ich tun werde. Du hast den Brief noch nicht bekommen?“

Eva blieb still.

„Also nicht. Dann sage ich es dir. Meine Anwälte gehen gegen dich vor. Du wirst dich demnächst in Hamburg einfinden müssen. Es gibt noch einiges zu klären.“

So wie er das sagte, so wie er mit ihr redete, fühlte sie sich augenblicklich klein und erniedrigt. Es kam ihr so vor, als würde sie sich wieder mit dem Rücken zur Wand befinden. Als stünde er vor ihr, seine vor Wut und Hass blitzenden Augen geradewegs auf sie gerichtet, die Hand um den Kragen ihrer Bluse gekrallt.

Eva spürte wieder, wie sich der Stoff in ihre Haut grub. Wie sie meinte, vor Angst ersticken zu müssen.

„Nicht auf dem Rücken der Kinder“, sagte sie leise. „Das hatten wir uns damals geschworen.“

„Damit hast du doch angefangen“, hielt er ihr entgegen. „Ich will nur meine Kinder sehen, und sie zurück nach Hamburg holen.“

„Wir sind in Hamburg.“

„Einen Scheiß seid ihr. Ihr seid auf einer verkackten Insel, die man ab Oktober kaum noch besuchen kann. Mit einem verpissten Pferdewagen kann man sich zu euch übersetzen lassen. Das ist doch nicht Hamburg. Das ist Scheiße.“

„Wir sind dem Bezirk Hamburg-Mitte zugeteilt“, hielt sie ihrem wütenden Ex-Mann entgegen.

„Fuck off“, schrie er ins Telefon und schob hinterher: „Ich werde mich um die Mädchen kümmern, das verspreche ich dir. Sie werden bei mir sicher sein. Egal, was du behauptest. Ich habe genug Material zusammen, das ich benötige, um beweisen zu können, dass unsere Kinder sich in der neuen Umgebung nicht wohlfühlen.“

Eva schnürte es die Kehle zu.

„Was hast du getan?"

„Na, was schon?" Sie konnte ihn vor ihrem inneren Auge sehen, wie er dastand, mit diesem abfälligen, geschäftigen Gewinnerlächeln auf den Lippen, das er immer trug, wenn er dabei war zu gewinnen. „Ich habe etwas mit unserer Jüngsten gechattet. Sie hat mir so einiges über dich erzählt. Hast du die Kinder wirklich in eine psychisch nicht tragbare Situation manövriert, Eva? Dummes Kind ..."

***

„Habe ... ich etwas falsch gemacht?"

Eva, die wie geschockt dastand und keine Ahnung hatte, was sie sagen oder denken sollte, schaute auf. Sie starrte in das bekümmerte, ihr immer wieder Liebe ins Herz jagende Gesicht von Merle. Sie wusste, wie empfindsam ihre Kleine war. Wie sensibel sie sein konnte.

Auch jetzt, wo sie ihre lässige, coole Art fallen gelassen hatte, sie sich weder für Handy, Tablets, Computer oder andere Elektronik interessierte, war da nur dieses kleine, schmächtige Kind. Gefangen in sich selbst, verwirrt und ängstlich. Mit der Hoffnung, nichts Schlimmes angestellt zu haben. Die kein Chaos heraufbeschwören wollte. Die Unheil brachte.

Weil sie es gewesen war, die ihren Vater mit Textnachrichten versorgt hatte. Die ihm schrieb, dass nicht alles so war, wie sie es sich erhoffte. Nicht so, wie sie es sich wünschte.

133

„Warum hast du mir nie was erzählt?“, wollte Eva wissen, die die Tränen in den Augen ihrer Tochter schimmern sah. „Du hättest doch immer zu mir kommen können.“

„Ich will dich nicht unglücklich machen“, sagte Merle, die zwischen Doris und Klara stand, den Kopf gesenkt, mit einem lauten Schniefen, das ihr aus der Nase drang.

„Das machst du doch nie“, entgegnete Eva, die hinter den Tresen hervortrat, die Arme ausbreitete und überrascht war, wie einfühlsam ihre Mutter plötzlich sein konnte. Diese nahm Karla in den Arm und meinte: „Komm, wir gehen schon einmal in die Küche und bereiten das Abendessen vor!“

Merle stand wie verloren da.

Sie wusste nicht, was sie tun oder lassen sollte, als Eva auf sie zukam. Die plötzlich, warum auch immer, das Bild ihrer kleinen, gerade frisch geborenen, auf ihrer nackten Brust liegenden Tochter im Kopf hatte. War die Leinwand in ihr eben noch mit hässlichen, schrecklichen Abfolgen ihres Lebens bedeckt gewesen, so waren es jetzt flimmernde, von Liebe dominierte Eindrücke, die auf sie einstürmten. Der frische, sanfte, von Merle ausgehende Geruch. Der erste Blick in ihr schrumpeliges, fein geschnittenes Gesicht, das aussah, als wäre sie noch nicht in ihrer eigenen Haut gewesen. Diese kleine, zur Faust geballte Hand, in die Eva ihren Zeigefinger schob und vor Liebe, Glück und einer Spur ehrlich empfundener Erschöpfung murmelte: „Hallo, mein Schatz.“

All das schoss ihr durch den Kopf, während sie die Arme ausbreitete und ihre Tochter an sich drückte.

„Wie kommst du nur darauf, dass du mich unglücklich machen könntest?"

„Weil … weil … weil …" Merle begann zu weinen. Ihr Kopf fiel gegen Evas Schulter, ihre Arme schlangen sich um die Hüften ihrer Mutter und entwickelten eine solche Kraft, als sie Eva an sich drückte, dass diese überrascht Luft ausstieß.

„Schatz", sagte Eva, die ihre Wange auf den Scheitel ihrer Tochter presste. „Du kannst immer zu mir kommen. Mit all deinen Problemen."

„Du bist hier aber glücklich."

„Aber nur dann, wenn ihr auch zufrieden seid. Bist du es denn nicht?"

„Ich vermisse Papa", gab Merle zu und versetzte Eva damit einen Stich. Dann schob sie hastig murmelnd hinterher: „Irgendwie."

„Das darfst du doch auch. Aber sei immer ehrlich zu mir. Ich hätte doch alles getan, damit es dir hier besser geht. Ich dachte wirklich, dass du zufrieden bist. Beim Weihnachtsbacken sahst du zumindest so aus, als du mit dem Jungen zusammengestanden und gelacht hast. So niedlich gelacht."

Eva fühlte mütterlichen Kummer in sich aufsteigen. Die ihr durch den Kopf hämmernden Fragen, wie sie die Probleme ihre Tochter so hatte übersehen können, war für sie unbegreiflich. Sie zwang sich, an unterschiedliche Situationen zu denken … daran, wie Merle sich verhalten und benommen hatte. Ob sie irgendetwas gesagt, oder unterbewusst signalisiert hatte, ohne dahinterzukommen.

Der Hilfeschrei ihrer jüngsten Tochter war ihr definitiv verborgen geblieben.

Weil ich zu sehr auf mich konzentriert war?
Immer an Konstantin denken musste?
An die Briefe?

„Justin ist ja auch nett", riss Merle ihre Mutter aus ihren Gedanken, die sich nun von ihrer Mama löste, schniefte und sich mit dem Handrücken unter der Nase entlangfuhr. „Aber …"

„Er ist nicht wie deine Freunde in Bergedorf?"

„Mom", sagte Merle, hob ihr Handy und wackelte damit. „Hier sind all meine Freunde drin. Justin ist nur nett."

Eva lächelte. Sie strich ihrer Tochter eine Träne von der Wange und wollte wissen: „Was ist es denn dann? Was macht dich unglücklich hier?"

„Es ist nicht wie früher …"

„Maus, ich will dir keine Angst machen, aber ein Leben wie früher wird es nicht mehr geben. Kann es nicht mehr geben. Das, was Papa und Mama … Nun, was wir durchgemacht haben, will ich nicht mehr."

Merle machte ein betretenes Gesicht. Eva konnte sehen, wie ein viel zu erwachsener, viel zu verstehender Ausdruck in den weichen Zügen ihrer Tochter Einzug hielt. Ihre Jüngste nickte, bevor sie fragte: „Könnt ihr es nicht noch einmal versuchen? Nur einmal?" Sie begann wieder zu weinen. „Vielleicht versteht ihr euch ja irgendwann wieder? Nur anders als früher. Bitte, Mama, könnt ihr es nicht noch einmal versuchen?"

Eva schloss die Augen, drückte ihr Kind an sich und fühlte, wie etwas in ihr zerriss, als sie sagte: „Nein, mein Engel, das geht leider nicht", um dann selbst anzufangen, zu weinen. „Es geht einfach nicht."

Rolf Zukowski trällerte erneut aus Evas Bluetooth-Box mit *Wenn ich an Weihnachten denk, während* das *Rusch Rusch Rusch* ihres durch die pinkfarbende Rührschüssel wirbelnden Schneebesens, zu einen lieb gewonnenen Chor für sie wurde. Eine Möglichkeit, aus dem Alltag ausbrechen zu können, der sich düstergrau über sie gestülpt hatte.

Sie wollte ihre Sorgen um Merle beiseite rühren.

Vergessen, wie traurig ihre Tochter gewesen war.

Wie wenig Trost sie ihr gespendet hatte.

Außerdem ärgerte es sie, wie ihre Mutter mit ihr sprach.

Wie ich sie behandle, dachte sie und wirbelte das Mehl und die Milch so schnell durcheinander, dass sich einzelne Spritzer auf der Arbeitsfläche verteilten.

„Du, Mom", sagte Klara hinter ihr. „Ich würde noch einmal rausgehen wollen."

„Jetzt?", fragte sie und nahm wahr, dass die Textzeilen:

Weihnachten, Vertraute Insel, Weihnachten, Im Strom der Zeit, Weihnachten, Geborgte Zukunft, Weihnachten, Vergangenheit, sie gnädiger zu stimmen begann. Da war ein Gefühl von Loslassen ihr ihr. So, als würde man eine um einen Knauf gewickelte Schlaufe lösen.

„Nur ganz kurz", versicherte ihr Klara, während sie die Wollmütze aufsetzte.

„Linus?"

„Mama!"

„Linus", sagte sie mit einem Schmunzeln im Mundwinkel. „Viel Spaß."

„Bis nachher.“

„Bleib nicht so lange.“

„Hier komme ich doch sowieso nicht weg!“

Eva rührte weiter den Teig und begann das Lied mitzusingen, das automatisch Bilder von früher in ihr Herz projizierte. Bilder von Tagen, als Weihnachten für sie noch eine Kraft besaß, wie nichts anderes auf der Welt. Als sie jeden einzelnen Kerzenschein in den am Tannenbaum hängenden Glaskugeln brechen sah. Wo sie alle zusammen gewesen waren. Freudig und liebevoll. Zwanglos schwatzend und sich über dieses und jenes unterhaltend.

„Du backst?“, riss Doris ihre Tochter aus den Gedanken.

„Ja“, sagte sie, darum bemüht nicht kalt zu klingen.

„Du rührst den Teig zu wuchtig“, meinte sie, trat hinter Eva und nahm ihr den Schneebesen aus der Hand.

„Mom!“

„So macht man das!“ Mit sanften kreisenden Bewegungen begann Doris den Teig zu rühren. „Siehst du. So.“

„Ich weiß, wie man Teig ...“

„Das habe ich gesehen. Gib mal dein Handy!“

„Wa...“

Doris wischte über das Display, entriegelte den Sperrbildschirm und scrollte durch die Musik-App.

„Ah, da ist es ja.“

„Ich möchte Rolf Zukowski hören.“

„Aber mit diesem Lied, wird der Teig so gut, wie er werden soll. Ich verspreche es dir.“

„Lass es mich bitte allein machen ...“

In diesem Moment lief Peter Alexanders *Heidschi Bumbeitschi Bumbum,* und in Eva öffnete sich eine Tür in die Vergangenheit.

Oma hatte das Lied immer beim Kuchenbacken gehört ...

***

Eva rieb sich über das Gesicht, nachdem sie sich auf die Couch hatte fallen lassen. Sie holte tief Luft und versuchte, sich selbst davon zu überzeugen, dass ihr Umzug hierher, ihre Entscheidung, einen kompletten Neuanfang zu starten, richtig gewesen war.

Obwohl Merle ihren Papa vermisste.

Eva wollte sich nicht von ihren Zweifeln besiegen lassen.

Sie fand ihre Leichtigkeit wieder.

Da war Weihnachten. Ein Gefühl von Freude. Die Hoffnung, dass sich doch noch alles zum Guten wenden könnte.

„Eva?"

Eva schaute auf, stieß ein: „Mama", aus und wischte sich mit einer eiligen Handbewegung über die Augenwinkel.

„Darf ich mich zu dir setzen?"

„In der Küche gibt es für dich nichts mehr zu tun?", wollte Eva bissig wissen.

„Merle und ich haben das Geschirr abgewaschen und wegsortiert. Ich hätte gedacht, ihr hättet wenigstens einen Geschirrspüler."

„Wir haben gar nichts, Mama", sagte Eva, während sie den Kopf hin und her wiegte. „Nichts. Sieh dich hier doch mal um. Nur eine Rührschüssel. Die du mir auch noch aus der Hand nimmst."

„Darum ja meine Frage, ob es nicht besser wäre ..."

„Nein!" Eva schüttelte den Kopf. „Und noch einmal Nein! Mama, wann verstehst du endlich, dass ich niemals wieder auch nur einen Fuß in dieses verfluchte Haus von Boris setzen werde? Hast du eigentlich eine Ahnung, was mir da alles widerfahren ist? Fang ja nicht wieder damit an, dass auch ich meinen Teil dazu beigetragen habe, wie Boris sich verhalten hat."

Eva starrte ihre Mutter wutentbrannt an.

Obwohl sie erschöpft war und gar nicht mit ihrer Mama reden wollte, brachte sie es nicht übers Herz, ihr zu sagen, dass sie sich in das für sie bereitgestellte Zimmer zurückziehen sollte. Eva, die ein müdes, abgekämpftes Lächeln auf den Lippen trug, seufzte leise, als sie sah, wie ihre Mutter auf die Couch zukam, auf der ihre ausgelaugte Tochter saß und sich auf die hohe Lehne setzte.

„Willst du etwas trinken? Einen Wein oder etwas anderes? Ein Dosenbier?"

Eva sah, wie sich das Gesicht ihrer Mutter verzog.

„Ich habe gar kein Dosenbier im Haus!"

Doris fasste sich mit einem erleichterten Seufzer an die Brust, holte tief Luft und meinte dann: „Ich habe schon einen Schrecken bekommen."

„Aber ich habe auch keinen teuren Wein hier. Nur einen vom Festland importierten und Nein", sagte Eva, „ich habe weder eine Ahnung, wer den Wein gekeltert hat, noch wessen Füße die Trauben zerstampft oder in welchem Jahr der Wein in ein Eichenfass gefüllt wurde."

„Schatz", entgegnete Doris ruhig, „du bringst da, glaube ich, den einen oder anderen Herstellungsprozess unterschiedlicher Alkoholika durcheinander."

„Ich wollte dir damit nur sagen …"

„… dass du nicht weißt, womit du dich kulinarisch umgeben hast."

„Nein, ich wollte nur kundtun, dass ich schlichtweg keine Ahnung habe und nicht den blassesten Schimmer, wie man Wein benennt oder ihn serviert. Ich würde ihn dir einfach in ein Becherglas füllen und ihn dir auf den Tisch stellen."

Doris rümpfte die Nase und sah auf erschreckende Weise für einen kurzen Augenblick wie Merle aus.

Wie Evas kleine, vom Schicksal stärker gebeutelte Tochter, als sie es jemals für möglich gehalten hatte. Sie musste nur daran zurückdenken, wie sie eben noch bei ihr gewesen war, erst neben ihr im Bett gelegen hatte, ihren Arm unter Merles Kopf geschoben. Mit den Fingerspitzen über ihre Schläfen fahrend, den Nasenrücken entlang, hin zur Nasenspitze und sich dabei anhörte, was hinter der Stirn ihres Kinds alles vor sich ging.

Jedes Wort war für Eva wie ein Schlag ins Gesicht gewesen.

Nicht diese Art von Hieben, bei denen man sich unwohl fühlte, bei denen man dachte, man würde zusammenbrechen, sich zusammenkrümmen und auf dem regenüberströmten Boden zertrümmerter Gefühle wimmernd liegen blieben.

Nein, es waren Ohrfeigen gewesen, die sie wieder zu Verstand gebracht hatten.

Die ihr die Sinne geschärft und sie ernsthaft daran hatten zweifeln lassen, ob sie auch nur eine Sekunde ihr Kind wahrgenommen hatte.

Sie hatte sich noch einmal an Merle herangekuschelt, sie fest gedrückt und ihr versprechend ins Ohr geflüstert: „Ich werde fortan besser auf dich achten. Versprochen, mein Schatz."

Woraufhin ihre Tochter sagte: „Ich liebe dich."

Was Balsam für Evas geschundene Seele war. Eine kurze, intensive, mit Freude erfüllende Gefühlsexplosion, die sie dazu brachte, neben Merle zu liegen und darauf zu warten, dass diese einschlief.

So wie früher.

Wie damals, als ihr Kind es nicht geschafft hatte, von allein in den Schlaf zu finden. Der es nicht möglich gewesen war, die Äuglein zu schließen und wegzuschlummern, wenn sie in ihrem Bettchen lag.

All diese Gedanken kamen ihr, während sie in das Gesicht ihrer Mutter schaute. Die noch immer auf der Couchlehne saß, die Nase rümpfte und ihre Tochter mit einem halb spöttischen und halb verärgerten Gesichtsausdruck anschaute.

„Du solltest mehr Zeit in deine Bildung investieren, Eva."

„Und du in deine Höflichkeit", entgegnete Eva, die das verlockende *Pling* ihres Handys vernahm.

„Ich bin immer höflich."

„Wenn du schläfst!"

„Du bist ein freches, ungezogenes Ding."

Eva, die es genoss, dass sie so frei und ungezwungen mit ihrer Mutter sprechen konnte, ohne dass ihre Gedanken anfingen Karussell zu fahren, schaute auf das

Display ihres Handys. Sie sah zu ihrer Überraschung, dass es weder Erwin noch Barbara waren, die ihr schrieben.

Konstantin meldete sich.

Mit einer ungelenken, für seine vorhin offene, ungezwungene Art beinahe komisch anmutenden Nachricht.

Wollte dich nicht stören oder dir auf die Nerven gehen.

Möchte dir sagen, wie schön der Tag heute mit dir war.

Freue mich, wieder von dir zu hören.

Eva lächelte.

Sie fand es niedlich, wie er schrieb.

Da war das plötzliche Gefühl in ihr, als würde er aufgeregt sein. Als wäre er das erste Mal dabei, ein Mädchen, das er mochte, zu fragen, ob sie sich nicht einmal treffen und hinunter zur Bille gehen wollten.

„Hörst du mir überhaupt zu?", fragte Doris plötzlich und riss Eva aus ihren Gedanken.

„*Was?*"

„Tust du nicht", entgegnete ihre Mutter, die die Arme vor der Brust verschränkte, ihre Tochter mit einem missbilligenden Blick bedachte und seufzte, bevor sie wiederholte: „Ich wollte wissen, was deine Pläne für die Zukunft sind."

„Nicht zurück nach Bergedorf gehen, wenn es das ist, was du hören wolltest."

Doris schüttelte den Kopf.

„Kind, du ..."

„Nein, Mama, nein und noch einmal nein. Deine Mission ist gescheitert. Ich will nicht mehr", um sich dann zu verbessern: „Ich *kann* nicht mehr. Boris ist für mich ... er ist ... er ist nur noch ein vergilbtes Blatt im Buch meines bisherigen Lebens.“

„Er ist der Vater deiner Kinder!“

„Er hat mich verletzt.“

„Schatz, Fehler passieren. Ich meine, es ist nirgendwo perfekt.“

„Außer in deiner Welt“, schoss Eva zurück und meinte ein kaum bemerkbares Zucken zu erkennen, das durch das Gesicht ihrer Mutter fuhr. Ein kummervoller, mit aller Macht zurückgehaltener Schmerz, der sich zeigte, indem er in ihre Augen stieg und kurz, intensiv aufblitzte.

„Es geht um deine Welt“, sagte Doris, um Kälte in der Stimme bemüht.

„Warum willst du, dass ich zu Boris zurückgehe? Ist es wichtiger, nach außen hin den Schein zu wahren, als zu sehen, dass deine Tochter in einer Beziehung, die sie nicht will, unglücklich ist? Du musst doch auch wollen, dass ich glücklich bin.“

„Es geht mir um die Kinder.“

„Natürlich. Wie konnte ich das vergessen?“ Eva schlug sich mit der Hand gegen die Stirn.

„Sei nicht sarkastisch!“

„Sei nicht so engstirnig“, traute Eva sich zu sagen und schoss hinterher, als erneut ein *Pling* von ihrem Handy kam: „Geh doch Papa mit deiner perfekten Welt auf die Nerven. Sag ihm, was er zu tun und zu lassen hat. Mach ihn zu dem Menschen, den du haben willst. Er freut sich ganz bestimmt darüber.“

Doris sagte nichts weiter.

Sie stand von ihrem Platz auf, hob die Hand vor den Mund und schritt geradewegs, das Haupt stolz erhoben, keinerlei Gefühle zeigend, aus dem Zimmer und verharrte ebenso wie Eva. Sie lauschte in die Stille hinein, schien ebenfalls das helle, laute, klirrende Glockenspiel vernommen zu haben.

„Der Kuchen!", platzte es aus ihr heraus. Eva lief in die Küche und atmete erleichtert aus, als sie die befürchteten dunklen, aus dem Ofen aufsteigenden Rauchsäulen nicht sah.

„Der braucht noch fünf Minuten", sagte Doris hinter ihr.

„Nein, er muss raus."

Um dann kurz innezuhalten, denn es schellte und ringte weiter. Es klang, als würde der Big Ben in London allen Menschen der Welt verkünden, dass erneut eine Stunde vergangen war. Die Stirn in Falten gelegt, setzte Doris sich wieder in Bewegung.

Sie ging an ihrer Tochter vorbei.

„Siehst du, er kann noch ein bisschen."

„Ich hole ihn raus!"

Eva schaute ihre seufzende Mutter durchdringend an.

Diese hob abwehrend die Hände.

„Tu, was du nicht lassen kannst."

„Das werde ich."

Eva öffnete den Ofen. Warme Luft schlug ihr entgegen. Der Geruch nach aufgegangenem Teig stieg ihr in die Nase. Sie meinte den Duft von damals zu riechen. Das Gefühl von einst, war wieder da.

Sie lächelte.

„Das ist es", sagte sie lächelnd, hob das Ofenblech an und ließ die Backform auf die Arbeitsfläche rutschen.

„Das war zu früh."

„Probieren wir ihn doch einfach."

Sie taten es.

Eva verzog das Gesicht. Doris schnaufte besserwisserisch.

„Wieder nicht ..."

Dafür vernahm sie erneut das leise *Klingeling* ...

***

Doris sah nicht, wie ihre Tochter überrascht den Kopf drehte, ihren Blick aus der Küche ins Wohnzimmer schweifen ließ. Auf den unter der Couch hervorlugenden Läufer gerichtet. Eva meinte, einer Sinnestäuschung unterlegen zu sein. Da war wie aus dem Nichts, die Luft in kräuselnde, kleine, wie Schneewirbel aussehende Windböen versetzt, der Brief erschienen.

Aus sich heraus leuchtend, einen Schein ausstrahlend, der aber nicht blendete. Der an milden, aus einem Fenster fallenden Kerzenschein erinnerte, der auf im Dunkeln liegenden Schnee fiel.

Während Eva dastand, blinzelte und hörte, wie ihre Mutter sich in Bewegung setzte, stieg ihr der angenehme, bekannte Geruch nach dem ersten Frost des Jahres in die Nase. Einer jener Düfte, der einem das Wasser im Mund zusammenlaufen ließ, da man unbewusst an Grünkohl denken musste.

Eva war wie erstarrt.

Es war ein Brief, eingeschlagen in weißes Papier, der zu Boden trudelte, auf den frisch ausgelegten Teppich

fiel und dort, eine bunte Kinderschrift zeigend, zur
Ruhe kam.

***

Es war Eva ein Bedürfnis, den Morgen positiv zu gestalten.

Obwohl sie die halbe Nacht nicht geschlafen hatte, weil sie unentwegt das Streitgespräch mit ihrer Mutter gedanklich durchspielte, sie an Merle denken musste – und den Brief – war sie früh am Morgen aufgestanden.

Draußen herrschte Dunkelheit und in der Wohnung hatte sich eine morgendliche Kühle ausgebreitet, die sie dazu veranlasste, sich das erste Mal dicke Socken über die Füße zu ziehen.

So war sie dann in ihrem pinkfarbenen, mit Hasen und Maulwürfen bedrucktem Schlafanzug und den nicht gemachten, zu einem wilden Knäuel gebundenen Haaren in die Küche hinuntergeschlurft.

Sie hatte Toast aus dem Schrank genommen, den Tisch mit Marmelade, etwas Wurst und Käse gedeckt und eine Gurke geschnitten und mit Gartenkräutern bestreut, weil Merle das liebte.

Bei all diesen morgendlichen, aus ihrer Müdigkeit geborenen Tätigkeiten hatte sie unentwegt an den Brief denken müssen, der ihr gestern, wie aus dem Nichts auf den Teppich gefallen war.

Sie erinnerte sich, dass sie ihn aufgehoben und gelesen hatte. Dass sie versuchte, aus jedem einzeln aufgeschriebenen Buchstaben einen Sinn zu erkennen, der irgendwie einen Satz ergab.

Um dann zu merken, dass sie keinen einzigen behalten hatte.

Das, was ihr in Erinnerung geblieben war, hatte ein unruhiges, ungutes Gefühl in ihr aufsteigen lassen.

Und dann?

Was war geschehen?

Sie wusste es nicht.

Egal, wie sehr sie sich anstrengte, egal, was sie anstellte, sie konnte den Brief gedanklich nicht wiedergeben.

Was verrückt war.

Total unbegreiflich.

So wie die Tatsache, dass ihre Mutter hier auf der Insel war und ernsthaft von ihr verlangte, dass Eva sich Gedanken darüber machte, ob sie nicht doch wieder mit ihrem Ex-Mann zusammenkommen wollte.

Als sie sich in Erinnerung rufen wollte, was sie gelesen hatte, kam es ihr so vor, als würde sich ein schwarzes Tuch über ihren Kopf legen. Als wollte jemand, dass sie es vergaß.

Und was dann?

Eva fragte sich das ehrlich. Als sie ein Geräusch hinter sich hörte und schlurfende Schritte, wünschte sie sich, dass es ihre Mutter war, die in die Küche kam und dass sie diese fragen konnte, was sie erlebt hatte. Was ihr widerfahren war, als sie aus dem Wohnzimmer gegangen war.

Sie war stehen geblieben. Sie hatte gelauscht und geschnuppert. Sie hatte ... es auch gehört.

„Bist du aus dem Bett gefallen, oder was ist hier los?“, rissen sie Klaras Worte aus ihren Gedanken und ließen sie denken: *Schade, nicht meine Mutter.* Klara rieb sich die Augen, ebenso zerzaust wie sie und das Kopfkissen noch mit einem deutlichen Abdruck in ihrem Gesicht. Sie kam näher und gähnte leise, als sie meinte: „Guten Morgen erst einmal.“

„Nein, nicht aus dem Bett gefallen“, sagte Eva und lächelte. „Ich wollte Merle nur eine Freude machen. Dir natürlich auch. Willst du Käse auf dein Schulbrot?“

„In der Pause komme ich her und kann hier essen.“

Eva schaute über die Schulter zu ihrer sich auf den Stuhl fallenlassenden, müden Tochter.

„Pack mir eins ein“, sagte Karla, gähnte und fügte hinzu: „Käse klingt super!“

Eva freute sich. Sie hatte, obwohl sie entsetzlich erschöpft war, ihre Augen brannten und sie auf der Stelle hätte einschlafen können, ein gutes Gefühl. Es kam ihr so vor, als könnte sie der Welt – ihrer Mutter – zeigen, was in ihr steckte. Dass sie alles im Griff hatte und das Leben meistern konnte.

Wenn da nicht die Verwirrung wäre - dieses kleine, in ihr sitzende, sie zwickende Unwohlsein, das sich ihrer mehr und mehr bemächtigte. Dass sie mit so einer penetranten Art malträtierte, dass sie meinte, jemand würde sie unentwegt mit einer Nadel in den Oberarm stechen.

„Was möchtest du trinken?“

„Einen Tee.“

„Mache ich dir.“

In diesem Moment kam eine schon angezogene und fertig gemachte Merle in die Küche. Sie hatte ihr Handy in der Hand, was Eva einen kurzen, intensiven Stich mitten in die Magengegend versetzte. Sie schluckte, als sie sich ihrer Jüngsten zuwandte und sie fragte: „Was möchtest du auf dein Pausenbrot? Marmelade? Käse?"

„In der Pause komme ich her und kann hier essen."

Eva schaute mit einem vielsagenden Blick zu Merle. Die blickte zurück. Dann, als sie in das Gesicht ihrer Mutter sah, und das leise Lachen ihrer Schwester hörte, schien sich etwas - langsam – in ihrem Verstand in Bewegung zu setzen.

„Pack mir eins ein", sagte Merle, tippte eine Nachricht in ihr Handy und fügte hinzu: „Käse klingt super!"

„Ihr seid Geschwister", bemerkte Eva kopfschüttelnd. „Eindeutig. Ihr könnt euch nicht verleugnen!"

***

Eva liebte solche Morgene.

Allein hier zu stehen, im Eingang zu ihrem eigenen Laden, zu ihrer geleiteten Poststation und der Sonne dabei zuzusehen, wie diese rot flammende Lichter über das grau wirkende, aufgewühlte Wasser warf, beeindruckte sie. Es ließ einen Gedanken in ihrem Kopf entstehen, der ihr, in Momenten der absoluten Verwirrung, des Ärgers und des Streits, im wahrsten Sinne des Wortes innerlich um die Ohren geflogen wäre.

Jetzt aber, wo sie meinte, die Auseinandersetzung mit ihrer Mutter in den Hintergrund geschoben zu haben, und sie hörte, wie ihre Töchter hinter ihr noch ihre Rucksäcke packten, war es nahezu perfekt.

Sie fühlte sich frei und lebendig.

Ich bin zufrieden, dachte sie und holte tief Luft, um dann, einem Impuls folgend, in Gedanken hinterherzuschieben: *Eigentlich.*

Sie wollte die negativen Gedanken nicht aufkommen lassen. Drängte sie zurück, atmete die frische, nach Salz und Algen riechende Meeresluft ein und dachte: *Ich bin zufrieden.*

Bisher waren ihr solche Gedanken nie gekommen. Obwohl er das erste Mal in ihr aufstieg, fühlte sie sich gut dabei.

Gelöst. So als wäre in ihr alles, was ins Ungleichgewicht geraten war, geradegerückt worden.

„Kommt ihr?“, fragte sie über die Schulter hinweg und verdrehte die Augen, als sie hörte, wie Karla ihrer Schwester hinterherrief.

„Wo willst du denn jetzt schon wieder hin? Wir wollen los!“

„Ich will nur Oma Tschüss sagen.“

Eva hörte, wie Merle davoneilte. Wie sie gegen eines der leeren Regale stieß – was sich heute ändern sollte. Sie hatte sich fest vorgenommen, die ersten Bücher zu platzieren – Bücher einer jungen Autorin – die ihre Krimis hier auf Neuwerk spielen ließ.

Außerdem wollte sie den Kühlschrank mit den Getränken in Betrieb nehmen. Ein Telefonat mit einer Künstlerin führen, die gefragt hatte, ob es eine Möglichkeit gebe, ihren Bildband mit ins Schaufenster zu stellen. Ein Bildband, der ausgesprochen schön ausgesehen hatte, wie Eva fand. Das ganze Arrangement, die Positionierung der Bilder, die kurzen, erklärenden, kursiv gehaltenen Texte, alles hatte ihr gut gefallen und in ihr etwas zutage gefördert, von dem sie immer angenommen hatte, es nicht zu besitzen: Tatendrang.

Sie wollte eine kleine Ecke in ihrem Laden haben, in der Künstler, die sich mit Neuwerk, Cuxhaven, mit dem

Watt, der Nordsee und mit allem, was diese Insel ausmachte, beschäftigten.

„Wollen wir?“, rief sie über die Schulter hinweg zu Karla, die neben sie trat, den Daumen unter dem Riemen ihres Rucksacks geschoben; auf dem Kopf eine Pudelmütze in Schwarz, Weiß und Blau.

Diese grinste ihre Mutter an und fragte: „Sind meine Augen zu doll geschminkt?“

„Überhaupt nicht“, um dann überrascht zu fragen: „Du schminkst deine Augen?“

Karla schaute sie durchdringend an.

„Schon gut, schon gut. Ja, du schminkst deine Augen“, um dann in einem Ton, zu fragen, der ihr später wehmütig und zu dumpf vorkam, so, als hätte sie das Jugendsein ihrer Tochter von einem Moment zum anderen kalt erwischt: „Warum bist du nur so groß geworden?“

Während sie Karla anschaute, kam es ihr so vor, als blicke sie in das Gesicht einer jungen Frau.

Da waren keine Züge des Kindlichen mehr zu sehen. Keine vor Freude leuchtenden Augen, wenn sie zum Einkaufen fuhren und sie unbedingt eine dieser überteuerten Prinzessinnen-Zeitschriften haben wollte, in denen nichts als billiger Plastikschrott beigefügt worden war.

Sie hatte sich verändert.

All diese Tage, diese zurückliegenden Jahre waren wie weggeblasen.

„Wann bist du nur so groß geworden?“, fragte Eva und wollte nicht wehmütig klingen.

Was ihr nicht gelang. Ganz und gar nicht. Sie hatte ein verträumtes Lächeln auf den Lippen und unterdrückte den Drang, die Hand ihrer Tochter zu nehmen und diese fest zu drücken.

„Von gestern auf heute. Mithilfe von so einem Zauberstab und einer Fee. Die macht aus einem Kürbis eine Kutsche und bringt mich gleich zum Leuchtturm, damit ich mich dort in einen Turm einschließen und auf meinen Prinzen warten kann, damit er mich endlich rettet."

„Ich glaube, du bringst da ein bisschen was durcheinander."

„Möglich!"

Sie grinste und wandte ebenso wie Eva den Kopf, als Merle zu ihnen zurückkam und meinte: „Oma ist gar nicht in ihrem Zimmer."

***

Ihre empfundene Leichtigkeit war wie weggeblasen.

Evas: *„Was?"*, sollte nicht so herrisch klingen, wie es tat.

Eva, die nicht schimpfen wollte, die alles daransetzte, um gelassen und einfühlsam zu wirken, spürte, wie Groll in ihr emporstieg.

Ein Gedanke, messerscharf, blitzend im Mondlicht, schoss ihr durch den Kopf und ließ sie denken: *Das macht sie mit Absicht. Natürlich. Gestern hat sie nicht bekommen, was sie wollte, und jetzt versucht sie es mit einem Drama.*

„Sie ist nicht da", entgegnete Merle, die mit den Schultern zuckte. „Vielleicht geht sie spazieren."

„Oder so", brummte Eva und vergrub ihre Hände in den Taschen ihres Mantels.

„Alles gut bei dir, Mama?“, wollte Karla wissen, die neben Eva herging.

„Natürlich.“

„Ärgere dich nicht. Oma …“

„Das macht sie doch immer“, entfuhr es Eva und brach damit einen ihrer ersten Grundsätze, die sie niemals hatte über den Haufen werfen wollen. Aber jetzt, wo sie merkte, dass sie aufgewühlter war als angenommen, glaubte sie, dass sie verletzlich wie nie in ihrem Leben war. „Sie treibt mich noch in den Wahnsinn. Sie will alles bestimmen. Wann begreift sie denn endlich, dass ich eine erwachsene Frau bin? Jemand, der seine Entscheidungen ebenso selbst treffen kann, wie er eigene Fehler machen will?“

„Mama …“

„Es tut mir leid“, sagte Eva, die nach Karlas Hand griff und diese drückte. „Ich wollte nicht so explodieren.“

„Schon gut.“

„Nein, ist es nicht. Das ist meine Sache. Habt Oma einfach lieb. Sie ist ja auch immer lieb zu euch.“

„Mama?“ Eva schaute in Karlas Gesicht. „Wird es irgendwann besser werden?“

„Was soll besser werden?“

„Zwischen Oma und dir?“

Eva presste die Lippen aufeinander. Sie merkte wieder, wie sich in ihr etwas zusammenzog. Wie sich ein Knoten in ihrem Kopf zu bilden drohte, den sie allein nicht entwirren konnte.

Als sie hierher auf die Insel kam, hatte sie sich so fest vorgenommen, ihre Kinder von Kummer und Leid fernzuhalten. Sie nicht in die persönlichen Dramen, in die sie immer wieder hineinzurutschen drohte, mit hineinzuziehen.

Sie seufzte leise, drückte noch einmal die Hand ihrer Tochter und flüsterte, während sie mit den Schultern zuckte: „Ich weiß es nicht."

„Ich glaube, Oma ist einsam."

„Oma?"

Karla nickte und sagte: „Es klang so, als wir uns gestern unterhalten haben. Sie hat viel davon geredet, wie es damals war, als du noch ein Kind warst. Wie sie sich mit Freundinnen und so getroffen hat und sie auf Reisen war."

„Aha."

„Vielleicht ..."

„Ich werde mit ihr reden. Versprochen. Zerbrich dir bitte nicht meinetwegen das Köpfchen, mein Engel."

Merle, die die ganze Zeit über schweigend neben ihrer Mutter und Schwester hergegangen war, und ihren eigenen Gedanken nachhing, legte den Kopf schief und schaute Eva dabei durchdringend und musternd an. Ein Blick, den Eva noch nie hatte leiden können. Weder von ihrer Mutter, von Boris oder ...

„Na, was hast du jetzt dazu zu sagen?"

„Herr Gude will was von dir!"

„Merle!"

Evas Ohren wurden rot. Ihr Herz schlug wie wild und Hunderte und Aberhunderte von Gedanken und Bilder schossen ihr durch den Kopf, die sie sofort versuchte, niederzuringen. Sie stellte sich vor, wie es auf Merle wirken musste, wenn diese ihre Mutter und ihren Lehrer zusammen im Watt spazieren gehen sah. Sie gehört hätte, wie Eva kicherte, als sie ihm auf den Rücken sprang. Als sie …

„Er winkt.“

Eva entspannte sich.

„Natürlich. Hi!“, sagte sie, hob grüßend die Hand und blieb vor der kleinen Schule stehen, vor der sich die wenigen Jugendlichen und Kinder von Neuwerk befanden.

„Schön, dich zu sehen.“

„Gleichfalls“, sagte sie und drehte sich suchend um, in der Hoffnung, ihre Mutter entweder beim Anleger oder auf einen der Deiche einsam, in einem langen, vom Wind nach hinten wehenden Mantel eingehüllt, spazieren gehen zu sehen.

„Wenn du nachher noch einmal eine Minute …“, setzte Konstantin an, verstummte aber, als Eva die Hand hob.

„Tschüss, ihr Süßen. Genießt euren Tag.“

Sie wollte sich zu Karla vorbeugen, um ihr ein Küsschen auf die Wange zu hauchen und sie zu drücken, um dann zu merken, wie sich ihre Tochter versteifte.

„Natürlich“, sagte sie und klopfte Karla auf die Schulter. Sie sah, wie diese, mit hochrotem Kopf, zu Linus eilte, ihn mit einer Umarmung begrüßte und ihn mit einer viel zu hohen, viel zu sehr nach Niedlichkeit klingenden Stimme fragte, wie es ihm gehe.

„Mich brauchst du auch nicht küssen“, entgegnete Merle. „Ich mag das nicht mehr.“

„Hatte ich nicht vor.“

„Hattest du doch“, sagte ihre Jüngste, die von ihrem Handy aufschaute. „Das verrät mir dein Blick. Ebenso die Andeutung ausgebreiteter, zur Umarmung bereiter

Arme. Außerdem sind deine Lippen leicht geöffnet, dazu bereit, mir ein Küsschen zu geben. Auch das: abgelehnt. Bis nachher, Mami!"

„Das war ja mal ein Ding", meinte Konstantin, der verlegen auf sie zukam, die Hand in seinen Nacken gelegt. Er wirkte unsicher, als er fragte: „Meine Nachricht gestern, die sollte nicht zu aufdringlich wirken. Es war wirklich ein schöner Tag mit dir …"

Eva wusste, dass sie Konstantin vor den Kopf schlug, als sie sagte: „Können wir später darüber reden? Ich habe gerade einen Arsch voll zu tun und echt keine Zeit."

„Oh … Okay …"

„Ich melde mich …"

„Ich wollte dir nur sagen, dass ich mir eine mir nicht ausgehändigte Nummer nicht einfach besorge."

„Ich muss zu meiner Mutter, sorry. Wir schreiben!"

Als sie das sagte, war da nicht nur das irre laute, das ihr wieder ins Bewusstsein dringende *Klingeling* zu hören, sondern auch ein Gedanke, der sie süffisant klingend fragte: *Warum willst du das kaputtmachen, was du dir gerade mühsam aufgebaut hast?*

***

„Du, Eva, hast du kurz einen Augenblick?", wollte Erik wissen, als Eva die Jacke fester um ihren Körper zog und von der Schule aus in Richtung Fähranleger ging. „Dauert auch nicht lange."

„Hat das auch bis später Zeit, Erik?", wiegelte sie ab, einen Blick über das ihr plötzlich wie grau wirkende daliegende Eiland schweifen lassend. „Ich habe gerade echte Sorgen.“

„Sorgen?“

Der geschäftige Gesichtsausdruck des jungen Arztes veränderte sich und wurde besorgt.

Eva winkte ab, schloss kurz die Augen und sagte: „Alles halb so wild. Oder ... auch nicht. Keine Ahnung. Hast du zufällig eine für Neuwerk zu grell geschminkte und in unpassende Kleidung gehüllte Frau gesehen?“

Erik machte ein verwundertes Gesicht.

Eva lächelte.

Dann sagte sie, als ihr Jugendfreund erneut zum Sprechen ansetzen wollte: „Ich melde mich nachher bei dir oder bei Erwin. Es geht doch sicherlich um das Treffen für die Ausrichtung des Weihnachtsmarkts, oder?“

„Auch ...“

„Ich melde mich, versprochen.“

„Okay. Aber ... Aber das Ding mit Konstantin ...“

Eva kniff die Augen zusammen.

Obwohl sie aufgewühlt war, und sie sich darüber ärgerte, dass sie Konstantin so blöd abgewimmelt hatte, war es der Klang in Eriks Stimme, der sie innehalten ließ.

„Nun, ich wollte nicht mit der Tür ins Haus fallen oder so.“ Er fasste sich mit der Hand in den Nacken, holte tief Luft und traute sich dann, als sie ihn anlächelte, zu fragen: „Aber ist es ernst, zwischen ihm und dir?“

Evas Gedanken begannen zu kreisen, nachdem sie ihre Stirn skeptisch gerunzelt hatte. Sie schluckte, dachte an ihre erste Begegnung nach über zwanzig Jahren zurück. Und daran, dass sie für ihn nicht mehr das empfand, was sie als Teen für ihn gespürt hatte.

Eva stotterte. „Ich … also … willst du mir sagen …?“ Sie räusperte sich. „Du hast doch deine Krankenschwester.“

Erik blinzelte verwirrt. Dann schüttelte er den Kopf, setzte an zu sprechen, brach aber ab. Erst als Eva merkte, dass ihr Entsetzen zu peinlichem Schweigen wurde, hob sie die Hand und fragte, mit wild klopfendem Herzen und feuerroten Ohren: „Du wolltest gar kein Date mit mir?“

Erik runzelte die Stirn.

„Nicht?“, fragte sie leise, ein schiefes Grinsen auf den Lippen.

„Nein“, schaffte er zu sagen und sah dabei ehrlich aus. Nicht wie ein geprügelter Hund, der nach dem zehnten Volltreffer noch immer gute Miene zum bösen Spiel machte. „Es geht mir um Konstantin.“

„Ist das peinlich!“ Sie vergrub ihr Gesicht in den Händen, schüttelte den Kopf und sagte wieder und wieder: „Ist mir das peinlich. Ich will sterben. Bitte, lass mich im Erdboden versinken.“

„Wir können ja da weitermachen, wo wir eben aufgehört haben. Also, bevor du diese merkwürdige Unterhaltung in Gang gesetzt hast.“

„Nur zu gerne.“

Aus Verlegenheit ließ Eva ihren Blick über die Insel schweifen. Sie schaute an Erik vorbei zu Erwins Gastwirtschaft, zu dem sich in der Ferne abzeichnenden Leuchtturm oder dem aufgeworfenen Deich, der die kleine Ortschaft vor Hochwasser schützen sollte. Und zu den dicht über den Boden kriechenden, eine Kälte in sich tragenden Nebelschwaden. Ausgenommen dem lauten, stetigen Rauschen des Meeres hörte sie nichts und wünschte sich sehnlich, dass irgendjemand aus der Ferne rief oder geradewegs auf sie zukam.

Sie wollte diesen peinlichen Augenblick so schnell wie möglich hinter sich lassen.

„Mir geht es um Konstantin, weil er seit zwei Jahren die Insel nicht mehr verlassen hat. Er hat sich hier eingeigelt, wenn du verstehst, was ich meine."

„Nein, das verstehe ich nicht."

Erik seufzte und sagte: „Es steht mir sicherlich nicht zu, aber ich bitte dich, nicht mit Konstantin zu spielen, ja? Er lächelt das erste Mal, wenn er von jemandem spricht. Er ... scheint glücklich zu sein."

Eva spürte, wie in ihr etwas auszubrechen begann.

Zuerst war sie der Meinung, dass sie es sich nur einbildete. Dass ihre Gedanken nur deshalb in Eile und Unruhe gerieten, weil so viele Dinge auf einmal passierten.

Sie meinte zu spüren, wie sich ein Hebel knirschend und knarrend in ihr umlegte.

Jetzt begriff sie, warum Konstantin seine Nachricht so wichtig gewesen war, die er ihr geschrieben hatte. Weshalb er sich gerechtfertigt hatte.

Er war unsicher und hatte Angst vor Zurückweisung.

Um dann zu merken, als Erik sie anschaute, dass da noch anderes in ihr pochte. Nicht nur Konstantin und ihr Wissen, dass er sich das erste Mal aus seinem Schneckenhaus wagte.

Da war auch noch der Brief, der in ihr brannte. Lichterloh. Flammenschlagend. Züngelnd, die Nacht erhellend, mit flackerndem Schein und wabernden Schattenspielen.

Es war der Brief.

Jene bisher noch nicht begriffenen Zeilen.

Das, was ich über Frieden, über Familie und ein Weihnachtsfest gelesen habe, das sich wie ein Traum anhörte.

In dem aber auch dieser zarte Hauch eines Risses zu lesen war.

Der kurze Zweifel ...

War es Zweifel?

Oder etwas anderes? Warum bekomme ich diese Zeilen nicht mehr zusammen? Warum erinnere ich mich nicht an den genauen Wortlaut? Warum begreife ich, dass der Brief irgendetwas mit der jetzigen Situation zu tun hat?

Eva, die vor Erik stand, die alles daransetzte, sich zu regulieren, begriff, dass sie den Arzt stumm anstarrte. Der plötzlich nicht mehr zu wissen schien, was er mit ihr und ihren zu Schlitzen zusammengekniffenen Augen anfangen sollte. Mit ihr, die dastand und ein Gesichtschaos zur Schau trug, das in ihm die ernsthafte Frage aufsteigen lassen musste, ob bei Eva alles in Ordnung sei.

Nicht körperlich, sondern geistig.

Da ist gar nichts in Ordnung, gab sie sich selbst die Antwort und meinte dann in Eriks Richtung: „Wir sehen uns heute Abend, ja? Ich muss meine Mutter suchen und mir Gedanken machen. Und ... wir haben uns gestern mal wieder gestritten. Heute Morgen war sie nicht in ihrem Zimmer. Die Fähre ist noch nicht gefahren, oder?"

„Nein, sie legt erst in einer Stunde an.“

„Danke.“ Sie drehte sich von Erik weg, führte sich die Hand gegen die Stirn und sagte: „Ich werde mit Konstantin reden“, dann blieb sie stehen, wandte sich noch einmal zu ihm herum, während sie die Arme vor der Brust verschränkte, und ihm ein verloren wirkendes Lächeln schenkte. „Tut mir leid, dass ich so chaotisch bin. Sorry, dass ich gedacht habe ...“

„Mach, dass du wegkommst“, sagte er lächelnd und verschränkte die Arme vor der Brust. Er schüttelte den Kopf.

Um dann zu merken, dass ihre Gedanken in ihr weitergearbeitet hatten. Unaufhörlich, zielstrebig, immer darauf aus, eine Lösung für ihre Probleme zu finden.

Als sie weitergegangen war, in den Nebel hinein, sie das Salz des Meeres roch, in der Ferne meinte, im Dunst aufkommende blinkende Lichter der an Neuwerk vorbeifahrenden Schiffe zu sehen, begriff sie, was sie die ganze Zeit über beschäftigt hatte.

Was es gewesen war, das ihre Gedanken durcheinanderbrachte, wenn sie an den Brief dachte, den sie versucht hatte zu lesen. Dessen Buchstaben ihr immer wieder vor dem Auge verschwammen, und sie die Sätze nur mit Mühe entziffern konnte.

Es kam mir so vor, als hätte der Brief nicht gelesen werden wollen.

Als wäre seine Zeit noch nicht gekommen ...

***

„Was machst du denn hier?“, wollte Eva wissen, der ein eisiger Wind entgegenwehte. In den sich nicht nur das Rauschen des Meeres mischte, nicht das an die Kaimauer klatschende, Gischt verspritzende Wasser. Da war, während über ihr die Möwen schrien und sie in der Ferne eine Sirene laut dröhnend vernahm, auch wieder dieses sanfte, leise, ihr wohlvertraute und ihr eine Gänsehaut bescherende *Klingeling*.

Nur auf eine sie vollkommen verwirrende Art und Weise.

Natürlich, es klang in ihr auf. Es hörte sich an, als wäre es geradewegs in ihrem Kopf entstanden.

Im Gegensatz zu den anderen Malen, den ihr vertrauten Momenten, kam es ihr so vor, als würde das *Klingeling et*was Neues mit sich bringen. Als wäre es, einem Schlüssel gleich, in sie gefahren, um etwas in ihr zu öffnen.

Verwirrt von dem Gedanken, den sie nicht fassen, geschweige denn begreifen konnte, stampfte sie auf ihre Mutter zu. Die am Hang des Deichs saß, das Gesicht dem Meer zugewandt; die Haare ungestylt frei vom auffrischenden, kalten Wind durchblasen ließ.

„Nachdenken", sagte sie und schaute nicht einmal zu ihrer Tochter auf, die, einen Groll in sich spürend, auf sie zukam und sich fragte, wann es aus ihr herausplatzte. Wann sie den Mut aufbrachte, ihrer Mutter zu sagen, was sie von ihr hielt und was sie von ihr dachte.

Am liebsten hätte sie gefragt: „Darüber, wie du mich in den Wahnsinn treiben kannst?", nur um dann zu merken, dass sie gar nicht so gemein sein *wollte*. Dass es ihr schwerfiel, den gedachten Hass, den sie ihrer Mutter gegenüber empfand, in die Tat umzusetzen.

Eva merkte, wie ihre Gefühle, ihre Gedanken, all ihre Emotionen dabei waren, vollkommen aus dem Ruder zu laufen.

Obwohl sie spürte, dass da etwas war – *klingeling* – wollte sie von ihrer einmal gemachten, von der ihr immer bevorzugten Methode der Ablehnung nicht abweichen.

Sie hätte ...

Will ich das? Will ich wütend auf meine Mutter sein, weil ich mich wohl in diesem Gefühl fühle? Weil es mir bekannt ist? Weil es das ist, was ich die letzten Jahre sorgsam genährt habe?

Sie war keine gute Mutter, brachte sie einen weiteren Gedanken auf Reisen und merkte, wie es ein Gefühl in ihr freisetzte, das sie nicht analysieren konnte.

Das ihr so fremd und doch so vertraut war.

Wer will ich sein?

Sie meinte sich an einen Satz zu erinnern, den sie gelesen, irgendwo einmal gehört hatte, der lautete: *Deine Mutter konnte nur dreißig Prozent geben, aber in diesen dreißig Prozent hat sie versucht hundert Prozent zu sein.*

Eva hielt inne, warf einen Blick zurück zu den im nebligen Dunst des vergehenden Herbsts liegenden Häusern und meinte das Schreien der Möwen überlaut zu hören.

Wann habe ich ihr gegenüber einmal hundert Prozent gegeben?

Wer will ich sein?

Jemand, der vom Hass zerfressen ist?

„Worüber denkst du nach, Mami?", wollte sie nun wissen, in der stillen Hoffnung, das Drehen und Kreisen ihrer Gedanken damit unter Kontrolle bekommen zu können.

„Über dieses und jenes."

Eva seufzte.

„Über dich und mich", entgegnete Doris dann, die den Kopf gedreht hatte und gesehen haben musste, wie es in dem Gesicht ihrer Tochter arbeitete. Die ahnte, wie es gerade in Eva aussah.

„Aha."

„Ich frage mich immer, warum es so ist, wie es ist mit uns beiden." Sie machte ein bekümmertes Gesicht.

Wir haben ein Spiel gespielt …

Eva, von den plötzlich in ihrem Kopf erscheinenden Worten überrascht, hörte sich aus der Ferne sagen: „Weil wir wie Feuer und Wasser sind. Du willst mich zu jemandem machen, der ich nicht sein will."

„Ich glaube, wir beide möchten das Gleiche, nur auf unterschiedlichste Art und Weise."

„Ich würde meine Kinder nicht in eine Beziehung zurückschicken, in der sie nicht leben wollen."

„Du hast nicht verstanden, warum …" Doris hielt inne, hob die Hand und sagte: „Ich werde nicht wieder damit anfangen. Versprochen."

„Das ist sehr lieb von dir. Ich würde es zu schätzen wissen, wenn du mehr auf mich eingehen würdest."

Doris wandte den Kopf wieder dem Meer zu.

Es wirkte alles so bemüht …

Eva kam ein Stück auf sie zu. Obwohl es ihr zu kalt hier draußen war, und sie gerade am liebsten im Laden gewesen wäre, fragte sie ihre Mutter: „Darf ich mich zu dir setzen?"

„Dazu zwinge ich dich aber nicht."

„Ich weiß."

„Gerne!"

Eva ließ sich auf dem feuchten Rasen nieder. Sie spürte den harten Untergrund und die durch ihre Hose dringende, kalte Feuchtigkeit des morgendlichen Taus.

„Ich ..."

„Du ..."

Beide hielten inne und sagten dann wie aus einem Mund: „Du zuerst."

„Mach du ruhig", meinte Eva, froh darüber, nicht die Erste sein zu müssen.

Weil ich immer Angst habe, etwas Falsches zu sagen ...

„Ich will nicht, dass du immer böse mit mir bist. Ganz bestimmt nicht. Ebenso will ich mich nicht immer über dich ärgern müssen. Wir sollten zusammen sein und Spaß haben. Mutter und Tochter sein. Wann haben wir unsere Bindung verloren?"

Während Doris dies sagte, wischte sie sich mit der Hand über das Gesicht und Eva konnte einen Schnipsel Papier erkennen, den sie in der Hand hielt. Nicht zerknüllt, nicht zerrissen. Fein säuberlich in die Handinnenfläche gelegt, aussehend, als wäre er gebügelt worden.

„Aber ich verstehe dich so schlecht", gab Doris zu. „Deine Taten, dein Tun. Schon als Jugendliche hast du mich verwirrt. Du warst so rebellisch. Gegen alles und jeden. Du hast mich ständig attackiert."

„Weil ich es nicht ertragen habe, wie du mir meinen Weg bereiten wolltest."

„Ich habe doch nur versucht zu helfen“, gestand sie und nahm den Papierschnipsel zwischen die Finger. Sie lächelte, als sie sagte: „Als ich das hier in meiner Hosentasche gefunden habe ...“, sie hielt Eva das Papier hin, auf dem nichts weiter zu sehen war als der in seinem Schlitten sitzende Weihnachtsmann – *Ho! Ho! Ho!* – der den Betrachter anlächelte, die Hand erhoben und zu winken schien, „... dachte ich, mich trifft der Schlag. Heidschi Bumbeidschi BummBumm“, sagte Doris mit einem Seufzen und Eva verkrampfte sich der Magen. „Das Lied, das du immer gesungen hast, wenn es auf Weihnachten zuging. Du hast es geliebt.“

„Ich liebe es immer noch.“

Eva schluckte schwer und schaute auf den Papierschnipsel.

Dort stand nichts geschrieben. Darauf war nichts weiter zu sehen.

Nur der sie freundlich anlächelnde Weihnachtsmann.

„Alles, was du sagst und machst, ist für mich nicht logisch. Nicht nachzuvollziehen. Deshalb glaube ich, versuche ich dein Leben zu ordnen. Damit ich es verstehe.“

„Du bist für mich dasselbe in Grün“, gab Eva zu und schaute auf das Meer hinaus – *Heidschi Bumbeidschi Bumbum* im Kopf.

In der Ferne, irgendwo, wo der Horizont mit Träumen zu verschmelzen begann, hoffte sie eine Antwort auf die sie quälende Frage zu finden. Nur eine kurze, in ihrem Verstand aufblitzende ...

Obwohl wir reden, sprechen wir nicht miteinander ...

... Lichtquelle, die es schaffte, das Dunkel ihrer Gefühle besser zu verstehen. Sehen zu können, was es war, was ihre Mutter und sie gegeneinanderprallen ließ, wie zwei schwer beladene, aufeinander zurasende Lkws.

„Ich versuche nur, eine gute Mutter zu sein.“

„Du gibst mir andauernd das Gefühl, nicht zu reichen. Alles, was ich tue, wertest du.“

Das Gesicht von Doris verschloss sich.

Die spärlich, schüchtern wirkende Pflanze des gegenseitigen Vertrauens verging sofort wieder. Es kam Eva so vor, als hätten beide dagesessen und einem Grashalm dabei zugesehen, wie dieser sich in der aufgehenden Sonne langsam und mit all seiner ihm zur Verfügung stehenden Kraft aufrichtete. Nur um dann von einer brutalen, den Augenblick nicht genießen könnenden Hand ausgerissen zu werden.

Doris schüttelte den Kopf.

„Quatsch“, sagte sie und starrte wieder auf das Meer hinaus.

„Nein, ist es nicht. Ich fühle so.“

„Und wie fühle ich?“, fragte sie mit düsterer Miene zurück. Sie schlang ihren Mantel enger um ihren Körper und setzte in Eva etwas frei, das sich anfühlte, als würde eine Lichtkugel in ihrem Kopf explodieren.

Da waren plötzlich unzählige, für sie bestimmte Worte.

Buchstaben flogen in einem grellen Lichtreflex, in einem wilden Flug, Kometenstreifen hinter sich herziehend, an ihrem geistigen Auge vorbei.

Eva, darum bemüht, den richtigen Ton zu treffen, stand auf und fasste sich mit der Hand an die Schläfe. Ihr wurde bewusst, dass es nicht nur Lichtstreifen hinter sich herziehende Buchstaben waren, die da Kapriolen in ihr schlugen und in den Nachthimmel ihres Verstands aufstiegen, um dann am nächtlichen Horizont laut platzend auseinanderzuspringen.

Es waren Worte.

Worte, die zu einem Ganzen wurden.

Die endlich aus ihr hervorbrachen, die einen Sinn ergaben und ihre nächtliche Unruhe ad absurdum führten ...

Der Brief öffnete sich ihr ...

***

Lieber Weihnachtsmann,
ich habe das letzte Jahr über nicht geschrieben, was mir sehr leidtut. Aber es war einfach zu viel. Mama und Papa verstehen sich nicht mehr gut. Kannst du machen, dass es besser wird?
Kann es nicht wieder sein wie früher?
Wir haben jetzt ein Spiel gespielt und hatten Spaß dabei. Trotzdem war es irgendwie nicht richtig.
Mach bitte, dass Mama und Papa sich wieder verstehen.
Sie geben sich echt Mühe, sie wollen nicht, dass ich traurig bin. Aber wir haben nicht einmal zusammen unser Weihnachtsessen ausprobiert. Mama konnte Papa nicht sagen, was er an dem Braten noch verbessern kann. Und Papa Mama nicht, wie ihr der Schokopudding besser gelingen könnte. Sie haben noch nicht einmal gesagt, ob wir uns Weihnachten sehen.
Es wirkt alles so bemüht, wenn wir zusammen sind.
Weihnachtsmann, ich möchte das so nicht.
Mach bitte, dass sie sich wieder liebhaben, ja?

Lass sie nicht mehr streiten. Ich kann das übernehmen, weil ich immer Angst habe, etwas Falsches zu sagen.
Lieber Weihnachtsmann, ich will keine Geschenke oder Kerzenschein. Ich möchte nur, dass wir uns alle wieder liebhaben.
Das ist mein einziger Wunsch.

***

Als sie einen taumelnden Schritt zurückmachte und sich daran erinnerte, was in dem Brief gestanden hatte, kam es ihr so vor, als habe man ihr mit voller Wucht gegen den Kopf geschlagen. Sie starrte fassungslos auf ihre Mutter, sah, wie diese zu ihr schaute und sie anstarrte.

Eva, die etwas sagen wollte, bekam keinen Ton heraus.

Sie ignorierte den Druck in ihrem Bauch. Sie wollte nicht nur dastehen, ihre Mutter anstarren und sich überlegen, was als Nächstes geschehen würde.

Sie musste handeln.

Sie hatte alles in der Hand.

Nur um dann, als sie sagte: „Mami", zu merken, dass ihre Mutter sich erhob und sie mit einem verächtlichen, ärgerlichen Blick bedachte, der Eva direkt unter die Haut ging.

„Ich gebe mir Mühe, Eva. Ich will nicht, dass ich traurig bin. Wie aber können wir zusammen sein, wenn wir es nicht schaffen, einander zuzuhören? Du hast nicht einmal Anstalten gemacht, mich zu fragen, ob wir Weihnachten zusammen verbringen wollen. Was ist mit unserem Probeessen? Wenn Papa meinen Pudding als nicht süß genug empfindet? Und du meinst, der Braten müsste noch etwas länger im Ofen bleiben, während ich der Meinung bin, er ist gut so, wie er ist? Was ist mit meinem Geschenk, das ich für dich mitgebracht habe? Du hast mir nicht einmal die Chance gegeben, mich dir zu zeigen. Du … du … du hast unsere Gespräche sofort auf die Probleme gelenkt. Nicht einmal eine Umarmung habe ich von dir bekommen.

Du willst mich nicht in deinem Leben haben." Doris schaute ihre Tochter mit tränenverschleierten Augen an. Und fragte, als Eva ihr nicht sofort eine Antwort gab: „Oder?"

Da sagte Eva etwas, das ihr das Herz zerriss.

Was sie glauben ließ, innerlich zu explodieren. Der ganze Druck, all die Gespräche, all die miteinander ausgetragenen Konflikte. All das war plötzlich in den Hintergrund getreten und ließ sie glauben, zu wissen, wessen Schuld es war, dass sie keinen Kontakt mehr zu ihren Eltern haben wollte.

Sie …

Sie wollte das alles hier nicht mehr und antwortete ihrer Mutter daher: „Ich will das nicht mehr …"

Der Weg nach Weihnachten

„Weißt du, eine schlechte Nachricht ist ein schlechter Gast", sagte Barbara, die in ihrem Rollstuhl saß und sich nicht daran störte, dass das Wasser die Räder immer wieder umspülte. „Darum heiße ich Nachrichten anfangs nicht willkommen. Um dann über sie nachzudenken."

Eva, stand noch gute zehn Minuten auf dem Deich und hatte ihrer Mutter hinterhergeschaut, die stampfenden Schrittes in Richtung Laden gegangen war. Sie war der Meinung gewesen, sich geirrt zu haben, als sie hinunter zum Steg schaute. Dorthin, wo sie die ganze Zeit hinstarrte und hoffte, Barbara zu entdecken.

In dem Moment, als Doris sich herumdrehte und durch das, was sie sagte, etwas in Eva in Gang setzte – *Heidschi Bumbeitschi Bumbum* –, war Barbara dagewesen. Die Hand zum Gruß erhoben. Auf den Lippen ein freundliches: „Hallo", und ein „Das sah alles andere als gut da zwischen euch beiden aus."

Ihr erster Impuls, ihrer Mutter nachzugehen, versiegte.

Sie hatte ihr erklären wollen, dass sie nicht verstehen konnte, dass Doris mit Krampf Dinge bewahren wollte, die bereits verloren waren. Dass es nun mal Veränderungen gab und sie diese ebenso akzeptieren musste wie alle anderen Menschen auch.

Sie dachte: *Es lohnt sich nicht mehr, zu kämpfen. Es macht keinen Sinn. Soll sie doch gehen. Soll sie aufhören, mit mir zu reden. Ich kann das nicht mehr. Mir fehlt die Kraft,* und ließ ihre Schultern hängen.

Obwohl alles in ihr danach schrie, sich von Doris und ihrer Bevormundung zu lösen, war da ein kleiner, versteckter Teil in ihr, der unentwegt an ihr zog und zerrte. Der ihr sagte, dass dieses Spiel, das sie gerade angefangen hatten zu spielen, noch lange nicht beendet war. Dass es da etwas gab, über das Eva sich im Klaren werden sollte – werden *musste.*

Sie seufzte und hatte sich dann langsam, die Arme vor der Brust verschränkt, daran gemacht, den Deich hinunterzugehen, geradewegs auf den Anleger zu. Hin zu der dasitzenden Barbara, die auf ihren fragenden Blick hin meinte, dass sie es nicht ertragen konnte, eine schlechte Nachricht zu bekommen.

„Vielleicht ..."

„Schlechte Nachrichten lassen meinen Heiligenschein nicht leuchten", sagte ihre Freundin und lachte gekünstelt. „Der Streit war heftig?"

„Ja und nein."

„Also ein Jein", entgegnete Barbara nickend. „Sie kann nicht aus ihrer Haut, wie?"

„Doch, schon, aber auf so merkwürdige Art und Weise."

„So, wie sie ist, vermute ich."

„Ich verstehe nicht, warum sie hier ist. Ganz ehrlich. Es ist mir schleierhaft."

„Weil sie bei dir sein möchte?"

Eva stellte sich neben Barbara, schaute ebenso wie ihre Freundin hinaus aufs Meer und fragte: „Bei mir?"

„Möglich ist alles. Manchmal wirkt sie etwas steif.“

„Weil sie es ist.“

Barbara winkte ab und sagte: „Ich denke, sie hat einen Grund, hier zu sein. Meinst du nicht? Warum geht sie nicht nach Hause?“

„Ich denke …“, Eva zuckte mit den Schultern. „Keine Ahnung. Sie hat alles, was sie immer wollte.“

Barbara lächelte schmal. Sie nahm Evas Hand, drückte diese und meinte: „Mir haben schlechte Nachrichten noch nie gutgetan. Sie haben immer alles auf den Kopf gestellt. Hätte es keine schlechten Nachrichten gegeben, wäre ich noch immer ein glückliches Kind. Alles wäre in bester Harmonie.“

Eva schaute sie an. Sie versuchte, hinter den Sinn von Barbaras Worten zu gelangen. Sie runzelte die Stirn und zuckte mit den Schultern.

„Ich sag es dir noch einmal: eine schlechte Nachricht ist ein schlechter Gast“, erklärte Barbara. „Alles wird seinen Weg gehen, da bin ich mir sicher.“

„Warum zweifeln wir dann alle an uns und unseren Wegen?“

„Weil wir auch nur Menschen sind, die auf ein gutes Ende hoffen. Sind es nicht die kleinen Dinge, die das Leben wichtigmachen? Warum streben wir dann nach den großen? Lass uns sehen, was wir haben.

Du hast deinen Laden. Zwei wundervolle Kinder. Mich als deine Freundin. Spaß am Leben. Die Freude, anderen Menschen zu helfen. Warum mehr wollen, wenn wir doch alles haben?“

Eva wusste nichts zu antworten.

„Manchmal liegt das Glück in weiter Ferne", sagte Barbara, die sich in Bewegung setzte und ihren Rollstuhl zurücksetzte, sich umdrehte und anfing, die leichte Anhöhe hinaufzurollen. „Manchmal ganz in der Nähe." Sie rief plötzlich: „Da ist Konstantin! Er hat dich gesehen!"

Eva legte den Kopf schief, sah, wie Konstantin, umgeben von seinen Schülern, eine Flasche in der Hand haltend, aufschaute. Er hob die Hand, winkte und schenkte – ihr? – ein Lächeln, das Eva niemals für möglich gehalten hätte. Was sie traf, ihr mitten ins Herz fuhr und sie für einen klitzekleinen Augenblick glauben ließ, dass all ihre Sorgen, all ihr Kummer sich in Luft auflösen könnten.

Als sie sah, wie er die Flasche an Linus weiterreichte, und diesem freundschaftlich auf die Schulter klopfte, lächelte sie. Als er sich wippenden Schrittes in Bewegung setzte und geradewegs auf sie zugelaufen kam, war es ihr, als würde sich hinter ihrer Stirn kreischend ein Orkan ankündigen.

Sie wusste plötzlich, dass alles gut werden würde. Irgendwie.

„Hey", sagte er und atmete tief ein, da er die letzten Meter zu ihr gelaufen war. „Ich … ich … lass mich dir bitte sagen, dass ich echt nicht aufdringlich sein wollte. Also mit der Nachricht und so. Ich weiß ja, dass es für dich nicht einfach ist, zurzeit. Aber … nun ja, also …"

„Schreib mir ruhig", meinte sie. „Ich habe mich darüber gefreut. Sehr sogar."

Konstantin strahlte über das ganze Gesicht.

„Wenn ich Zeit finde", sagte sie mit einem heiteren Tonfall in der Stimme, „werde ich dir sogar antworten."

„Oh, eine vornehme Dame.“

Sie machte ein zweifelndes Gesicht, verzog den Mund und stieß einen schwankenden Laut aus. „Ahhh, eine verpeilte Mutti, die oft nicht weiß, wo ihr der Kopf steht, und eine Nachricht tippen für sie ein wirkliches Hindernis ist.“

„Kann ja mal vorbeikommen und einfach nur mit dir klönen. Bringt dich vielleicht auf andere Gedanken.“

„Vielleicht“, erwiderte sie schmunzelnd. „Aber ...“, und merkte, wie Konstantin sie an der Hand berührte. Schüchtern und verlegen. Auf den Lippen Worte, die er hervorbringen wollte, aber nicht ausgesprochen bekam.

Sie war von seiner Berührung überrascht. Mit ihren Gedanken ganz bei Barbara und den in ihrem Kopf nachhallenden Worten, die für sie noch immer keinen Sinn ergaben und doch eine Bedeutung in sich trugen.

Was war das hier?

„Ich ... ich ... wollte dich etwas fragen“, gestand er ihr, nachdem er sich geräuspert hatte.

„Was denn?“

„Herr Gude“, brüllte Linus plötzlich und die anderen Kinder stimmten in den Chor mit ein. „Uns wird kalt und das Experiment klappt nicht. Da entsteht kein Rauch in der Flasche. Egal, was ich versuche.“

„Geh.“ Eva ließ ihre Hand, aus der von Konstantin gleiten. „Schreib mir.“

„Antwortest du?“

„Wenn mir die Nachricht gefällt“, sagte sie und zuckte spielerisch mit den Schultern und murmelte, während er sich, einem Jungen gleich, ein erfreutes Lächeln auf den Lippen, herumdrehte und eilig zu seinen Schülern zurückkehrte. „Solange deine Nachricht kein schlechter Gast ist …“

***

„Da hinten ist ein Weinstand, wenn ich mich nicht irre“, meinte Eva und deutete mit einer winkenden Handbewegung irgendwo in Richtung Ende des Weihnachtsmarktes in Cuxhaven.

„Und was soll ich da?“, wollte Doris wissen.

„Einen Wein trinken.“

„Wir sind doch wegen der Geschenke hier.“

„*Ich* bin wegen der Geschenke hier“, verbesserte Eva ihre Mutter und konnte die zwiespältigen Gefühle in sich nicht genau benennen.

Natürlich, sie war es gewesen, die Doris sagte, dass sie nach Cuxhaven übersetzen wollte. Sie hatte ihrer Mama gesteckt, dass es noch einige Kleinigkeiten zu kaufen gab.

Hatte sie ernsthaft angenommen, dass ihre Mutter sich einen Ausflug in die Stadt nehmen lassen würde?

„Ich habe auch Geschenke zu machen.“

„Du bleibst …“

„Weihnachten ist ein Familienfest“, sagte Doris und zog genießerisch die Luft ein. „So hat es früher auch immer gerochen, nicht wahr? Damals, als wir immer zusammen über einen Weihnachtsmarkt schlendern waren.“

„Fand ich auch, als ich das erste Mal hier war.“

„Ich sehe dich direkt wieder vor mir. Meine Hand nehmend, und mich …“, Doris verstummte, schaute sich

um und meinte überrascht: „Das Haus des Weihnachtsmannes."

„Du wirst doch nicht etwa ..."

„Genau wie früher", sagte ihre Mutter und hob winkend die Hand; ein verträumtes Lächeln auf den Lippen. Die aus dem Haus tretende Elfe grüßte zurück und
ließ Eva kurz zusammenzucken.

Sie schüttelte den Kopf.

Das konnte es nicht geben.

Natürlich, hier waren wieder die sie lieblich umspie-
lenden Gerüche, die an ihre Ohren dringende Musik.
Die ganzen Menschen, die redeten und schnatterten,
die sich unterhielten und bei den unterschiedlichsten
Ständen ein wenig Ruhe zu finden versuchten.

Aber dort als Elfe verkleidet, war Barbara.

Was aber nicht sein konnte. Überhaupt nicht. Dennoch war Eva sich sicher, unter den braunen Locken
das aufgeschlossene, fröhliche Gesicht ihrer Freundin
zu erkennen. Ein gewinnendes Lächeln präsentierend
und die Hand gehoben, ihnen beiden zuwinkend.

„Aber ..."

„Wir waren immer im Haus des Weihnachtsmannes",
meinte Doris und setzte sich langsam, wie ferngesteuert wirkend, in Bewegung.

„Mama."

„So wie früher."

„Nur hereinspaziert", begrüßte die Elfe die beiden
Frauen, lächelte und zwinkerte der verwirrten Eva ver-
schwörerisch zu. „Habt ihr einen Wunsch für den
Weihnachtsmann?"

„Barbara?", fragte Eva verwirrt. Sie musste sich beherrschen, um nicht nach dem Gesicht der Elfe zu greifen.

Die junge Frau schaute Eva verwundert an und sagte dann: „Nein, Elfe des Weihnachtsmannes."

„Barbara!"

„Kein Rollstuhl", meinte die Helferin und ließ Eva mit offenem Mund stehen. Sie eilte der ins Haus getretenen Doris hinterher, die dastand, die Hand gehoben, mit weitaufgerissenen Augen zu dem auf seinem Stuhl sitzenden Weihnachtsmann schauend.

„Wie früher", entfuhr es ihr.

Der in Rot und Weiß gekleidete, dicke Mann klopfte sich auf den Oberschenkel. Ein vor Vorfreude schimmernder Glanz lag in seinen Augen, als er sagte: „Warum mit Traditionen brechen?"

Doris ging mit staksig wirkenden Schritten auf den Mann zu.

„Mama!"

„Ich wünsche mir", sagte Doris, „dass meine Tochter glücklich wird ..."

***

So verrückt es auch klang, Eva fühlte sich glücklich.

Nicht nur, weil sie einen von ihrer Mutter gekauften Liebesapfel aß.

Es war alles gerade perfekt.

So, als habe sich die schwere Glocke, unter der sie sich immer wieder versteckte, gehoben und frische Luft zu ihr herein gelassen.

„Ich habe es wirklich getan", meinte Doris neben ihr, die ebenfalls, ein Taschentuch unter den Mund haltend, in die rote Zuckerglasur des Apfels biss. „Ich habe mich auf seinen Schoß gesetzt!"

Eva schmunzelte.

„Du hast wie ein Kind gewirkt."

„Ich habe mich auch so gefühlt. Verrückt, oder?"

„Weihnachten", sagte Eva leise und fügte hinzu: „Das ist Weihnachten für uns gewesen."

„Ja, das war es."

Bevor ihr etwas herausrutschte und sie etwas sagte, das zu sentimental oder zu angreifbar klang, meinte sie: „Wir müssen noch Geschenke kaufen."

„Apropos Geschenke."

„Ja?"

„Ich habe da etwas dabei, das …"

Eva hörte nicht mehr zu. Sie hatte eine Wollmütze entdeckt, bestickt mit einem Kind, das ein Handy hielt. In einer Sprechblase stand das Wort „Hi!"

„Das ist voll was für Merle …"

„Mein Geschenk für dich …"

„Sie wird es lieben!"

Evas Erleichterung kannte keine Grenzen.

Sie hoffte, etwas gefunden zu haben, das ihre Tochter glücklich machte, und merkte in dem Moment, was ihre Mutter für sie getan hatte. Was sie ihr gewünscht hatte, als sie auf dem Schoß des Weihnachtsmannes gesessen hatte.

Sie lächelte.

Ihre Mutter, hatte … ihr alles Glück der Welt gewünscht.

Und in der Ferne winkten ihr Elfe und Weihnachtsmann zu ...

***

Die Sitzung war genauso, wie Eva es erwartet hatte. Absolut langweilig.

Auch wenn Konstantin und Erik darum bemüht waren, ein wenig Stimmung aufkommen zu lassen, fand sie das Ganze unfassbar öde. Eva musste über den einen oder anderen flapsigen Spruch lachen, den die Jungs von sich gaben. Dennoch blieb diese träge, typische, einen zum Gähnen animierende Ödnis in jeder Faser des Körpers stecken, wenn es darum ging, Protokolle vorzulesen, sie abzusegnen und die Tagesordnung zu zitieren.

Sie wusste, dass das wichtige Abläufe einer ordentlichen Sitzung waren, aber hier zu sitzen und sich anzuhören, welche Punkte noch einmal besprochen werden mussten, ermüdete sie.

Nur der kurze Einwurf von Erwin und die darauf von Konstantin erfolgende Reaktion hatten sie etwas fröhlicher gestimmt.

„Ende November werden die Tannenbäume geliefert. Kommt bitte vorbei und sucht euch einen aus. Für die Bewohner der Insel wird ein Baum nicht mehr als zwanzig Euro kosten."

Woraufhin Konstantin sich zu ihr herüberbeugte und sie fragte: „Brauchst du einen Baum?"

Sie nickte, bevor sie antwortete: „Ja, wir haben jedes Jahr einen. Ich schmücke ihn und die Kinder sind dabei im Zimmer, hören Musik oder backen." In ihr stieg ein wohliges, freudiges Gefühl auf. „Es ist zu schön."

„Das würde ich gerne mal sehen."

„Dann such doch einen Baum mit mir aus und wir werden sehen, was dann wird."

Für einen kurzen Augenblick kam es Eva so vor, als verdüsterte sich Konstantins Gesicht. Als hielte ein rascher, intensiver Schauer aus der Vergangenheit Einzug in seine Mimik, was ihr einen Gedanken in den Kopf trieb, den sie nicht richtig fassen konnte. Der ihr Magenschmerzen bereitete und sie fragen ließ: *Was habe ich falsch gemacht?*, um dann von sich wissen zu wollen: *Oder bin ich es gar nicht?*

„Du musst nicht ..."

„Doch, doch", sagte er, lächelte schief und meinte: „Ich bin dabei. Sehr gerne, sogar."

„Toll."

„Wollen wir weitermachen? Oder braucht ihr beiden noch etwas?", wollte Erwin wissen.

„Lass ihnen doch etwas Zeit", zitierte Erik Boromir aus der Verfilmung *Der Herr der Ringe*. „Sie sind doch noch dabei zu reden."

„Das können sie nach der Sitzung tun!"

Eva sagte: „Machen wir das doch so", und fühlte sich plötzlich unendlich müde.

Nicht nur, weil die letzten Tage und Stunden an ihr gezerrt hatten, sondern, weil sie nicht wusste, wie sie mit Konstantin umgehen sollte.

Da war etwas an ihm – et*was Verstecktes* – das sie nicht ergründen konnte.

Andererseits und das war etwas, das sie die Augenbrauen krausziehen ließ, fühlte sie sich lebendig, aufgekratzt und unantastbar wie nie zuvor in ihrem Leben.

Immer wieder glühten die Zeilen der Briefe in ihr auf. Da war eine Flamme entzündet, die sie von zwei Seiten in Brand setzte.

Dinge waren in ihr in Bewegung geraten, deren Tiefe sie nicht ergründen konnte. Eva, die immer darum bemüht war, es allen recht zu machen, meinte in sich eine Idee aufsteigen zu spüren, auf dessen Umsetzung sie nicht länger warten konnte. Die ihr so viel Mut und Hoffnung brachte, wie sie sich später korrigierte, um all die sich über ihr zusammengezogenen Gewitterwolken vertreiben zu können.

Je länger sie darüber nachdachte, merkte sie, wie sehr sie sich nach Ruhe sehnte.

Eine Ruhe, von der sie meinte, sie nur dann zu finden, wenn sie all die in ihrem seelischen Laken aufgeworfenen Falten glattgebügelt hatte.

Und ich den Sinn dieser Briefe verstehe, dachte sie jetzt, als Erwin meinte: „... So ist das in einer Familie", um dann zu fragen: „Nicht wahr, Eva?"

Eva schaute auf.

„Träumerle", sagte Konstantin, der sie anlächelte, sie mit einem ihr so gut gefallenden Blick bedachte, der Eva dazu brachte, wieder zu erröten. Der ihr ein wohlig warmes Gefühl von Geborgenheit vermittelte, deren Herkunft sie sich zu stellen traute.

„Bitte?"

„Wie du zu der Idee stehst, dass wir an einem der Wochenenden ein kleines Fest organisieren ... mit Live-Musik? Oder einem DJ? Was meinst du? Unser Chor könnte dort auftreten und du deine Premiere geben. Na? Ist das nicht eine wunderbare Idee?"

Erwin schaute sie auffordernd, freundlich lächelnd an. Er tippte den Kugelschreiber immer wieder auf den blank polierten, sauberen Tisch und verursachte mit dem *KlickTick, KlickTick, KlickTick* in Eva eine kurze Episode von rasendem Herzklopfen. Nicht, weil sie so aufgeregt war, sondern weil sich ihre Gedanken anfingen, auf nichts anderes mehr zu konzentrieren als auf dieses Geräusch.

„Also? Was sagst du dazu?"

„Wie teuer würde das denn alles werden?", wollte sie wissen und sah, wie Konstantin liebevoll den Kopf schüttelte.

„Träumerle", sagte er wieder.

Ihr wurde heiß und kalt zugleich.

Ein Gefühl der Scham stieg ihr feuerrot in die Ohren und ließ sie glauben, ein Loch unter ihr würde sich auftun. Gähnend schwarz und unendlich tief.

KlickTick, KlickTick, KlickTick.

„Ich fände es schön. Ganz ehrlich. Hat was."

Das *KlickTick, KlickTick, KlickTick* war dabei, ihr immer tiefer ins Gemüt zu fahren. Sie zu ärgern und etwas in ihr in Gang zu setzen, mit dem sie nichts anfangen konnte. Es kam ihr so vor, als stünde sie vor einer mit Dampf betriebenen Lokomotive und hatte keine Ahnung, welcher Kolben sich wann schnaubend und quietschend in Bewegung setzte, wenn man den Kessel erhitzte. Sie stand nur mit vor Staunen offenstehendem Mund da und schaffte es kaum, das in ihrem Verstand entstandene Loch mit Wissen zu füllen.

Was ihr nicht gelang.

Aber wie immer in solchen Momenten, wenn sie sich hilflos fühlte und meinte, an den Rand des Zumutbaren zu kommen, verschloss sich in ihr etwas.

„Würdest du dich darum kümmern wollen?"

„Worum?"

Eva kehrte wieder an die Oberfläche ihres Denkens zurück ... aus dem unentwegten *KlickTick, KlickTick, KlickTick,* das für sie mehr wurde als nur ein ihre Nerven zum Zerreißen bringenden Verstand.

„Um die Musik und was wir denn genau haben wollen. Live oder DJ."

„O...okay."

„Nicht?"

Erwin schaute sie mit einem zur Seite geneigten Kopf direkt an.

„Ich weiß nicht. Ich bin gerade ...“

„Ich kann dir gern helfen", bot Konstantin an.

„Danke dir", sagte nun Erik, der seinem Kumpel zunickte; verschwörerisch, anerkennend, mit einem Blick eines Freundes, der nun meinte: „Genau, mein Bester. Das wäre doch eine Entlastung für dich, oder?"

„Das ... das ... das wäre toll." Eva nickte und konnte sich gegen das *KlickTick, KlickTick, KlickTick* nicht mehr wehren. Sie wollte gerade fragen, ob Erwin das bitte lassen könne, nur um dann zu merken, wie ihre Gedanken wieder zu den Briefen wanderten ... zu ihrer Mutter ... zu dem Gespräch mit Barbara und der Frage, die diese ihr gestellt hatte. Hin zu dem *KlickTick, KlickTick, Klick-Tick,* das sich für sie plötzlich wie ein *TrummTrumm* anhörte.

Sie legte die Stirn in Falten.

Was sollte das?

„Wollen wir uns gleich morgen zusammensetzen und darüber nachdenken, wie wir die Musik planen?"

„Ja!"

Eva war nicht bei sich. Sie hörte den dröhnenden Krach ihrer eigenen Gedanken, und wollte verstehen, was das alles sollte. Sie schluckte, als sie wie aus weiter Ferne zu hören meinte, dass es weder ein *KlickTick* noch ein *TrummTrum* war.

Es war ein ...?

Sie unterbrach sich, sie wollte den Gedanken nicht zulassen, schaute zu dem sie erwartungsvoll anblickenden Konstantin und wiederholte: „Morgen ist gut."

„Dann lerne ich ja auch gleich deine Mutter kennen", meinte er, lehnte sich in seinem Stuhl zurück und wirkte wie jemand, der locker sein wollte.

Was ihm nur sekundär gelang.

Wie Eva schien sich in Konstantin etwas in Bewegung gesetzt zu haben. Ein Gedanke, ein Gefühl, etwas, das die ihm von Erik lobenden Blicke ad absurdum führte. Denn so wie bei ihr war da eine ihn plötzlich ergreifende Unsicherheit in seinem Gesicht zu sehen, die ihn niedlich machte. Die ihm eine neue Facette verlieh.

Als Erwin fragte, ob noch irgendjemand zum Punkt *Verschiedenes* etwas beisteuern wollte, und keiner etwas sagte, erhob sie sich und ging geradewegs auf Konstantin zu.

Der schluckte, schüttelte den Kopf und flüsterte: „Ich glaube, ich bin dir gegenüber doch aufdringlicher, als ich es wahrhaben will."

Sie lächelte ihn an und traute sich, eine weitere Metamorphose zu durchleben. Eine Verwandlung, der Eva mit Freude, aber auch mit einer gewissen Spannung, um nicht zu sagen Angst, wahrnahm. Die ihr zuflüsterte, Mut und zugleich Vorsicht gebot.

„Wenn du nicht willst, dann ...", begann er und schien nicht zu wissen, was er von Evas kurzem Schweigen halten sollte.

Sie sprang über ihren Schatten und traute sich. Ihr kamen die Worte leicht über die Lippen, einem Hauch gleich, der sie sagen ließ: „Ich mag es, wenn du aufdringlich bist."

***

„Warum bist du denn so nervös?", wollte Karla wissen, die mit einem Gesichtsausdruck, der zwischen Erheiterung und Verwirrung lag, zu ihrer durch die Küche tobenden Mutter schaute. Eva, die ihre Nervosität selbst nicht erklären konnte, erwiderte auf die ihr gestellte Frage ein gehetzt klingendes: „Mach einfach, was ich dir sage!"

„Ich habe den Müll schon rausgebracht!"

„Wirklich?"

„Ja, hat sie", entgegnete Merle, die ihre Kopfhörer um den Hals trug, aus denen die monoton klingenden Klänge eines gerade abgespielten Podcasts hallten. „Genauso wie Oma und ich das Badezimmer aufgeräumt haben."

„Oh."

„Es ist sauber hier", meldete sich auch Barbara zu Wort, die, zu Evas Überraschung, unangekündigt in ihren Laden gerollt gekommen war und fragte, ob ein Brief angekommen sei. Ein Brief, wie Eva wusste, den es nicht gab.

Nie gegeben hatte.

Doch als sie meinte: „Nein, keine Post für dich", war da plötzlich etwas gewesen. Ein Windhauch, ein ihr in die Nase steigender Geruch, den sie zuerst nicht zuordnen konnte. Der sie an eine kurze Episode in ihrer Kindheit erinnerte.

Eva erinnerte sich daran, wie sie mit ihrem Vater zusammen auf dem Fischmarkt gewesen war. Morgens, noch fast von der Nacht umgeben, hatte sie an einem der prall gefüllten Marktstände gestanden und beobachtet, wie einer der Verkäufer laut brüllend schrie: „Für diesen ganzen Korb nehme ich nur zehn DM. Und oben drauf kommen noch diese herrlichen Bananen. Diese Handtasche für deine sicherlich wunderschöne Frau und das hier. Frisch, gerade vom Container. Diese vier Orangen!"

Um zu beweisen, dass seine Ware die Beste war, hatte der Verkäufer mit dem Daumen voran in die Schale gestochen und die Frucht auseinandergerissen.

Ebenso wie damals, als sie mit weitaufgerissenen Augen den Mann betrachtete, war ihr der angenehme Geruch, dieser sie immer an Weihnachten erinnernde Duft in die Nase gestiegen.

„Doch, hier ist ein Brief", sagte sie mit einem verwirrten Gesichtsausdruck.

„Danke dir."

Barbara, die den ihr gereichten Brief entgegennahm, setzte gerade zurück, als sie plötzlich innehielt. Während Klara ihrer Mutter einen fragenden Blick zuwarf, die aus dem Laden, den leeren Mülleimer in der Hand, wieder in die Küche verschwand, fragte Barbara: „Was macht dein Traum?“

Eva wusste nicht, was ihre Freundin meinte.

Diese summte mit einem breiten Lächeln: *„Tamm-Tamm, TammTamm, TammTammTam …“*, um dann zu fragen, „irgendwie eine schräge Melodie, oder?“

Eva, wie vom Blitz getroffen, schaute Barbara an und war sich sicher, dass sie sich nur verhört hatte. Dass diese nicht die gleichen Worte benutzte, die ihr durch den Kopf gegangen waren, als sie begriff, dass Konstantin ihr Angst und Freude zugleich machte.

„Was hast du da gerade gesungen?“

„Ein Lied, das mir spontan in den Sinn gekommen ist“, entgegnete Barbara, um gleich zu fragen: „Wann kommt Konstantin heute denn? Sag mal, hast du mit deiner Künstlerin gesprochen?“

Wie bei den letzten gemeinsamen Unterhaltungen, immer dann, wenn sich in Eva Fragen zu häufen begannen, wechselte Barbara das Thema und ließ ihre Freundin wie versteinert dastehen.

„Konstantin kommt heute Abend, und der Künstlerin habe ich eine E-Mail geschrieben mit der Bitte, sich bei mir zu melden. Aber noch einmal …“

„Was macht die Renovierung?“

„Alles gut.“

„Aufgeräumt hast du auch?“

„Ich …“

In dem Moment, als Barbara das fragte, brach Panik in ihr aus. Sie hatte plötzlich eine vollstehende Spüle im Hinterkopf. Einen von den letzten Backversuchen Klaras verunreinigten, mit Mehl und Teig verdreckten Boden. Papiermüll, der überquoll, und Staub, der alles in ihrer Wohnung grau schimmern ließ.

Dazu, und das war, was ihr einen heißen Schrecken in den Magen jagte, war das Wohnzimmer das reinste Schlachtfeld. Sie hatte mit ihrer Mutter versucht zu reden, hatte mit ihr sprechen wollen, ohne dass sie letzten Endes ein Wort miteinander gewechselt hatten.

Was dazu führte, dass Eva auf der Couch schlief, weil Merle, die den Streit nur schwer ertragen konnte, bei ihr sein wollte. Mit ihr zusammen Disney+ und einige alte Serien schaute, die Eva liebte.

Dabei hatte sie ihre Matratze aus ihrem Zimmer ins Wohnzimmer geschleppt, hatte Kissen und Kuscheltiere um sich herum ausgebreitet und ein Chaos veranstaltet, wie Eva es nur selten in ihrem Leben gesehen hatte.

Als sie den Fernseher einschalteten, war auch Klara in die Stube gekommen. Mit einer Decke unterm Arm und einem Kissen vor der Brust.

Sie hatte sich ebenfalls auf den Fußboden gelegt, eine Tüte Chips geöffnet und Merle dazu animiert, ihrer Mutter Naschis aus dem Kreuz zu leiern, die sie aus dem Shop nehmen konnten.

Es war ein Abend gewesen, wie Eva ihn liebte. So enthemmt, so friedlich, mit sich und der Welt zufrieden, ihre Mädchen neben sich auf der Couch, die eine im Arm, den Kopf der anderen auf ihren Oberschenkeln.

Als sie merkte, dass etwas dabei war, in ihre friedvolle Welt einzudringen, hatte sie das Kinn gehoben und hinüber zum Türspalt geblickt. Dorthin, wo sie zuerst meinte, niemanden gesehen zu haben. Um sich dann zu revidieren.

Dort war jemand gewesen.

Ihre Mutter.

Am Türrahmen stehend, hatte sie durch den entstandenen Spalt der Tür gespäht und die sich vor ihr ausbreitende Szenerie betrachtet. Evas erster Impuls war gewesen, Doris zu ignorieren. Ihr, wenn es sein musste, einen gehässigen Spruch an den Kopf zu werfen. Nur um dann wieder den Geruch nach Plätzchen in der Nase zu haben, das *Klingeling* zu hören und die sorgsam aufgeschriebenen, feinsäuberlich aufs Papier gebrachten Wörter des merkwürdigen Briefes vor Augen zu haben.

Mamas Papierschnipsel im Sinn, auf dem sie etwas gesehen, aber nichts gelesen hatte.

Heidschi Bumbeidschi bumm bumm ...

Um dann zu denken: *Kann es nicht wieder wie früher sein?*

Als alles besser war!

Das war ein ihr durch den Kopf schießender Gedanke gewesen. So intensiv, so hart, mit so einer Macht, dass sie all ihre negativen Gefühle vergaß.

Sie waren weg.

Fort.

Wie weggeblasen.

Eva, die es immer albern gefunden hatte, wenn jemand sagte, ihm seien die Gedanken wie vom Kopf weggerissen worden, musste ihre Meinung ändern.

Und zwar grundlegend. Es gab diese Momente wort-
wörtlich.

Die Gedanken verloren sich.

Sie gingen unter, in einem Sog aus Eindrücken, Empfindungen, der Hoffnung, dass man sie niemals wieder
denken und fühlen musste.

Daher hatte sie zu ihrer eigenen Verwunderung den
Mund geöffnet und gefragt: „Willst du dich zu uns setzen, Mami? Wir gucken *M.A.S.H.*"

Ihre Mutter hatte sich daraufhin zurückgezogen, die
Hand gehoben und gemeint: „Ich will euch nicht stören."

Um dann, bevor Eva sagen konnte, dass dies nicht der
Fall war, hinterherzuschieben: „Ich wollte nur sehen,
wie glücklich ihr seid."

Mit diesen Worten war sie verschwunden und hatte
Eva ratlos zurückgelassen.

„Aber, um noch einmal auf dein Lied zu sprechen zu
kommen", holte sie sich aus ihrer Vergangenheit zurück und schaute Barbara direkt an. „Wie kommst du
darauf? Ich meine", sie legte den Kopf schief, „du wirst
immer merkwürdiger, wenn ich ehrlich sein soll. Ich
habe dir nichts von meinem *KlickTick* und meinem
TammTamm erzählt."

Barbara lachte.

„Was soll das denn heißen?"

„Na, das alles hier. So wie du bist. Das erscheint mir
nicht richtig."

Barbara setzte einen guten Meter zurück. Sie machte
spaßeshalber ein spöttisches Gesicht und sagte: „Jetzt
wirst du frech!"

„Nein, so war das nicht gemeint."

„Trööööt", machte Barbara und winkte ab. „Reingelegt. Du hättest mal dein Gesicht sehen sollen."

„Du bist so doof." Eva lachte. Sie räumte zwei Töpfe in die Spüle und ärgerte sich, dass ihr Geschirrspüler bisher nicht geliefert worden war. „Nein, ich meine damit, dass du irgendwie immer Dinge weißt oder tust, die mir gerade wichtig sind."

„Sowas nennt man Empathie."

„Ich weiß, was Empathie ist und wie sie sich anfühlt. Da hat man eine Ahnung oder kann sich in sein Gegenüber hineinversetzen. Eine kurze Berührung an der Hand, um Trost zu spenden.

Du aber scheinst manchmal in meinem Kopf zu sein." Eva tippte sich gegen die Stirn. „Genau hier drinnen. So wie jetzt, wo du ein Lied singst mit Lauten, die mir gestern bei der Sitzung ununterbrochen durch den Kopf geschwirrt sind."

Barbara lächelte noch immer. Sie tat nichts weiter, sie saß nur da, schaute zu der sie anstarrenden und einen mit Spülwasser gefüllten Topf in den Händen haltenden Eva.

Dabei tat sie etwas.

Eva konnte nicht sagen, was es war. Nur, dass es wieder etwas in ihr in Gang setzte. Eine klitzekleine, ihr guttuende Nuance in die richtige Richtung.

Sie schnippte.

Mit dem Schnippen klang das *Klingeling* auf. Eva war sich sicher, dass der Brief, der da plötzlich in ihrer Ablage zu sehen war, groß, rechteckig, mit einzelnen Stickern beklebt, deren Motive Rentiere waren, oder ein vor einem Kamin stehender Weihnachtsmann; vorher nicht da gewesen war.

„Du ...“, setzte sie an und wurde – natürlich – unterbrochen.

Es klingelte an der Tür.

Eva riss die Augen auf und dachte: *zu früh ... viel zu früh.*

***

„Du bist zu früh! Viel zu früh!“, begrüßte sie Konstantin, als sie die Tür aufriss. „Ich bin noch nicht fertig mit aufräumen. Meine Haare habe ich auch noch nicht gemacht. Eigentlich trage ich keinen Jogger, wenn ich Besuch erwarte!“

Ihre Stimme drohte sich zu überschlagen.

Das *TrammTramm, TrammTramm* begann sich in ihrem Kopf wieder bemerkbar zu machen, während sie sich mit der Hand durch die wuscheligen, zu einem losen Zopf gebundenen Haare fuhr.

„Ich mag dich leiden, so wie du bist“, gab Konstantin ruhig zurück. Er wirkte ausgeglichen, mit sich im Reinen, wie ein vor der Klasse stehender Lehrer, der wusste, in was für aussichtslose Situationen Kinder und Jugendliche ihn bringen konnten.

Eva, die einer Panik nahe war, rief: „Du bist zu früh!“, und schlug im nächsten Moment die Tür zu, um sie dann, nachdem sie die Hände hilfesuchend in die Höhe gerissen hatte, wieder zu öffnen.

„Sorry!“, sagte sie, stellte sich breitbeinig in den Türrahmen und meinte: „Du darfst dich hier nicht umgucken. Alles hier ist ein Schlachtfeld. Alles ist ...“

Konstantin unterbrach sie, nachdem er einen Blick über Evas Schulter hinweg in den Flur und durch die offenstehende Tür zum Wohnzimmer geworfen hatte: „Ich finde, das sieht alles sehr ordentlich und gepflegt aus."

„Nein, ich habe noch gar nichts geschafft. Ich ..."

„Es riecht sogar nach Keksen", bemerkte Konstantin, der fragte: „Darf ich reinkommen oder soll ich noch eine Runde durch den Ort drehen?"

„Kekse?"

Sie machte einen Schritt zurück.

Eva, die vollkommen gehetzt war, spürte, wie ihr Herz wild pochte und ihr das Blut in den Ohren rauschte, roch es selbst. Sie konnte riechen, wie ihr der Duft nach im Ofen aufgegangenem Teig in die Nase stieg.

Sie drehte sich herum.

„Das ist verrückt."

Eva murmelte mehr, als das sie sprach, machte einen Schritt in den Flur zurück und gab damit die Tür frei. Konstantin trat ein.

„Darf ich?"

Sie reagierte nicht auf ihn.

Was sie wollte, war, sich über das im Klaren zu werden, was hier vor sich ging.

Hinter die Kulissen blicken – *den Brief lesen* – und verstehen, wie es sein konnte, dass um sie herum so merkwürdige Dinge passierten.

So wie damals, als sie von der Schule nach Hause gekommen war. Sie war der Meinung gewesen, dass niemand außer ihr in der Wohnung war. Um dann, als sie in ihrem Zimmer saß, den Geruch wahrzunehmen. Zuerst nur zart, ganz leicht in der Luft hängend. Um dann, als sie sich erhob, ihre Puppen beiseitelegte, die sie gekämmt hatte, zu sehen, dass jemand in der Küche war.

Ihre Mutter.

Sie hatte sich dem Ofen entgegengebückt, hatte einen übergroßen Handschuh über der Hand und zog gerade ein Blech hervor.

Es hatte genau wie jetzt gerochen.

Als stünde Weihnachten vor der Tür.

„Das ist unmöglich!", murmelte sie weiter, ging in das Wohnzimmer und meinte sich zu irren. Vorhin noch, als sie hektischen Schrittes in die Küche gestürmt war, um den Abwasch zu machen, den Müll herausbringen zu lassen und das ganze Papier in die Tonne zu werfen, hatte hier noch das reine Chaos geherrscht. Die Matratzen hatten auf dem Boden gelegen, die Decken zerwühlt daneben und von den aufgerissenen Chipstüten, dem Naschipapier, den benutzten Gläsern wollte sie gar nicht erst sprechen.

Fort.

Jede einzelne Unordnung verursachende Komponente war – weg.

Unbegreiflich.

Sie schaffte es nicht, ihre wild durcheinander fahrenden Gedanken in Einklang mit sich selbst zu bringen. Sie stand nur da, starrte in ihr penibel sauber aufgeräumtes Wohnzimmer und konnte nicht verhindern, dass ihr ein: „Weihnachtswunder?", entfuhr.

„Wie bitte?"

Konstantin trat hinter sie, schaute sich um und zuckte mit den Schultern, als Eva ihr gestammeltes Wort wiederholte.

„Wie kommst du darauf?"

„Alles ist sauber. Nichts ist mehr da.“

„Ja, das passiert, wenn man aufräumt.“

„Habe ich aber nicht.“

Sie drehte sich herum, schaute Konstantin ernst ins Gesicht und flüsterte: „Ich habe hier keinen Finger gekrümmt. Nicht einen.“

„Dann waren es deine Kinder.“

„Nein, sie waren es auch nicht. Sie haben mir in der Küche und im Laden geholfen.“

„Dann hast du Kobolde im Haus.“

„Oder Engel …“

***

„Ich bin gerne dein Engel, mein Schatz“, murmelte Doris, die das Kissen, das sie eben noch aus der Stube gefischt hatte, an sich drückte und liebevoll zur Tür schaute. Dorthin, wo ihre Tochter gerade dabei war, ein neues Kapitel in ihrem Leben aufzuschlagen. „Ich bin so gern dein Engel.“

Um dann ein Papierstück in Händen zu halten, auf dem zu lesen war: *Mutterglück.*

***

„Einen schlampigen Engel“, bemerkte Konstantin, als sie in die Küche getreten waren. In ein Chaos hinein, das Eva die Schamesröte ins Gesicht trieb. Sie riss die Augen auf, sah, dass all das von ihr hinterlassene Durcheinander alles andere als aufgeräumt war.

Sie hatte zwar die Töpfe abgewaschen und blitzeblank geputzt, aber das Mehl, die Ausstechformen und die dreckige Arbeitsplatte waren noch da.

Niemand hatte sich die Mühe gemacht, den Boden zu wischen, oder das von heute Mittag stehengelassene Geschirr auf dem Esstisch wegzuräumen.

Doch dafür war der Ofen an.

Der verführerische Duft nach Keksen stieg ihr erneut in die Nase.

Wann wurde der Ofen angemacht?, fragte sie sich. *Barbara und ich haben geredet, sie ist gegangen und dann hat es an der Tür geklingelt.*

Niemand ist hier gewesen.

Dennoch konnte sie sehen, wie die Kekse aufgingen und hören, wie der Ofen arbeitete.

Um dann zu begreifen, was sich noch verändert hatte.

Am Fenster war mit Kunstschnee eine Landschaft gemalt worden. Ein kleines, im Schnee daliegendes Dorf, in dessen Vordergrund sich Kinder mit Schneebällen bewarfen.

Auf der Fensterbank, frisch aufgestellt, mit Kerzen bestückt, eine Weihnachtsmühle. Auf jedem Flügel ein Englein stehend, die ein Gesangbuch in den Händen hielten, die roten Münder geöffnet, um ein Lied zu singen.

Das heillose Durcheinander rückte in den Hintergrund. Der Gedanke daran, einen Herzinfarkt zu bekommen, verblasste.

Sie drehte sich ruckartig um und prallte gegen den hinter ihr stehenden Konstantin.

Der sagte nur: „Hallo, junge Frau", und schloss seine Arme spielerisch leicht um sie. „Hätte nicht gedacht, dass Sie so stürmisch sind."

Eva, die sich aus seiner Umarmung befreien wollte, hielt dennoch kurz inne.

Es war der Geruch nach den Keksen, das plötzlich dämmrig werdende, von draußen durch die Fenster dringende Licht, das sie innehalten ließ. Ein Gefühl von Geborgenheit breitete sich in ihr aus, als sie dastand, Konstantins Nähe spürte und merkte, wie all die Spannung von ihr abzufallen begann.

„Wenn du mich hältst, gerne."

„Klingt gut."

Eva, die bei solchen Szenen im Fernsehen innerlich immer dahinschmolz, die das Kissen fester an sich drückte, merkte, wie sie sich wünschte, genau jenen Moment erleben zu dürfen, war wie versteinert, als sie Konstantins zwei Worte hörte.

Ihre Gedanken und Gefühle, die sie immer durchfuhren, die ihr zuraunten, wie schön es war, wenn man unverhofft erfuhr, wie wundervoll es war, wenn man sich gegenseitig hielt; sich Sicherheit gab, waren nicht die, die sie dachte zu haben, wenn es doch einmal passierte.

Das, was ihr jetzt durch den Kopf ging, war: *Auf was lässt du dich da ein? Auf was lässt du dich hier ein?*, um dann zu merken, dass Konstantins Griff sich fester um sie schloss. Dass er dabei war, sie an sich zu pressen, ihr so nahezukommen, wie sie es nicht für möglich gehalten hatte.

„Ich glaube", sagte sie hastig, wand sich aus seiner Umarmung und konnte den Anflug von Panik nicht unterdrücken, „wir wollten etwas zusammen besprechen. Äh, wollen wir dazu lieber …" Ihr Blick fiel auf den Papierhalter, auf den zwischen den wahllos in die Fächer gestopften Anschreiben, Benachrichtigungen und Rechnungen steckenden Brief.

Klingeling …

„Hatten wir", murmelte der sichtlich konsternierte Konstantin, der einen Schritt zurückmachte und die Arme von ihr löste. In seinem Gesicht stand Verwirrung und eine Spur von – Zorn?

Nein, verbesserte sich Eva in Gedanken. *Kein Zorn. Unverständnis. Er weiß nicht, warum ich mich ihm plötzlich entziehe.*

„Es tut mir leid", sagte sie und wischte sich mit der Hand eine ihr auf die Stirn gefallene Haarsträhne zurück. „Ich will mich ja darauf einlassen, aber nach allem, was ich durchgemacht habe, fühle ich mich irgendwie noch nicht bereit dazu. Verstehst du das?"

„Ja, das verstehe ich. Nur zu gut. Es ist die Vergangenheit, die ihre Spuren in uns hinterlässt. Aber die nicht unsere Gegenwart bestimmen sollte", sagte er und griff mit einer ihr Herz schneller schlagen lassenden Geste nach ihr. Er drückte sie sanft, zog sie zu sich und flüsterte: „Ich will mich darauf einlassen, auch wenn ich Angst habe."

Sie senkte den Blick, hob die Hand und legte sie ihm auf die Brust. „Sobald ich kann, ich auch."

„Ich werde dich nicht enttäuschen", sagte er. „Das habe ich mir fest vorgenommen. Ich will niemals einen Fehler ein zweites Mal begehen. Jetzt wird alles besser werden. Das spüre ich."

Eva schaute ihn an.

Ihre Gedanken begannen sofort zu kreisen.

Sie machte einen Schritt zurück, betrachtete ihn und wollte wissen: „Ein zweites Mal?"

„Kein zweites Mal", verbesserte er sie und schaffte es, ihre kurz in ihr aufflackernden Zweifel beiseite zu wischen, indem er sich vorbeugte und sie das erste Mal, seit fast einem Jahr, geküsst wurde ...

***

Beschwingt, um nicht berauscht zu sagen, machte Eva, nachdem Konstantin sich von ihr gelöst hatte, einen Schritt in die Küche hinein. Ihre Knie, weich und zittrig, drohten unter ihr nachzugeben. Ein Gefühl, als würde sie über flauschigen, nachgebenden Boden gehen, ließ sich nicht wegdiskutieren.

Ihre Gedanken waberten nicht, sie schossen wild hin und her, ohne dass sie auch nur einen davon ernsthaft verstanden hätte.

Immer, wenn sie meinte, sich unter Kontrolle zu haben, fuhr ihr erneut ein warmer, kribbelnder Stoß in den Magen. Der ihr, als sie an die Zungenspitze dachte, die Konstantin sanft über ihre Lippen geschoben hatte, bis in die Lenden fuhr.

Zitternd streckte sie eine Hand nach dem Stuhl aus, der dicht bei ihr stand. Ihre Finger umklammerten die Rückenlehne und ihre Stimme hatte einen brüchigen Klang angenommen, als sie fragte: „Du willst doch bestimmt einen Tee oder Ähnliches trinken, oder?"

„Egal was, mein Getränk sollte nur ohne Koffein und Zucker sein."

„Wasser habe ich nur aus der Leitung!"

Sie fasste sich erneut an den Kopf, schluckte und konnte den Wirbelsturm an Eindrücken und Empfindungen nach dem Kuss nicht kontrollieren. Ihr kam es so vor, als presste er sie an sich und nagte in einem gekonnten, nicht schüchternen Augenblick an ihrer Unterlippe.

Sie konnte fühlen, wie sein rechtes Bein zu zittern begann, als sie seinen Kuss erwiderte, als ihre Hände zu seinem Gesicht fuhren und sie die Stoppeln seines Dreitagebarts fühlte.

Ihm war ebenso wie ihr der warme Atem und ein gurgelnder Laut entflohen, der etwas Antreibendes, Animalisches besessen hatte. Ein Laut, der sie dazu anregte, ihre Küsse zu intensivieren. Sie leidenschaftlicher und aufdringlicher zu gestalten.

Als sie merkte, wie er sie mit Zunge küsste, waren ihr das erste Mal die Knie weich geworden. Das zweite Mal, als seine Hand über ihren Rücken wanderte und nur kurz, flüchtig, kaum wahrnehmbar, ihren Po berührte. Seine Finger glitten den Ansatz ihrer grauen, ausgeleierten Jogginghose entlang - Himmel noch mal – und ließen sie innerlich erbeben.

Da hatte sie gedacht, ohnmächtig werden zu müssen.

„Ich bin ... etwas ... wackelig", gab sie zu, als sie mit zitternder Hand nach der Teekanne griff und den Wasserhahn warm aufdrehte.

Während das Wasser in die Kanne lief, sie einen Teebeutel nahm, ohne zu wissen, welche Sorte es war, sagte Konstantin hinter ihr: „Es war sehr schön."

Eva nickte, erwiderte aber nichts.

Sie stand da, roch den Geruch der Kekse und der Orangen, und meinte in der Ferne wieder ein leises Glockenspiel zu hören, schaute auf den Brief im Papierhalter und betrachtete die Weihnachtsmühle.

Alles war so ... friedlich.

Sie griff nach ihm und spürte, wie schon bei dem Brief davor, dass sie etwas davon abhalten wollte, ihn in die Hand zu nehmen.

Als wäre er nicht bereit dazu, gelesen zu werden.

Sie nahm ihn an sich.

Überwand die Hürde, und hatte später das Gefühl, als habe sie durch eine aus Gel bestehende Wand gegriffen. Nachgiebig und zäh. So, als tippte sie mit dem Finger gegen erkalteten Wackelpudding.

Als sie nach dem Brief griff und merkte, dass sie einem Ereignis vorzugreifen begann, vernahm sie das Kichern von Karla. Sie hörte, wie Merle eine Frage stellte, deren Sinn sie nicht erfassen konnte.

Konstantin, der zu ihr getreten war, in den Augen den Glanz eines Mannes, der sich zügelte, um seinem in ihm erwachten Trieb keine Oberhand gewinnen zu lassen, bemerkte: „Die Mädels scheinen Spaß zu haben.“

„Scheint so“, murmelte Eva, deren Verstand sich noch immer einem Karussell gleich im Kreis drehte.

„Klingt schön.“

„Herrlich!“

Ein wohliges Gefühl von Zufriedenheit überkam sie jetzt und ließ Eva das erste Mal seit Tagen ernsthaft glauben, dass ihr Leben nicht mit einer schiefen, in die Tiefe führenden Bahn zu vergleichen war.

Da war kein Druck mehr, keine Angst, kein Kummer, sie könnte etwas falsch machen oder sich in irgendetwas verrennen.

Da war nur eine ihr innewohnende Zufriedenheit, die ihr sagte, dass sie sich fallen lassen konnte … ohne schlechtes Gewissen. Einfach in den Tag hineinleben. Sich mit den Menschen umgeben, die ihr guttaten.

Als sie Konstantin ein Glas Wasser reichte, die Kanne Tee mit sich nahm, und durch die Küche hindurchging, in den kleinen Flur, war sie es, die abrupt stehen blieb.

Sie hörte Klara sagen: „Niemals, Oma", und Merle kichern. „Das hat Opa gemacht?"

„Er war manchmal so ein verrückter Kerl", vernahm sie ihre Mutter. In deren Stimme weder Kälte noch den Ton der Bevormundung. Nur einen weichen geschmeidigen Hauch an gerade erlebte Erinnerungen. „Ich war so böse mit ihm, weil er so leichtsinnig war. Aber wie er sich gefreut hat, als er eure Mama hinter den Wagen schnallen und sie mit ihrem Schlitten hinter sich herziehen konnte. Gestrahlt hat er, über das ganze Gesicht."

„Opa kann lächeln?", fragte Karla. „Unser Opa Grummel?"

„Ja, ein richtiger Grummel-Griesgram ist er."

„Er kann auch lieb sein. Ganz zart. Manchmal, wenn wir allein sind, glaube ich sogar, dass er sich nur verstellt. Dass er ein anderer sein möchte."

Eva hielt inne.

Sie stand da und verstand die Welt nicht mehr.

All ihre Zweifel, die sie ihrer Mutter entgegenbrachte, die sie mit aller Vehemenz lodern und brennen ließen, waren dabei einen Schritt in ihr zurückzumachen und einer anderen, neuen, ungewollten Perspektive Platz zu machen.

Einer Kindlichen.

Einer Unbefangenen.

„Hat Opa echt gelacht, als er Mama hinter sich hergezogen hat?", wollte Karla ungläubig wissen.

„Auf den Abhang hat er sie zufahren lassen. Geradewegs den Deich hinauf, um sie dann in das zugefrorene Überschwemmungsbecken rutschen zu lassen."

„Echt jetzt?"

„Würde Oma ja sonst nicht erzählen", bemerkte Merle trocken und ließ Eva einen kurzen Blick zurück in die Vergangenheit werfen. Zu jenem Augenblick, den sie meinte, längst vergessen zu haben.

Hin zu einem eiskalten, klirrenden Tag, den sie niemals glaubte, erleben zu können, weil es in Hamburg so selten schneite.

Aber an diesem Tag, als sie erwachte, war er tatsächlich gefallen. Knöchelhoch und puderweiß. Es kam ihr so vor, als wäre sie erst gestern in der Frühe von ihrem Vater geweckt worden. Sanft und zart, mit einem Küsschen auf die Wange, einem liebevollen: „Es hat geschneit, mein Schatz", auf den Lippen.

Verwirrt davon, dass er ihr so nahe war, so dicht und dazu noch zu Hause, hatte sie ihn verschlafen angeschaut und gefragt: „Richtig geschneit?"

„Dicke, weiße Flocken", hatte er gesagt und gemeint: „Zieh dich schnell an, mein Schatz. Papa hat einen tollen Spaß mit dir vor. Los, hopp. Mach dich fertig!"

Und das hatte sie getan.

Mit einer so enthusiastischen Freude, wie sie sie längst vergessen hatte. Es war ein Hochgefühl, eine

Wonne, wie sie heute wusste, und das brachte sie dazu, darüber nachzudenken, wie schnell Kinder-Erinnerungen verblassen konnten.

In dem Moment, als ihr Vater zu ihr gekommen war, er sie aus dem Bett holte und ihr sagte, dass er etwas Wunderbares, Schönes mit ihr machen wollte, war ihr kindlicher Kummer sofort wie weggeblasen gewesen. Da hatten nicht mehr die leisesten Zweifel an ihr genagt. Keine Schüchternheit sich in ihr Gesicht gestohlen und kein Gedanke ihr zugeraunt, dass sie Papa bei der Arbeit nicht stören durfte.

Sie hatte sich einfach nur gefreut.

Sie hatte bei ihm sein wollen.

Jetzt ihren Kindern zu lauschen, während sie mit ihrer Oma im Wohnzimmer saßen und ungezwungen redeten, kam es Eva so vor, als würde sich ihr Innerstes nach außen kehren. Sie konnte ihre Mutter reden hören, darüber sinnieren, wie es damals gewesen war, als die Familie noch funktionierte. Als sie oben am Deich stand, frierend von einem Fuß auf den anderen trat und nichts weiter zu spüren glaubte als ein über ihre heiß und innig geliebte Tochter hereinbrechendes Unheil.

Was mich trifft, dachte Eva in einem sie verwirrenden Anflug von Trauer. *Wieso? Warum will ich plötzlich wieder in ihrer Nähe sein? Warum möchte ich ins Wohnzimmer treten, mich zu ihnen setzen und ...*

Wer möchte ich sein?

Bei dreißig Prozent hundert Prozent geben.

In diesem Moment kamen ihr wieder die Worte des Briefs in den Sinn.

Kannst du machen, dass es besser wird?, schoss es ihr durch den Kopf und ließ sie schwer schlucken.

Kann es nicht wieder sein wie früher?

Konnte es das?

War es ihnen möglich?

Sie blieb stehen, hörte ihre Mutter sagen: „Jetzt aber genug von mir. Erzählt doch mal was von euch. Wie war euer Tag? Wer ist Linus?"

„Oma!", brach es aus Karla hervor.

„Was denn? Ich habe von ihm gehört."

In Eva schrillte wieder das sie zittern lassende *Klinge-ling*.

***

Rusch, rusch, rusch, schlug der Schneebesen wieder durch die pinkfarbene Rührschüssel und hinterließ in Eva das gespannte Gefühl von Aufregung.

Würde es dieses Mal klappen?

Hatte sie endlich die Komponente gefunden, die fehlte?

War es nicht auch immer noch ein Hauch zarter Va-nillestangen gewesen, die im Teig ihrer Oma hauchzart zu schmecken waren?

Oh ja, sie war sich ganz sicher.

Und hatte ihre Oma den Zuckerguss nicht immer mit Zit-ronensaft vermischt?

Oh ja, das war es gewesen. Deshalb hatte sie sich vom Festland Zitronen mitgebracht. Aus diesem Grund war sie voller Vorfreude in die Küche gegangen.

„Du schlägst wieder zu schnell", sagte Doris hinter ihr.

„Mama, ich weiß, was ich tue", antwortete sie, *rusch, rusch rusch*, fühlte sich aber weder angegriffen noch in die Ecke gedrängt. „Aber wenn du willst, kannst du den Zuckerguss anrühren. Was meinst du?"

„Wenn ich dir eine Hilfe bin."

„Bist du!"

Und so standen sie zusammen an der Arbeitsplatte, hörten *Heidschi Bumbeitschi Bumbum* und plauderten, zu Evas Überraschung zwanglos miteinander.

Sie redeten über Gott und die Welt.

Ließen sich auf keine spitzen, den anderen verletzenden Kommentare ein.

Sie rührten den Teig, stellten den Zuckerguss her und waren eine Stunde später enttäuscht.

Fade ...

***

Als Eva die Nachricht auf ihr Handy erhielt: *Die Tannenbäume werden heute geliefert,* lächelte sie.

Sie hatte sich wohlgefühlt, heiter, frei, nicht mehr so gefangen und so eingeengt, immer mit der Angst behaftet, ihrer Mutter unerwartet im Haus oder Laden über den Weg zu laufen.

„Du strahlst ja richtig", bemerkte Barbara neben ihr, die den kurzen Weg von Evas Zuhause zu Erwins Gastwirtschaft mit ihr gemeinsam zurücklegte. „Siehst du gleich ...?"

„Ja."

„Und ihr sucht zusammen ..."

„Das weißt du doch."

„Ich wünsche dir von Herzen, dass du dich auf ihn einlassen kannst", meinte Barbara, die plötzlich stehen blieb, hinunter zum Steg schaute, an den Deichen vorbei, hinaus aufs Wasser. Dorthin, wo die Gischt in die Höhe schlug, die Wellen laut brausend auf das Festland stießen und Möwen kreischend in dem auffrischenden Wind ihre Kreise zogen.

Eva legte den Kopf schief.

„Dass ihr einen Weg findet, um glücklich zu werden“, erklärte ihre Freundin. „Ich gönne es euch von Herzen.“

Sie erinnerte sie an jene Barbara, die sie von früher kannte. Die freche, ausgelassene, am Oortkartensee ins Wasser springende und dabei andere Badende nass spritzte.

Sie wirkte zufrieden.

„Eva!“, rief aus der Ferne Konstantin, der die Hand erhoben hatte und ihr zuwinkte. „Hier.“

„Hi“, begrüßte sie ihn, wandte den Kopf und schaute verwundert dorthin, wo Barbara neben ihr gefahren war.

Sie war – wie so oft – verschwunden.

Konstantin, der auf sie zukam und ihr ein Küsschen auf die Wange gab, fragte: „Hast du gerade telefoniert?“

„Telefoniert? Ich?“ Sie schüttelte den Kopf. „Wie kommst du denn darauf?“

„Es sah so aus, als hättest du mit jemandem geredet“, entgegnete er und wischte dann mit der Hand durch die Luft. „Kommst du? Die Bäume sind wirklich schön.“

Während er das sagte, war da etwas, das seine Heiterkeit, seine Fröhlichkeit ein wenig in den Hintergrund geraten ließ. Da war, wie bei der Sitzung letztens, eine plötzliche, nicht zu fassende Anspannung in ihm. Ein kurzer, düsterer Schatten, der über sein Gesicht huschte.

„Alles gut?“, wollte sie wissen, als Erik sie mit einem dröhnenden Hallo begrüßte.

„Ja“, sagte er, um dann zu lächeln und zu sagen: „Manchmal wird mir das Herz einfach schwer.“

„Warum?“

Er winkte ab und sagte: „Vergangenes. Lass uns einen Baum aussuchen, damit du ihn schmücken kannst, und die Mädels backen und singen können.“

Als er das sagte und sie sanft auf Erik zuschob, kam es ihr so vor, als würde ihr das Herz vor Freude aus der Brust springen. Da war es wieder, dieses Gefühl von Geborgenheit. Die kurze, in ihr aufflammende Hoffnung, etwas gefunden zu haben, das sie nicht mehr loslassen wollte.

Eine Chance, die Welt um sie herum zu vergessen; Sorgen von sich abfallen zu lassen wie überflüssigen Ballast.

„Na, ihr beiden“, begrüßte Erik sie, „trinkt ihr gleich einen mit, oder habt ihr noch viel zu tun?“

„Was gibt es denn zu trinken?“, wollte Eva wissen.

„Glühwein“, sagte Erik und meinte, mit einem Grundton der Überzeugung, der alle anderen geltenden Meinungen nicht zuließ. „Wie es sich gehört.“

„Also ich würde einen trinken.“

„Ich auch“, meinte Konstantin und erntete von seinem Freund einen lobenden Schulterklopfer.

„Ihr seid die Besten“, rief ihr ehemaliger Freund, der einer jungen Frau, die Eva bisher nur aus der Ferne gesehen hatte, zuwinkte. „Mach mal bitte für die beiden hier einen Erik Special bereit, Ines. Und für mich natürlich auch.“

„Hast du nicht …?“

„Du bist nicht meine Mutter!“

„Ich mische ja schon!“

Erik lachte und zwängte sich zwischen Eva und Konstantin, führte sie zu dem in Gesprächen vertieften Erwin. „Die beiden haben Bock auf Tannenbäume und stehen auf Glühwein.“

Der erste Schnee begann plötzlich zu fallen, als Erik sie zu den gegen einen Zaun gelehnten Weihnachtsbäumen führte. Er rieb sich die Hände, schaute gen Himmel und schüttelte den Kopf. „Das habe ich auch schon lange nicht mehr erlebt.“

„Schnee auf Neuwerk“, kommentierte Konstantin. „Das hat es schon seit Jahren nicht mehr gegeben.“

„Es wird schön aussehen“, sagte Eva, ein wohliges Lächeln auf den Lippen. „Da bin ich mir sicher.“

„Traumhaft“, bestätigte er. „Ich liebe es. Alles ist dann so ruhig und weiß. Einzelne Spuren im Schnee. Alles verliert sich in der Stille.“

„Macht schnell“, riss Erik sie aus ihrem Gespräch und deutete auf die Tannenbäume, „damit das Trinken beginnen kann. Du rennst nicht weg, Alter. Du bleibst hier“, sagte Erik plötzlich und ließ seinen besten Freund zusammenzucken und Eva einen verwirrten Blick aufsetzen.

„Erik!“, entfuhr es ihm.

„Was denn? Ich will nur, dass du glücklich wirst.“

„Das bin ich“, sagte Konstantin und warf seinem Freund einen skeptischen Blick zu. „Das bin ich.“

Sie lächelte, senkte den Kopf und konnte für einen kurzen Augenblick das ungute, sie anspringende düstere Gefühl nicht zurückhalten. Sie musste sich mit einem Gedanken auseinandersetzen, der ihr jetzt zuraunte: *Da ist noch mehr im Hintergrund*, um sich dann zu sagen: *Alles wird gut. Alles muss gut werden.*

Bevor sie Konstantin fragen konnte, was Erik mit seinen Worten gemeint hatte, war dieser schon mit dem Glühwein bei ihnen, hielt ihn ihr hin und meinte: „Auf uns. Und auf das Glück."

„Auf den Schnee", sagte Konstantin.

Eva prostete ihm zu; nippte an dem dampfenden Glühwein und hustete, als sie den Alkohol schmeckte, der ihr mitten in den Hals fuhr.

„Special", sagte Erik und freute sich diebisch. „Gleich den nächsten Schluck hinterhernehmen. Nur so bringt es was."

Was Eva tat, nachdem Konstantin gesagt hatte: „Los, den nächsten Schluck ..."

Um dann zu merken, wie ihr der Alkohol in den Kopf stieg und sie anfing, die ersten Sorgen um sich herum zu vergessen.

Ich fühle mich wohl, dachte sie, als sie dastand, der Musik lauschte, die plötzlich aufklang, in der Ferne wieder ein *Klingeling* zu hören glaubte und auf dem Deich Barbara sitzen sah. Die ihr zuwinkte, ein Herz mit den Händen formte und Eva denken ließ: *Du strahlst ...*

Was sie tatsächlich tat.

Sie merkte ... dass sie sich wohlfühlte.

***

Eva hatte einmal irgendwo im Internet gelesen, bei Facebook, Instagram oder auf irgendeiner der anderen Social-Media-Plattformen: *Wenn wir am dringendsten*

Nähe brauchen, distanzieren wir uns am meisten. Sie fand, dass diese Aussage wie die Faust aufs Auge passte.

Sie spürte jedes einzelne Wort in sich heiß und schmerzend. Es kam ihr so vor, als hätte man ihr ein Brandzeichen gesetzt; dampfend und zischend, einen nie abebbenden Schmerz, wobei sie meinte, verrückt zu werden.

Sie wollte mit ihrer Mutter sprechen – von ganzem Herzen.

Sie wollte mir ihr über das reden, was in den letzten Tagen zwischen ihnen vorgefallen war.

Doch jedes Mal, wenn sie meinte, den nötigen Mut gefunden zu haben, brachte sie kein Wort heraus.

So wie gerade eben, als sie beim Frühstück gesessen hatten.

Ihre Mutter, stolz und aufrecht, den Kaffeebecher in der Hand, als würde sie ein Sektglas halten, den Blick an ihr vorbeigerichtet. Den feinsäuberlich, rot lackierten Fingernagel immer in einem gleichbleibenden Takt gegen den Becher klopfend.

Nach ihrem knappen: „Morgen", war nichts mehr dazugekommen. Sie hatten beide dagesessen, jeder hatte seinen Gedanken nachgehangen und ab und zu den Drang verspürt, den anderen ansprechen zu wollen.

Was sie nicht getan hatten.

Sie schwiegen.

Beide damit beschäftigt, hinauszuschauen aus dem Fenster, den Schnee zu betrachten, der liegen geblieben war. Durch den die Kinder tobten und tollten und sich daran erfreuten, dass er unter ihren Füßen knirschte und knarrte.

Als Eva fragte: „Hast du heute noch etwas vor?", hob ihre Mutter nur den Blick, betrachtete sie und schwieg.

„Warum bist du hier, wenn du nicht mit mir sprichst?"

„Wegen der Kinder!"

„Bei dir alles gut, Mami?"

Ihre Mutter schaute auf.

Noch immer tippte ihr Fingernagel nervenzerreißend gegen das Porzellan des Bechers. Ihre Miene blieb regungslos, als sie die Augenbraue hochzog.

„Ich meine ..."

„Ausgezeichnet, Kind", sagte sie. „Mir geht es ausgezeichnet."

„Warum habe ich dann andauernd dieses Klingeln im Ohr?", stellte Eva eine Frage, die sie anfangs meinte, nicht zu verstehen.

Nur um zu sehen, wie ihre Mutter den Blick hob, sie anstarrte und fragte: „Du hörst es auch?"

„Laut und deutlich."

„Diese Nachrichten, die ich überall finde, sind die von dir?"

Eva schaute sie verständnislos an.

„Zwei weitere habe ich gefunden. Gestern am Zahnputzbecher." Sie hielt kurz inne und flüsterte: *Erinnerungen.*" Nur um dann den Kopf zu schütteln. „Heute: *Zweisamkeit.*"

Eva, die meinte, einen Zugang zu ihrer Mutter gefunden zu haben, hörte das Klirren der gestern Nachmittag angebrachten Türglocke ihres Ladens.

„Ist jemand da?", wollte Erwin wissen, der schnaubend und prustend in den Laden gekommen war und ein: „Ist das kalt da draußen", von sich gab.

„Ich bin hier.“

„Magst du eine Bestellung aufnehmen, Eva? Wir brauchen noch einige Kleinigkeiten für den Weihnachtsmarkt.“

„Ich komme.“

Sie schaute ihre Mutter an und sagte: „Geh nicht weg.“

„Wo sollte ich auch hingehen?“

Eva erhob sich, lächelte verkrampft und eilte dann durch die Küchentür zum Laden.

„Die Post öffnet erst um neun Uhr“, meinte sie zur Begrüßung und sah den vor ihr stehenden, rotwangigen Erwin und musste lächeln, als sie seinen ihr zugeworfenen Blick bemerkte. „Ja, ja“, sagte sie und winkte ab. „In einer Familie steht man füreinander ein. Was kann ich dir bestellen?“

„Das hier!“ Er reichte ihr einen Zettel mit seiner kaum leserlichen, verschmierten Handschrift. „Ich komme mit diesem Internet einfach nicht klar. Ich finde die ganzen Sachen nicht und wenn doch, muss ich überall ein Konto oder so was anlegen, damit ich es bestellen kann. Das macht mich wahnsinnig.“

„Ich helfe dir“, sagte sie und kniff die Augen zusammen, um einige der aufgeschriebenen Wörter zu entziffern. „Was heißt das hier?“

„Schneekugeln.“

„Ah, und das hier?“

„Girlanden.“

„Oh. Und was soll das heißen?“

„Mensch, Kind“, entfuhr es Erwin. „Kugelschreiber. Mit meinem Logo drauf. Kannst du das alles für mich bestellen?“

„Ja, natürlich!“

Sie nahm die Liste an sich, klappte ihren noch provisorisch als Kassenbestand dienenden Laptop auf, zog die Vorrichtung hervor, auf der eine Tastatur abgestellt worden war und erschauderte.

Er stand da, feinsäuberlich, als habe man ihn extra dorthin gelegt, damit sie ihn auf jeden Fall entdeckte, ein weiterer Brief.

Der Glaube kehrt zurück

Lieber Weihnachtsmann,
ich hoffe so sehr, dass es dir gut geht. Dass dein Kakao dir
schmeckt. Erinnerst du dich an die Kekse, die ich dir hinge-
stellt habe? Die habe ich mit meiner Oma selbst gebacken.
Ich mochte sie so gerne. Also die Kekse und meine Oma.
Oma ist leider gestorben, was mich sehr traurig macht. Ich
hätte sie so gerne wieder.
Mit ihr war es immer so schön. Sie hat immer so herrlich
gelacht und wenn ich neben ihr gesessen habe, hat sie im-
mer meine Hand genommen und gesagt: „Uns geht es gut."
Ich vermisse sie so sehr.
Kannst du mir noch einmal ihr Lachen schicken?
Nur einmal ihr Lächeln?
Oder ihren Geruch. Sie hat immer so gut gerochen.

***

„Mami?"

„Hm?"

Mit dem Gesicht zum Fenster gewandt, saß Doris auf
einem Stuhl, ein Weinglas in der Hand. Versonnen, als
wäre sie gedanklich in weite Ferne aufgebrochen,
wandte sie nicht den Kopf, als Eva zu ihr kam.

Sie starrte nur geradeaus, mit einem im weichen Kerzenschein gehüllten Gesicht.

„Ihr habt ja angefangen, das Haus zu schmücken“, begann Eva das Gespräch in Gang zu bringen und fühlte
sich selten hilflos dabei. „Danke.“

„War mir ein Vergnügen. Du weißt ja, wie sehr ich
Weihnachten mag.“

„Ja, dieses Gefühl, dass sich etwas verändern kann.“
Doris nickte.

Sie schaute in die Dunkelheit hinaus, dorthin, wo in
der Ferne der Leuchtturm ab und zu ein blinkendes
Licht abgab. Dorthin, wo Schiffe durch die Nacht fuhren, auf dem Weg in sichere Häfen.

Um irgendwann einmal nach Hause zu kommen, dachte
Eva und musste wieder an den Brief denken, den sie
vorhin gelesen hatte. Der in ihr einen solchen schweren, bleiernen Eindruck hinterlassen hatte, dass sie
schlucken musste. Der längst vergessen geglaubte Erinnerungen in ihr hervorgerufen hatte, sodass sie nicht
anders konnte, als mit ihrer Mutter zu reden.

Mit dieser seltsamen, streitbaren Person, mit der irgendetwas geschehen war.

Die ebenso wie sie von merkwürdigen Botschaften
heimgesucht wurde.

Als führten uns die Briefe und Schnipsel zusammen.

In ihrer Mutter war, eine Eva nicht greifbare Zartheit
ausgebrochen, die ihr unheimlich war.

Obwohl sie spärlich miteinander redeten, kam es ihr
so vor, als hätten sie sich beide selbst eine Brücke ge-
baut.

Jetzt, wo Eva wieder meinte, jedes einzelne gelesene
Wort würde flammengleich in ihrem Verstand lodern,
hatte sie das bedrückende Schweigen nicht mehr ausgehalten.

Sie hatte gesehen, wie viel Mühe sich Karla, Merle und Doris beim Dekorieren gegeben hatten. Während sie immer wieder irgendetwas im Laden hielt – ob Kunden, das Telefonat mit der Künstlerin, ein Gespräch mit einem Zeitungszulieferer –, die Regale, die aufgefüllt werden mussten ...

In dem Moment, als sie Erik sah, der sich Schnee aus den Haaren schüttelte und mit ihr über den Auftritt auf der Bühne reden wollte, hatte sie Musik aus der Wohnung gehört.

Erst leise und verspielt, kaum wahrnehmbar, aber dann, als die Stimmung ausgelassener wurde, die Lieder lauter gestellt wurden, hörte sie die wohlvertrauten Klänge von Rolf Zukowskis Weihnachtsliedern. Eine CD, die sie damals mit ihren Töchtern rauf und runter gespielt hatte. Bei deren Liedern sie selbst immer eine Enge aus Sentimentalität im Hals spürte und nicht wusste, warum sie weinte, wenn sie hörte, wie über die Sehnsucht nach Weihnachten gesungen wurde.

Als sie im Laden mit Erik redete, war ihr genau das passiert. Als *Wann kommst du, Weihnachtsmann?*, lief, war es ihr mitten in die Brust und den Magen gefahren. Sie hatte dagestanden, ihren damaligen Schwarm angeschaut, und nur ein ersticktes: „Sorry", herausgebracht.

„Schon gut", hatte er geantwortet und sie fragend betrachtet.

Eva hatte nur gemeint: „Erinnerungen. Als ich noch gehofft habe, dass Weihnachten Menschen ändern kann."

„Das kann es", hatte Erik gesagt und versonnen gelächelt. „Daran glaube ich ganz fest."

„Warum ändert mein Ex sich dann nicht? Warum ...“, sie schüttelte den Kopf, wischte mit der Hand durch die Luft und sagte: „Ich will dich nicht damit belasten.“

„Weil er nicht fühlt, was du fühlst. Er hat den Geist von Weihnachten vielleicht nie ganz verstanden.“

Eva war Erik dankbar gewesen, hatte ihn gedrückt und gesagt: „Danke für alles. Danke, dass ich hier sein und mich wohl und sicher fühlen darf.“

Mit diesen Gedanken, diesen Gefühlen, die Musik von Rolf Zukowski im Ohr, war sie neben ihre Mutter getreten und fragte sich, warum ihr die Stimme versagte. Weshalb ihre Handinnenflächen feucht wurden und sie Angst davor hatte, Doris unter die Augen zu treten.

„Woll... wollen wir ...“, Eva suchte nach den richtigen Worten, dem anständigen Ton, hatte die Hoffnung, irgendetwas zu sagen, dass weder sie noch ihre Mutter aufregen würde.

Ihre Mama, die gerade dabei war, auf der Fensterbank Watte über übereinandergestapelte Bücher zu legen, um eine im Schnee liegende Hügellandschaft zu bauen, schaute auf.

„Ja, Schatz?“

„Ich ...“

Sie nickte, schien zu verstehen, was Eva beschäftigte.

„Ich will es auch.“

„Frieden?“

„Und Ruhe ...“

„Ich sehne mich so sehr danach“, flüsterte Eva und hörte wieder die Frage in sich: *Wer will ich sein?*

Sie antwortete: *Ein liebender und geliebter Mensch ...*

***

„Wollen wir etwas zusammen im Fernsehen schauen? Eine Serie?", fragte Doris zaghaft, nachdem die Kinder in ihren Zimmern verschwunden waren. Der Geruch nach Nüssen hing ebenso in der Luft, wie der von Zimt und warm aufgekochtem Kakao.

„*Boston Legal* vielleicht?"

„Das kenne ich nicht", entgegnete Doris, die den Kopf gedreht hatte und zu ihrer Tochter schaute. „Aber für dich schaue ich es gerne."

Eva lächelte.

Sie machte einen Schritt zurück, deutete auf die Couch und sagte: „Setzen wir uns."

„Darf ich dich etwas fragen?", erkundigte sich Eva.

Doris wandte den Kopf und meinte: „Was denn?"

„Warum bist du noch hier?"

„Weil ich das Gefühl habe, hier sein zu müssen", entgegnete sie, schaute auf den Fernseher und runzelte ihre Stirn. „Einem Ruf folgend."

„Als habe dich jemand herbestellt?"

Ihre Mutter fasste sich an die Stirn, murmelte ein: „Ja", und lächelte dann. „Fast so, als sollte ich hier sein."

„Ohne Papa."

„Ohne Papa", bestätigte Doris, schluckte und drehte dann den Kopf. „Weil ich hier sein muss. Er nicht."

„Damit wir …?"

Ihre Mutter lachte, sagte: „Dieser Danny ist echt albern", um dann ihre Sitzposition ein wenig zu verändern, die Hand in die Hosentasche zu schieben und etwas darin zu berühren.

Eva, die es rascheln und knistern hörte, meinte, ihr würde das Herz bis zum Hals schlagen, als sie sah, was ihre Mutter da berührte. Sie spürte, wie ihr die Hitze in den Kopf schoss, sich ihr Magen zusammenzog und ihre Hand, die mit Weihnachtstee gefüllte Tasse fester umschloss.

Aus der Hosentasche ragte die Ecke eines Papierschnipsels …

***

Beide schauten sich an. Eva, die nicht lesen konnte, was darauf geschrieben stand, hörte nur, wie Doris flüsternd sagte: *„Verstehen.“*

***

„Kannst du einmal mit anfassen?“, hörte Eva den hinter ihr stehenden Linus. Sie wandte den Kopf, sah, dass Karla die eben noch getragene Sitzbank abstellte und zu dem alle einweisenden Erwin schaute.

„Da stehen sie gut“, sagte er und rief dem mit einem Karton beladenen Erik hinterher: „Sind das die bestellten Girlanden? Die müssen bitte zur Insel an den Punschstand.“

„Wird erledigt!“

„Wo willst du den Tisch hinhaben?“, fragte Karla, die ihre Mütze tiefer ins Gesicht gezogen hatte. Einerseits, wie Eva wusste, um dem auffrischenden Wind trotzen zu können, andererseits, um den ihr von ihrer Mutter zugeworfenen Blick zu ignorieren. Diese schmunzelte und merkte, wie ihr die Feuchtigkeit in die Glieder fuhr. Dunkle Wolken hatten sich über Neuwerk gesammelt, und hatten Schnee und bittere Kälte gebracht, sodass

der Atem vor dem Mund kondensierte und sich Eiskristalle in Kleidung und Haaren bildeten.

Der in der Mitte des kleinen Festplatzes aufgestellte
Tannenbaum war bereits geschmückt und dekoriert
worden. Goldene und rote Kugeln schimmerten im
elektronischen Licht der Lichterkette und warfen re-
flektierenden Schimmer auf das Grün der Nadeln.

„Der soll zum Haus des Weihnachtsmanns.“

„Okay.“

„Bei drei anheben und los?“

„Ja!“

„Drei!“, rief Linus, hob den Tisch und überrumpelte
Karla damit. Diese gackerte, sagte irgendetwas, das Eva
nicht verstand, ihr aber dennoch das Herz aufgehen
ließ.

Sie konnte spüren, wie sich eine mütterliche, wär-
mende Liebe in ihr ausbreitete, der sie nicht Herr werden konnte. Sie stand da, schaute zu ihrer sich amüsie-
renden, bis über beide Ohren verliebten Tochter und
empfand eine so wohltuende Zufriedenheit in sich,
dass sie ernsthaft mit dem Gedanken spielte, dass sich
alles in Wohlgefallen auflösen könnte.

Natürlich, war die über ihr schwebende Drohung ihres Ex-Mannes noch da. Das merkwürdige, sie belas-
tende, verwirrende, sie dennoch neugierig machende
Verhältnis zu ihrer Mutter. Die ihr morgens zugelä-
chelt, sich zu ihr an den Frühstückstisch gesetzt und
mit ihr geredet hatte.

Sie verstehen wollte.

Die sogar, als die Post kam, fragte, ob sie diese in die
Fächer sortieren solle.

Weil ich das Gefühl habe, hier sein zu müssen.

Eva hatte zu ihrer Verwunderung keinerlei Bauchschmerzen gehabt, als ihre Mutter ihr sagte, dass sie bleiben *musste*. Da war kein Druck gewesen. Keine Angst. Kein Kummer. Nur das kurze, intensive Gefühl von Zuversicht.

„Na, Mami, alles klar bei dir?", wollte Konstantin wissen, der hinter Eva getreten war, sie an der Hand berührte und sie so anschaute, dass sie ein Kribbeln im Magen verspürte.

„Natürlich."

„Seltsam, oder?"

„Was meinst du?"

„Das mit den Kindern. Dass sie so schnell groß werden und ihre eigenen Wege gehen."

„Du hast Kinder?"

Er schüttelte den Kopf und sagte: „Nur in der Schule. Da finde ich es schon merkwürdig. Ich meine, eben sind sie noch eingeschult gewesen und im nächsten Augenblick verlassen sie die Schule und wollen studieren gehen."

„Ja, genauso fühlt es sich an", sagte sie und machte eine winkende Handbewegung. Woraufhin Konstantin ihr spaßeshalber in den Bauch pikste, was Eva zur Aufforderung nahm, ihn anzurempeln.

Beide rangelten miteinander, kicherten und lachten und blieben dann, als Eva ihm gerade auf den Rücken klettern wollte, abrupt stehen.

„Mama", sagte Eva mit schreckgeweiteten Augen.

„Das sieht lustig aus, was ihr da macht", erwiderte Doris, die sich in eine enge Jeanshose gekleidet hatte, und ihre Bluse modisch hinter die Gürtelschnalle gesteckt hatte.

Ihre frisch in Form gebrachten Haare saßen wie ein Helm und die nur locker übergeworfene Lederjacke, die sie trug, würde die hier herrschende Kälte niemals im Leben abhalten können.

„Wir albern nur etwas herum", sagte Konstantin.

„Du siehst glücklich dabei aus", meinte Doris und klang ehrlich.

„Bin ich."

„Dann sei es", flüsterte sie, schaute sich suchend um und fragte rufend: „Wer braucht noch meine Hilfe?"

***

„Sie ist manchmal wie du", sagte Konstantin, der neben Eva stand, einen Glühwein in der Hand, den aus der Tasse aufsteigenden Dampf wegblasend.

„Ich?"

„Manchmal unsicher, dann wieder vor Selbstsicherheit strotzend. Um dann wieder verletzlich zu wirken."

„Sie ist nicht wie ich."

„Manchmal sind wir mehr die, die wir nicht sein wollen, um dann zu merken, dass wir die sind, die wir sein sollen", erklärte Konstantin lächelnd. „Hast du deine Wunschkarte schon ausgefüllt?", fragte er und hielt ihr seine Hüfte hin, aus deren Hosentasche Papier und Stift ragte.

„Nein, habe ich nicht."

„Dann mach schnell", sagte er. „Meine hängt schon."

„Du hast ..."

Er klopfte sich auf die Brust und sagte: „Man ist nie zu alt, um an den Weihnachtsmann zu glauben."

„Wie süß."

„Es ist die Hoffnung, das Gefühl ..."

„... von Weihnachten, dass Menschen wirklich ändern kann", flüsterte Eva.

„Ja, das stimmt." Konstantin schmunzelte. „Ich wünsche es mir so sehr."

Eva griff mit tauben Fingern nach dem Stift, nahm die Kappe ab und fragte: „Was hast du dir denn gewünscht?"

„Das sage ich doch nicht. Sonst geht es nicht in Erfüllung."

Eva schmunzelte, sah, wie Karla und Linus am Tannenbaum standen, miteinander scherzten und lachten. Und dass der Schwarm ihrer Tochter, ihr einen Zweig hinhielt.

„Das ist dein Wunsch?", fragte er.

„Ja."

„Liebe für die Welt?"

„Damit es uns allen besser geht."

Eva seufzte innerlich und schrieb mit geschwungener Schrift: *Zufriedenheit.*

Konstantin schmunzelte, gab ihr einen flüchtigen Kuss auf die Wange, hob die Hand und rief Erik zu: „Man, ich komme ja schon. Glühwein ist kein Wasser. Check das endlich. Glühwein ist kein Wasser. Tut mir leid. Ich bin gleich wieder da."

„Läuft aber genauso gut runter", sagte der Arzt, lachte und rief: „Prösterchen!"

Eva war zufrieden. Sie war dabei glücklich zu werden. Als sie Merle passierte, die ihren Zettel ebenfalls in den Händen hielt, fragte sie: „Und? Was schreibst du darauf?"

„Ein neues Tablet."

Eva wiegte ihren Kopf hin und her.

„Brauche ich nun mal. Oma! Komm her, deinen Wunsch aufhängen!“

„Ja, mein Schatz“, rief Doris zurück und schaute dann zu ihrer Tochter. Eine kurze, innige Bindung war da. Es kam Eva so vor, als konnten sie beide die Gedanken des anderen lesen. Als Doris sagte: „Sobald ich hier alles geregelt habe, was ich regeln muss, wird alles gut. Hoffe ich.“

„Das klingt nach Aufbruch.“

„Heute hier, morgen dort, bin kaum da, muss ich fort“, zitierte sie Reinhard Mey und Hannes Wader und prostete Eva durch die Luft zu. Diese grüßte zurück und fragte sich: *Was passiert hier?*

***

Eva, die gerade eine eiskalte Flasche Prosecco von Erwin ausgehändigt bekommen hatte, prostete Konstantin und Erik zu. Sie schaute zu ihrer Mutter und Merle hinüber.

Wie Max und Moritz standen sie da und sahen aus, als würden sie jeden Augenblick einen Streich aushecken. Dabei stupste ihre Jüngste ihre Oma an, flüsterte ihr etwas ins Ohr, woraufhin Doris sich zierte. Sie schüttelte den Kopf und sagte etwas, das Eva nicht verstand.

„Stoßen wir aufeinander an?“, wollte Konstantin wissen, der sich neben Eva auf die Bank setzte und sie mit leuchtenden Augen anhimmelte.

„Die solltest du dir festhalten“, sagte der Inselarzt, der sichtlich gelöst war. „Eine wunderbare Deern.“

„Erik!“, rief sie und winkte ab.

„Ich sage nur die Wahrheit“, meinte er und nahm einen Schluck aus seiner Flasche. „Was du da in der letzten Zeit alles auf die Beine gestellt hast … Hut ab.“

In dem Moment, als Eva etwas erwidern wollte, drang aus den aufgestellten Boxen plötzlich die sanfte, liebliche Melodie von Celine Dions *Blue Christmas*.

Der Schneefall begann sich zu verstärken. Der Tannenbaum leuchtete in all seinen Farben und die aufgehängten Wünsche wiegten sich im aufkommenden Wind.

„Etwas Romantik für die, die es gerade gebrauchen können“, meinte Erik, der seinem Kumpel ein zufriedenes Nicken schenkte und anfing, leise mitzusingen.

„Auf dass du bei Eva deinen Fehler nicht wiederholst“, sagte Erik, lachte und rief dann: „Mistelzweig, Leute, Mistelzweig!“

„Was für einen Fehler?“, wollte Eva wissen und schaute misstrauisch zu Konstantin hinüber.

„Ich wiederhole ihn nicht“, sagte er, grinste und gab ihr dann einen langen Kuss, der ihr wieder das Herz bis zum Hals schlagen ließ. Der es schaffte, dass sie, ohne mit der Wimper zu zucken, ihre Hand hob, ihm diese auf die Schulter legte und ihn sanft an sich zog.

Ihre Lippen berührten sich. Sie spürte, wie sie ein Gefühl von Lust überkam, als sie ihn schmeckte, als sie fühlte, wie weich, wie verführerisch, wie vielversprechend sein Mund war.

Es ging so weit, dass sie unter dem lauten Pochen ihres schlagenden Herzens sogar meinte, ihre zweifelnde Stimme nicht mehr zu hören, die sie unablässig fragte: *Was für einen Fehler?*

Nähe

„Mach schon, Oma. Los, mach!"

Eva sah, wie ihre Mutter sich zierte.

„Nicht jetzt!"

„Erfülle dir deinen eigenen Wunsch", sagte Merle und schubste ihre Oma sanft an. „Mach doch."

„Nicht jetzt!", wiegelte Doris ab, die auf Eva und Konstantin zeigte. „Sie küssen sich."

„Oma", drängte Merle. „Du bist es, die das beenden kann." Dann grinste sie. „Mach jetzt!"

Eva, die den Kuss spürte, noch immer dieses angenehme, weiche Kribbeln im Magen hatte und meinte, ihre Knie würden nachgeben und ihr von Fragen gefluteter Kopf gleich platzen, fragte: „Was möchtest du mir denn geben, Mami?"

„Später!"

„Oma! Eine Chance ist eine Chance."

„Jetzt zitiert mich das Kind schon", sagte Doris mit einem deutlich hörbaren Seufzen und ließ sich mit einem: „Hey", auf den Lippen in Richtung von Eva schubsen.

„Mach schon."

Doris straffte sich. Sie zog sich die Bluse zurecht und sagte dann, als sie einen Schritt auf ihre Tochter zumachte, hinter der Konstantin stand, seinen Kopf auf ihre Schulter legte und sich an sie kuschelte: „Das hier wollte ich dir geben."

Eva betrachtete das, was da in der Hand ihrer Mutter emporgehalten wurde.

Eine lila, aus Plastik bestehende, zeigefingergroße Haarbürste.

„Da... da... danke", murmelte sie und griff nach dem ihr gereichten Geschenk.

„Du weißt nicht, was diese Bürste bedeutet, nicht wahr?"

Eva betrachtete das in ihrer Hand liegende Spielzeug und sagte schulterzuckend: „Nicht wirklich! Nein."

Über Doris Gesicht wanderte ein kurzer, dunkler, von Traurigkeit erfüllter Schatten, der in Eva augenblicklich eine meterhohe Welle aus Scham und schlechtem Gewissen emporspülte.

Ich habe keine Ahnung, was das soll. Keinen blassen Schimmer, warum dieses Plastikding irgendeine Bedeutung für sie hat. Da ist ...

„Schade", flüsterte Doris, lächelte verkrampft und holte tief Luft, bevor sie sagte: „Sehr bedauerlich."

***

„Mama", rief Eva, die Bürste noch immer in der Hand. „Warte doch."

Doch Doris winkte ab, stampfte weiter in die Dunkelheit hinaus und sagte etwas, das im Zuge lauter gestellter Musik und sich ausbreitender Heiterkeit vollkommen unterging.

Eva spürte, wie sich Konstantins Umarmung löste.

Ihr Unwohlsein ihm gegenüber, die Befürchtung, da könnte mehr hinter ihrem Gedanken stecken, als sie sich traute zuzugeben, war wie weggeblasen.

Für sie gab es jetzt nur noch ihre Mutter.

„Mami!", rief sie erneut und setzte sich eiligen Schrittes in Bewegung, um Doris zu folgen. Die, von den Rufen ihrer Tochter unbeeindruckt, weitermarschierte, bis zu dem aufgeworfenen Deich.

Erst als sie anfing, die Anhöhe hinaufzusteigen, konnte Eva ihre Mutter einholen.

„Mami", schnaufte sie wieder, griff nach der Hand ihrer Mutter und war bemüht darum, Ruhe in ihre Gedanken, wie auch in die Gefühlswelt von Doris zu bringen. „Es tut mir leid", sagte sie. „Wirklich. Aber …"

„Lass mich los!"

„Mami, bitte!"

„Ich habe es verstanden, Eva. Ich habe alles verstanden."

„Dein Geschenk", sagte sie schulterzuckend. „Was bedeutet es? Ich erkenne den emotionalen Wert, den du dieser Bürste hier beimisst", sie hielt das Präsent in die Höhe, „einfach nicht. Es tut mir leid. Wirklich. Sag mir, warum du sie mir schenkst."

„Vielleicht, weil ich nicht einsam sein möchte", sagte Doris, während der Wind an ihr zerrte und eisig kalte Luft mit sich brachte, der anfing stechend scharf auf der Haut zu schmerzen. „Ich muss bei dir sein. Ich *will*", verbesserte sie sich.

Geruch nach neuem Schnee umwehte sie, als Eva sie fragte: „Warum hast du Angst einsam zu sein?" Als sie sah, wie ihre Mutter die Hände vor der Brust verschränkte, sagte sie: „Du bist hier, weil du allein bist."

Doris drehte sich dem Meer entgegen.

„Mami, bist du ... allein?"

Sie schluchzte.

„Hat Papa dich etwa ..."

Doris hob die Hand, befahl ihrer Tochter den Mund zu halten, und sagte nichts weiter als: „Ich wollte nur meine Familie sehen, mehr nicht. Nur meine Familie, um herauszufinden, welchen Wert ich habe. Ob ich wirklich herrisch bin. Ein Drache. Oder ...", sie schaute Eva an, „liebenswert bin."

***

Eva trottete zum Festplatz zurück.

In sich ein tobendes Chaos an Emotionen, Ängsten und Enttäuschung. Sie hatte Doris hinterhergehen gewollt. Sie bei der Hand nehmen, sie drücken, ihr irgendwie das Gefühl geben, nicht verloren zu sein.

Aber als sie sich in Bewegung setzte und sie auf ihre Mutter zukam, hatte diese abgewunken und gesagt: „Jetzt nicht. Lass mich bitte allein."

„Was ist mit Papa und dir?", wollte Eva wissen, die sich fühlte, als habe man ihr mit voller Wucht in den Bauch getreten.

Es waren Hunderte und Aberhunderte von Gefühlen und Eindrücken, die ihr durch den Kopf jagten, ihr in den Magen fuhren, ihr Herz angriffen und sie glauben ließen, jemand habe ihr ein Bein gestellt. Der Anschein, rücklings zur Erde zu fallen, ungebremst, mit voller Wucht, konnte sie nicht vertreiben. Egal, was sie auch unternahm.

232

„Mami“, hatte sie noch einmal gesagt und dann geflüstert: „Ich bin für dich da.“

Weil ich das Gefühl habe, hier sein zu müssen, ging ihr der Satz ihrer Mutter wieder durch den Kopf, gepaart mit den unendlich vielen Wörtern aus den ihr zugestellten Briefen.

Als sie am Deich stand und ihr *White Christmas*, von Elvis Presley an die Ohren drang, wusste sie, dass sie all diesen Fluten an auf sie niedergehenden, einem Kometeneinschlag gleichen Sensibilitäten nichts entgegenzusetzen hatte.

Was sie konnte, war stehen zu bleiben in der Dunkelheit, die Lippen aufeinanderzupressen und zu hoffen, dass sich alles irgendwie klären würde.

Morgen vielleicht. Beim Frühstück. Wenn die Mädchen dabei sind. Wenn ...

„Ich glaube, das müsst ihr beide allein miteinander auf die Reihe bekommen“, erklang Barbaras Stimme plötzlich hinter ihr und ließ Eva herumwirbeln. „Ihr habt euch schon immer so schwergetan, miteinander zu sprechen. Damals schon, als wir zusammen in der Schule waren. Du erinnerst dich?“

Eva schüttelte den Kopf und wollte wissen: „Du hast es mitangehört?“

„Jedes Wort!“

„Was soll ich deiner Meinung nach jetzt tun?“, fragte Eva klagend, die Handflächen von innen nach außen gedreht. „Kannst du mir das sagen? Mir einen Hinweis geben?“

Barbara kam näher, lächelte vielsagend und wirkte, als sie da aus der Dunkelheit ins fahle, Eva umgebende

Licht glitt, wie aus der Zeit gefallen. Als wäre sie wie aus dem Nichts hier erschienen.

Ihre Konturen fein wabernd, von einem dunstigen Nebelschein umgeben, ihre Haare von einem Staub bedeckt, dessen glitzernde Partikel in die Luft stiegen und kaum sichtbar in kleinen Lichtreflexen vergingen.

Es wirkte für einen kurzen Moment, während Barbara auf sie zugerollt kam, so, als schwebten die Räder ihres Rollstuhls, getragen von einzelnen, sich träge dahinwälzenden Nebelschwaden.

„Mutig sein.“

Eva gab einen abfällig klingenden Laut von sich.

„Mehr kann ich dir nicht raten.“

„So wie früher, als ich dir erzählt habe, dass wir uns immer öfter streiten und wir auseinandergehen.“

„Früher ... ein schlechtes Jetzt!“

„Aber was, wenn mir der Mut fehlt? Wenn ich es nicht schaffe, auf sie zuzugehen? Wenn ich ihr sagen muss, dass ich ihr Geschenk merkwürdig finde? Was, Barbara, soll ich tun, wenn sie mir wieder sagt, ich sei eine schlechte Tochter? Eine Enttäuschung. Jemand, der ihre Gefühle mit Füßen tritt.“

„Bist du denn so jemand?“

Eva schluckte. Dann zuckte sie mit den Schultern und entgegnete: „Ich weiß es nicht.“

„War sie denn so jemand?“

„Ja, das war sie ... ist sie“, verbesserte sie sich, um sich dann erneut zu korrigieren. „War sie. Oder besser gesagt, sie ist dabei, es nicht mehr zu sein. Sie ist ... Ich kann nicht mehr in ihr lesen. Es ist mir nicht mehr möglich, zu sagen, warum ich sie so weggestoßen habe.“

„Wenn die Kinderseele schreit, helfen Erwachsenenstimmen nicht, sie zu beruhigen."

„Ich wollte mit alledem abschließen, was damals gewesen ist", sagte Eva und spürte, wie ihre Stimme zu zittern begann. Wie sich jedes Einzelne ihrer gesprochenen Wörter in einen Singsang aus Weinen und Schluchzen zu verwandeln drohte. „Nicht mehr daran denken, wie klein ich mich bei ihr gefühlt habe, wenn ich nicht das getan habe, was sie wollte. Nicht mehr daran erinnert werden, wie ich mich gegen sie gestellt und mich ihr verweigert habe.

Einen Freund mit nach Hause brachte, den sie hassen würde. Nie wieder wollte ich daran erinnert werden, wie ich mich daran weidete, den Schmerz in ihren Augen zu sehen, als ich ihr sagte, dass ich finde, dass sie eine schlechte Mutter sei.

Ich habe sie so sehr gehasst und weiß nicht einmal mehr, warum überhaupt.

Wir haben uns ineinander verrannt und uns doch unendlich weit voneinander weggestoßen."

„Warum kannst du ihr nicht genau das sagen?", wollte Barbara wissen.

„Weil ich ihr damit wehtun würde."

„Oder sie heilen."

Eva schniefte, wischte sich mit der Hand unter der Nase entlang, blinzelte den vor ihren Augen liegenden Tränenschleier fort und wollte gerade etwas erwidern, als sie stutzte.

„Alles gut bei dir?", hörte sie Konstantin hinter sich fragen, der langsam, beinahe schüchtern auf sie zukam. „Kann ich dir bei irgendetwas helfen?"

Eva schniefte wieder.

Sie suchte Barbara ... aber diese war fort, um nur eines hinterlassen zu haben. Einen kurzen Funken, einen in Eva glimmenden Holzscheit aus Hoffnung und Mut.

***

Lieber Weihnachtsmann,
gibt es dich wirklich?
Bist du da?
In der Schule bin ich ausgelacht worden, weil ich gesagt habe, dass es dich gibt. Meine Freundin hat mir „Beweise" vorgelegt, die andeuten, dass du nicht echt bist. Ich wollte es aber nicht glauben. Ich habe ihr gesagt, dass es dich immer gab und immer geben wird.
Sie haben mir alle widersprochen. Sie sagen, du bist nichts weiter als dafür da, um Geschenke zu bringen.
Oma hat mir aber einmal gesagt, wenn ich träumen kann, dann gibt es dich auch.
Und ich träume immer von etwas Frieden und Glück, verstehst du. Du machst dieses Gefühl. Du lässt mich glauben, dass es besser werden kann, wenn man dich in sein Herz lässt.
„Weihnachten ist wie Liebe", hat meine Mama einmal gesagt. „Weihnachten bringt Geborgenheit."
Ich finde: „Weihnachten ist Liebe" wunderschön. Nur wenn man sein Herz öffnen kann, kann man auch das bekommen, was man gibt.
Bitte, Weihnachtsmann, sag mir, dass es dich gibt. Dass ich wieder Geborgenheit fühlen kann. Denn ich wünsche es mir so sehr.

***

Es war ein merkwürdiges Gefühl, das Eva-Marie ergriff, als sie ihre Mutter am Tisch stehen sah, die kleine, verbogene, oft benutzte Puppenhaarbürste in der Hand. Einen melancholischen, in die Vergangenheit gerichteten Blick in ihrem fein geschnittenen und – wie immer – perfekt geschminkten Gesicht. Ein Schleier aus Erinnerungen, wie sie zu sehen meinte, lag auf den Zügen ihrer Mutter. Sie drehte das Spielzeug zwischen ihren Fingern und betrachtete es. Ein verloren wirkendes Lächeln legte sich auf ihre Lippen.

Es kam Eva-Marie so vor, als öffnete sich eine Tür in ihr, die sie in den letzten Jahren sorgsam verschlossen gehalten hatte. Eine Tür, wie sie verstört feststellte, hinter der sie einen hungrigen, aus bösen Erinnerungen bestehenden Wolf gefangen gehalten hatte, der immer dann auszubrechen begann, wenn sie sich eingestehen wollte, wer sie war.

Eva-Marie begriff, dass sie in ihren Vorurteilen gefangen war. Ganz genauso wie ihre Mutter. Die nicht abweichen konnte, von dem, was sie für richtig hielt in Bezug auf Familie, Sitte und Anstand.

Sie dastehen zu sehen, an dem mit Frühstückscerealien gedeckten Tisch, den mit Brotkrümeln übersäten Tellern, das mit Margarine beschmierte Messer, löste eine weitere Welle an Erinnerungen in Eva aus.

An jene Augenblicke, als sie ein Kind gewesen war. Wie sie am Tisch saß, mit den Füßen kaum den Boden berührte. Sie sah sich, wie sie dabei zuschaute, wie ihre Mutter anfing, das morgendliche Chaos zu beseitigen. Wie sie innehielt, aus dem Fenster schaute und selbst zu träumen begann. Ihr Gesicht hatte damals einen friedlichen Ausdruck besessen.

Den einer zufriedenen Frau, dachte sie und fragte sich, wann sie ihre Mutter das letzte Mal so hatte schauen sehen.

Jetzt gerade, sagte sie sich.

Doris melancholisch zu erleben, ließ ein Unbehagen in ihr entstehen, dem sie sich nicht entziehen konnte. Das durch sie hindurchströmte, sie schüttelte und sie mit einem eisigen, sie schaudern lassenden Gefühl der Beklommenheit zurückließ.

Beklommenheit, die darauf zurückzuführen war, dass ihr plötzlich wieder das *Klingeling* in den Ohren nachhallte. Ihr der angenehme nach Plätzchen und Kakao riechende Duft in die Nase stieg und sie meinte, vor ihrem geistigen Auge würden einzelne Buchstaben tanzend beginnen zu erscheinen, die in den weichen Lichtern einer im Dunkeln stehenden Kerze schimmerten.

Ich wünsche mir nichts anderes, als dass Mama wieder lacht, lieber Weihnachtsmann. Nur einmal hell. Das wäre zu schön. Kannst du mir diesen Wunsch erfüllen? Wenn ich dich noch um etwas bitten darf, dann mach, dass sie mich an Weihnachten nur einmal in den Arm nimmt, ja? Sie soll mich drücken, so wie früher.

„Du hast immer mit dieser Bürste gespielt", riss ihre Mutter Eva aus ihren Gedanken, die angefüllt waren mit einem Wust aus Verwirrung und Hoffnung. „Du hast an deinem kleinen Tischchen gesessen und emsig gebürstet. Und das ist es, was ich sehe, wann immer ich das hier in die Hand nehme!"

Sie hob die lila Bürste an und drehte sie zwischen den Fingern. „Mein kleines, süßes Mädchen, das im Garten sitzt, im Sonnenschein, und ihre Puppen frisiert."

„Habe ich das?"

„Mit wachsender Begeisterung“, sagte ihre Mutter lächelnd, in deren Gesichtszügen eine Sanftheit getreten war, von der Eva niemals im Leben angenommen hatte, sie jemals wiederzusehen.

In dem Moment, als sie den Kopf hob, ihrer Tochter ein ehrliches, zartes, Eva-Marie unbekanntes Lächeln schenkte, war es unter der immer aufrecht gehaltenen Fassade deutlich zu sehen.

Lieblich und sanft. Ganz versteckt, schüchtern beinahe.

„Wenn du mich gesehen hast“, erzählte sie weiter, schluckte und hob die Hand vor den Mund, „hast du mich immer zu dir heran gewunken. Du hast mit deiner süßen Stimme gerufen: *Mama, kommst her? Hilfst du mir dabei, die Zöpfe zu machen?*“

„Mama …“

„Ich bin dann gekommen. Wie hätte ich dir diesen Wunsch verweigern können?“

In die Stimme von Eva-Maries Mutter hatte sich ein heiserer, verloren klingender Klang eingeschlichen, der sie an einen Ruf in den Bergen erinnerte, der dabei war, zu verhallen. Keine Kraft mehr, um denen, die ihn hören sollten, an die Ohren zu dringen.

„Ich musste mich einfach zu dir setzen. Mit dir in der Sonne meine Zeit verbringen. Was waren in diesen Augenblicken schon Aufgaben und Verpflichtungen? Du warst stets der Mittelpunkt in meinem Leben.“

„Das wusste ich nicht“, gab Eva-Marie ehrlich betroffen zu. Die den Geruch der Plätzchen erneut in der Nase hatte und glaubte, in der Ferne ein leises Glockenspiel zu vernehmen und einen Füllfederhalter über billiges Papier kratzen zu hören. „Ich …“

„Deshalb habe ich mir gedacht, dass du das Kästchen mit den Puppen und den Kämmen, Bürsten und Spangen gern wieder haben willst. Als Erinnerung an die Zeit, die wir damals im Garten zusammen verbracht hatten.“

„Mama“, sagte Eva und schluckte schwer, als sie merkte, wie plötzlich all die Wut, all die Zweifel, all die schlechten Gefühle, die sie ihrer Mutter in den letzten Jahren entgegengebracht hatte, in ihr abzuebben begannen.

Der in ihr aufgestaute Hass war auf einmal erloschen und machte ehrlich empfundener Zuneigung Platz. Es kam ihr so vor, als hätten all die Wächter und inneren Soldaten, die ihre Gefühle bewachten, einen Befehl erhalten, der sie dazu aufforderte, einen Schritt beiseitezumachen. Die Waffen niederzustrecken und einen Blick auf das freizugeben, was sie bis gerade eben sorgsam zu verteidigen versucht hatten.

„Es waren die mir wertvollsten Erinnerungen“, gab ihre Mutter zu, die hinter dem Tisch stand, die Bürste zwischen den Fingern kreisend, „die ich an dich hatte. Du bist so schnell groß geworden. Du hattest immer deinen eigenen Kopf.“

Eva lächelte, bevor sie sagte: „Ich wollte nicht sein, wie mich alle gern hätten.“

„Das wissen wir.“ Ihre Mutter schmunzelte. „Eben, weil wir so viele Kämpfe miteinander ausgetragen haben, wir immer aneinander vorbeireden, die eine die andere als Angriff sieht, sind es eben genau diese Erinnerungen, die mir so lieb und teuer sind. Sie haben etwas Friedliches an sich.“

Eva merkte, wie ihre Abneigung in sich zusammensackte.

Wie eine Welt in ihr ins Schwanken geriet, die all die Jahre über in ihr sich munter um eine lodernde Sonne aus Empörung und Ablehnung gedreht hatte.

„Es tut mir leid, dass ich es vergessen habe."

„Mir tut es leid, dass ich dich immer als das Mädchen gesehen habe, dass du nie sein wolltest. Aber es war so schön. Die Vorstellung, du als kleine Lady da im Tisch, ich vor dir. Dein Geplapper in meinen Ohren. Deine Sicht der Dinge noch einmal hören zu dürfen; so unverblümt und echt. Ohne das Abwägen, wer was zu welcher Zeit in welcher Tonlage sagen darf, damit der andere nicht explodiert."

„Wann haben wir uns aus den Augen verloren?"

Ihre Mutter drehte die Bürste in der Hand, hob sie an und zuckte dann mit den Schultern. „Irgendwann, als ich nicht wahrhaben wollte, dass die unbeschwerten Zeiten vorbei sind. Als ich nicht wollte, dass du zu dem Menschen wurdest, der du immer sein wolltest."

Eva-Marie schluckte bitter und merkte, wie sie sich dazu durchringen musste, eine lange antrainierte und ihr ins Fleisch und Blut übergegangene Verhaltensweise abzulegen.

Sie breitete die Arme aus.

„Wollen wir uns drücken?", fragte sie und hoffte, dass ihre Mutter das Friedensangebot verstand.

***

Sie standen da, hielten sich im Arm und umklammerten sich. Während die Nähe da war, spürte Eva, wie sich eine ungekannte Ruhe in ihr ausbreitete und sie traute sich, zu fragen: „Papa hat dich verlassen, nicht wahr? Papa will nicht mehr.“

Doris schluchzte.

„Darum bist du hier. Boris war nur dein Vorwand, dein kümmerlicher ...“

„Ich sei herrisch, sagt er. Ein Drache.“

Eva drückte ihre Mutter.

„Ich wollte doch immer nur alles richtig machen. Die Menschen halten, die ich liebe.“

„Dann schieben wir weg, was wir lieben“, flüsterte Eva mehr zu sich selbst als zu ihrer Mutter und wusste nicht, warum sie plötzlich an Konstantin denken musste.

„Ich liebe dich“, gestand Doris ihr und drückte ihre Tochter fester.

Eva sagte etwas, das sie niemals im Leben für möglich gehalten hatte.

„Ich dich auch“, und fragte dann: „Wollen wir noch einmal zusammen Backen?“

Klingeling ...

***

„Fast“, sagte Doris, die mit der Gabel in den frisch aus dem Ofen geholten Kuchen gestochen hatte. Sie kaute nachdenklich, hielt inne und schluckte herunter.

Sie wiederholte: „Fast.“

„Tatsächlich?“

Eva nahm ihrer Mama die Gabel ab und trennte sich ihrerseits ein Stückchen ab. Sie hielt die Hand unter den Mund und spürte im gleichen Moment, den warmen, weichen Teig des Kuchens auf ihrer Zunge zergehen.

Ein Hochgefühl der Freude stieg in ihr auf.

Da war der Geschmack ihrer Erinnerung!

Der fluffige Teig im Mund; der Hauch zart zerschmolzener Schokoladentropfen und sich vermengender Vanillearomen.

Dazu der Geschmack von mit Zitronensaft angereichertem Zuckerguss.

„Das ist gut."

„Fast", sagte Doris erneut. „Schmeckst du es?"

Eva wollte gerade herunterschlucken und den Kopf schütteln, um ihrer Mutter zu sagen, dass der Kuchen für sie perfekt schmeckte, nur um dann zu merken, dass sich eine kurze, bittere, beim Abgang einstellende Komponente offenbarte.

Sie verzog den Mund.

„Stimmt, fast."

***

„Mehr habe ich nicht", entgegnete Eva mit einem freundlichen Lächeln, nachdem Erik sich den Atem in die zu einem Kelch geformten Hände geblasen hatte und sie fragte, ob Post für ihn gekommen sei. „Nur diese beiden Briefe und das Paket hier."

„Aber nicht das, worauf ich gewartet habe", sagte der Arzt, der den Kopf schüttelte und sich die in seine Haare gefallenen Schneeflocken abschüttelte.

„Tut mir leid." Eva hob, um zu beweisen, dass sie keine weiteren Briefe oder Pakete vorliegen hatte, ihren Lieferbeutel. „Nichts mehr drin", um dann zu sagen: „Oh", als wieder das *Klingeling* erklang und sie sich darüber wunderte, dass ihr erneut der angenehme Duft, nach frisch aus dem Ofen gezogener Kekse in die Nase stieg.

Noch ein Brief?, dachte sie.

„Da ist ja doch noch einer."

„Der sieht aber nicht so aus, als wäre er für mich", entgegnete Erik, der nun seine Hände so laut aneinander rieb, dass ein rauer Ton durch das kleine, neu eingerichtete und Eva immer besser gefallende Postamt klang. „Ist ja kein Paket."

„Nein, ist es nicht", murmelte sie, griff mit einem Gefühl der erneuten Neugier und der Unsicherheit, in den Sack hinein.

Wie bei dem anderen Brief, der sie an ihre eigene Kindheit erinnerte, an ihre Aufregung, ihre Hoffnung, etwas Tolles vom Weihnachtsmann geschenkt zu bekommen, fühlte sie sich auch jetzt wieder. So, als würde sie ganz tief fallen. Als wäre sie einen Schritt zu weit gegangen, um dann über den Randstein hinweg direkt auf die Straße zu treten.

Das kurze, intensive Gefühl eines Sturzes paarte sich mit dem harten Aufsetzen ihres Fußes auf dem Asphalt.

„Er ist", murmelte sie, als ihre Hand sich um das weiße, einfache Papier des Umschlags schloss, „für niemanden von uns."

„Oh, eine Falschsendung also, das soll ja mal vorkommen", entgegnete Erik, der nun wissen wollte: „Muss ich dir irgendetwas quittieren, dass ich das Paket entgegengenommen habe?“

„Hm ...?“

Sie schaute verwundert auf und bemerkte wieder, was für schöne, dunkle Augen Erik besaß. Wie leicht geschwungen sein Lächeln auf seinen Lippen lag und wie fürsorglich er erschien.

Sein Lächeln erinnert mich an ..., setzte sich ein Gedanke in ihr in Gang, den sie nicht hatte kommen sehen *... unsere Zeit in der Clique. Als wir alle zusammen gewesen waren.*

Als ... jemand gesagt hat, ich sei nicht schlau genug für Trivial Pursuit.

„Barbara hat damals mit uns gespielt“, flüsterte sie plötzlich, erneut das Empfinden, als würde sich ein Gefühl in ihr rapide daran machen, in unerwartete Tiefen zu fallen. „Das habe ich vollkommen vergessen.“

„Barbara?“, fragte Erik verwundert, den Kugelschreiber in der Hand, um seine Unterschrift auf das Stück Papier zu setzen, das Eva ihm gedankenverloren entgegengeschoben hatte.

Sie nickte, bevor sie sagte: „Sie war es, die mich glauben ließ, ein Dummkopf zu sein.“

Erik betrachtete Eva und runzelte die Stirn.

Er war nicht ihr Typ ... nicht mehr. Dennoch hatte er etwas Liebenswertes an sich, das ihr gefiel. Mit ihm konnte man reden.

So wie damals, als ich weinend weggelaufen bin, weil Barbara mich so sehr verletzt hat. Was ich niemals im Leben erwartet hätte. Wir waren beste Freundinnen. Wir hatten uns immer alles erzählt.

So wie heute.

Dennoch ... habe ich so vieles vergessen.

„Alles gut bei dir, Eva?"

„Ich weiß es nicht", sagte sie, drehte den Brief in ihren Händen herum und schüttelte den Kopf, weil sie den Schriftzug erwartet hatte, den sie jetzt zu lesen bekam.

Mit der um Sauberkeit bemühten, bloß nicht zu fest auf das Papier drückenden Schrift stand dort geschwungen und gut lesbar: *Für den Weihnachtsmann.*

„Ach, Mann", sagte Erik, dessen Gesicht vom Regen feucht schimmerte. „Der sollte bestimmt nach Himmelpforten oder so gehen. Hat die Sortiermaschine einen Fehler gemacht. Soll ja mal vorkommen. Was machst du jetzt mit dem Brief? Schickst du ihn wieder weg?"

Sie starrte Erik an.

„Ich weiß es nicht", gab sie zu, den Drang in sich spürend, den Brief öffnen zu *wollen*, zu *müssen*, um schließlich zu murmeln: „Es fühlt sich an, als wäre er für mich."

„Wie kommst du denn darauf?", fragte Erik mit einem Ton in der Stimme, den sie für spöttisch gehalten hatte, nur um dann zu merken, dass er von Interesse zeugte. „Würde ich schon machen", sagte der Arzt. „Irgendwo da draußen wartet ein Kind auf eine Antwort vom Weihnachtsmann. Das kannst du der armen Seele nicht vorenthalten."

„Das kann ich nicht, nein ..."

Gedankenverloren drehte sie den Brief in den Händen und schaute auf, als befreite sie sich aus einem tiefen Traum, um dann zu murmeln: „Seele."

Ein Gedanke in ihr löste sich. Er kam ihr mit einer schier unglaublichen Kraft.

„Lebt Barbara auf Neuwerk?"

Erik schaute sie fragend an.

„Unsere damalige Freundin. Du weißt schon …“

Er zuckte mit den Schultern, machte ein unwissendes Gesicht und löste damit einen weiteren Stein in ihr, der aus dem Fundament ihrer Ahnungslosigkeit gebrochen war.

Erik hatte etwas gesagt, das in dem Wust aus ihren Gedanken untergegangen war. Ein hinterhergeschobener, ihr nicht ganz deutlich erscheinender Satz.

Eine Bemerkung, die sie hochschauen ließ, um in ein verdutztes, mit ehrlicher Verwunderung erfülltes Gesicht zu schauen.

„Merkwürdig, oder?“, hatte er gefragt, während sie dastand und über den Brief sinnierte. „Ich habe plötzlich das Gefühl, als fehlte mir etwas. Als wäre in mir ein Wunsch.“ Er hatte leise gesprochen, genau wie sie. Ebenso entrückt, die Gedanken in weite Ferne gerichtet. „Der Wunsch nach Zweisamkeit. Als wollte ich auf der Couch sitzen, Kekse naschen und einen Weihnachtsfilm sehen. Als … wollte ich wieder ein Kind sein … die alten Zeiten aufleben lassen.“

****

Lieber Weihnachtsmann,

wir hatten in letzter Zeit wenig Kontakt. Ich habe nicht viel an dich gedacht, du an mich aber schon, wie ich vermute. Denn seit einiger Zeit glaube ich, dass du mehr für mich bist, als ich dachte.

Damals, als die Kinder in der Schule mich ausgelacht haben, weil ich an dich geglaubt habe, dachte ich, dich gäbe es nicht.

Nun schreibe ich dir, weil ich „Danke" sagen wollte.

Meine Hoffnung an dich, an dieses Gefühl, dass Menschen sich ändern können, ist geblieben. Es hat sich sogar verstärkt.

Denn ich habe endlich gelernt, für mich einzustehen. Ich bin stärker geworden.

Probleme sind dafür da, um gelöst zu werden, und nicht, dass man sich zurückzieht. Danke dafür. Und fröhliche Weihnachten. Was immer du auch bist.

Schatten der Vergangenheit

Eva hatte nie ernsthaft daran geglaubt, dass man anhand eines Geräusches, des Öffnens eines Briefkastens oder des Klingelns eines Telefons hören konnte, dass beunruhigende Nachrichten auf einen warteten. Doch sie hatte sich geirrt. Mal wieder. Während Erik ihr gegenüber saß und ihr gerade sagte: „Du, das mit Konstantin musst du selbst klären, es wäre falsch, wenn ich dir da irgendetwas ins Ohr flüstern würde", und das *Pling* ihres Handys erklang, war es ihr ganz genauso ergangen.

Sie hatte schon, kurz bevor das Vibrieren einsetzte, das Gefühl gehabt, dass etwas Unheilvolles in der Luft lag. Es war ein Hauch gewesen, ein Wispern um sie herum, ähnlich dem Lied *Stille Nacht, Heilige Nacht*. Einer sanften Melodie folgend, einem Chor der Engelein lauschend. Es war eine Mischung aus Hoffnung und Misstrauen, das jetzt in ihr aufstieg. Der innere Wunsch nach Zufriedenheit, dicht gefolgt von dem in ihr wachsenden Gedanken der seelischen Unruhe. Das unweigerliche Zurückgreifen auf ihren Erinnerungsspeicher, der ihr Bilder und Momente des Ungleichgewichts zeigte. Der ihren guten Lauf stoppen wollte.

Stille Nacht, Heilige Nacht, alles schläft, einsam wacht ..., setzte es in ihren Gedanken ein und ließ sie an ihre Freundin denken.

Sie war nicht auf der Insel.

Niemand schien sie zu kennen.

Doch sie traf sie. Immer wieder.

Wie konnte das sein? Was bedeutete das?

„Es ist so viel, was hier gerade passiert", meinte Eva. Sie war noch immer dabei ihre Gefühle Konstantin und Barbara gegenüber in Einklang zu bringen.

Und dem Brief. Er ist immer in meinem Kopf. Ununterbrochen.

In ihr war etwas in Bewegung geraten. Hart und unnachgiebig.

Was mit dem Klingeln ihres Handys unterstrichen wurde.

Etwas passiert mir immer. Das Schicksal meint es nicht gut mit mir, war ein pessimistischer, zu ihr zurückkehrender Gedanke, der sie befiel, wenn sie glaubte, vom Leben selbst einen Hieb gegen den Hinterkopf bekommen zu haben.

Sie betrachtete Erik, der auf dem Behandlungsstuhl Platz genommen hatte und nicht wusste, was er ihr auf ihre Frage antworten sollte.

„Konstantin ist mein bester Freund ..."

„Das weiß ich", sagte sie, hob das Handy und kniff die Augen zusammen. „Aber was hat Erwin damit gemeint, dass er nicht wieder denselben Fehler begehen soll?"

„Für mich war es nicht mal ein Fehler."

„Sondern?"

Sie schaute aufs Display und sah, mit einem ihr in den Magen fahrenden Schrecken, dass *er* sich bei ihr gemeldet hatte.

Boris.

Sie las den Anfang seiner Nachricht: *Ich hoffe, du hast schon ...*, konnte sie da lesen und schluckte bitter, als sie wieder zu Erik schaute.

„Es war eine schwere Entscheidung für ihn. Er musste eine Konsequenz ziehen."

„Ist er noch verheiratet, oder was?"

„Ach, Quatsch. Er war einfach, nun, zu blöd, um zu seinen Gefühlen zu stehen. Ich bitte dich, rede mit ihm darüber, wenn du dir unsicher bist, und lass mich da raus. Ich will auf keinen Fall zwischen euch stehen. Was ich möchte, ist, dass mein bester Freund glücklich wird, und du ebenso ..."

Sie nickte, schloss die Augen und fühlte sich schlecht dabei, dass sie zu Erik gegangen war. Aber als dieser bei ihr im Laden gestanden hatte und sie sich unterhalten hatten, war ein neues, ihr unbekanntes Vertrauen gewachsen.

Unsere Vergangenheit verbindet uns ...

Probleme sind dafür da, um gelöst zu werden, hallte ihr ein Satz durch den Kopf und drängte sie dazu, Dinge anzugehen.

Man kann sie lösen.

So wie die Auseinandersetzung mit ihrer Mutter.

Und jetzt lese ich diese beschissene Nachricht von meinem Ex-Mann, dachte sie, während ihre Finger zitternd über das Display wanderten und es entsperrten.

„Alles gut bei dir?", wollte Erik wissen, als Eva blass wurde, zu zittern begann und ihr ein leises, kaum Verständliches, ihren Schock deutlich unterstreichendes „Fuck", entfuhr.

***

Ihr eiliges, gehetztes, alle Unsicherheit in sich tragendes: „Pass bitte auf die beiden Mäuse auf. Ich bin spätestens morgen Mittag wieder da", hallte ihr ebenso in den Ohren wie die Frage ihrer Mutter: „Wo willst du hin?"

„Mutig sein", sagte Eva und erinnerte sich an das *TammTamm* in ihrem Kopf, an die Melodie, die Barbara gesummt hatte und daran, was ihre Freundin zu ihr gesagt hatte.

Dass das *TammTamm* in Wirklichkeit etwas ganz anderes war.

Probleme sind dafür da, um gelöst zu werden.

Etwas, das sich verwaschen anhörte und nicht das war, was es sein sollte.

Nur um dann wieder das Gefühl zu haben, dass Barbara bei ihr war, dass sie neben ihr saß oder auf andere, merkwürdige, für Eva nicht bekannte Art und Weise mit ihr verbunden war.

„Was rätst du mir? Wie soll ich mich verhalten?"

Sie hörte ihre Stimme, leise, melodisch, schwingend, geradewegs in ihr Ohr dringend.

„Was würde es ändern, wenn ich dir sage, was du tun sollst? Wärst du offen für meinen Rat? Für meine Tat? Dafür, dass ich dir helfen kann, dort mutig zu sein, wo du vorher ängstlich warst?"

„Ich bin mutig", sagte sie, um flüsternd hinterherzuschieben: „Ich will es zumindest sein."

Probleme sind dafür da, um gelöst zu werden.

Das erste Mal, seit sie sich dazu entschlossen hatte, nach Hamburg zu fahren, zurück in die Höhle des Löwen, in den Drachenhort, den Unterschlupf bösartiger

Zwerge, spürte sie ehrlich empfundene Panik in sich aufsteigen.

„Deine Maske verrutscht jeden Tag ein bisschen mehr", sagte Barbara und ließ Eva zusammenzucken. „Sie wird dir nicht mehr lange passen, mein Schatz. Dein *TammTamm* will raus."

„Woher …?"

„Wir sind alle mit uns selbst geplagt", redete Barbara weiter. „Aber wir sind die Einzigen, die es mit sich selbst aushalten müssen."

Eva schwirrte der Kopf.

Sie wusste nicht, was sie sagen sollte.

Ihre Freundin schenkte ihr ein ehrliches, aufmunterndes Lächeln.

„KlickTick, KlickTick, KlickTick …", flüsterte Barbara neben ihr. „KlickTick, KlickTick, KlickTick …", um sie dann zu fragen: „Oder ist KlickTick, KlickTick, Klick-Tick ein TammTamm, oder vielleicht doch nur ein Traum Traum Traum?"

Eva wusste nicht, was sie sagen sollte.

„Achte auf den Verkehr, nicht, dass es dir ergeht wie mir", bat Barbara sie.

„Traum?"

„Wem folgst du lieber?", fragte sie. „Worten oder Ge-fühlen?"

Eva starrte aus der Windschutzscheibe, ins Schneege-stöber hinaus. Dann verstand sie. Sie nickte. Sie setzte den Blinker, fuhr über die Autobahn in Richtung Hamburg und meinte ein leises: „Du Herzmensch" zu hören.

Und glaubte zu begreifen …

***

„Du hier? Wer hätte das gedacht!"

Boris begrüßte Eva mit einem abfälligen, aus Kälte und Hass bestehenden Lächeln, das ihr unter die Haut ging. Schon der Moment, als sie ihren Wagen auf die Einfahrt lenkte, sie den von Weintrauben bewachsenen Eingang ihres ehemaligen Hauses sah, war sie der Meinung gewesen, einen Fehler begangen zu haben.

Sie hatte einen Druck im Magen verspürt, der sie glauben ließ, hier und jetzt auf die Toilette gehen zu müssen. Nur um dann, als sie die Hand nach der Türklingel ausstreckte, zu denken, ohnmächtig zu werden.

Als sie das langweilige, ihre Nerven in der Vergangenheit zerreißende *Dingdong* der Klingel hörte, hatte sie zu zittern begonnen. Ihr Gesicht war weiß geworden, ihr Kreislauf dabei sich winkend zu verabschieden. Der schwarze Mantel vor ihren Augen war so düster, dass sie stoßweise die Luft ausstieß und sich am liebsten in das feinsäuberlich angelegte und von Unkraut befreite Rosenbeet übergeben hätte.

Nur um dann zu glauben, unter Strom zu stehen.

Die Tür öffnete sich und ein Whisky-Glas in der Hand haltender Boris stand vor ihr.

Das Gesicht starr, auf den Lippen dieses kalte, überhebliche, sie schon seit Jahren abstoßende Lächeln.

„Wir ... wir müssen reden", sagte sie stockend, holte ihr Handy hervor und hielt ihm seine eigene geschriebene Nachricht unter die Nase.

„Sollten das nicht die Anwälte tun?", fragte er kalt.

„Ich will keinen Krieg."

„Den hast du losgetreten, als du mich verlassen hast!"

Eva hatte damit gerechnet, dass es so beginnen würde. Boris war nie der Typ gewesen, der sich die Butter vom Brot nehmen ließ. Niemand, der es leiden konnte, wenn jemand eine Idee schneller, eine Handlung genauer oder eine Tat vor ihm begann.

Für ihn zählte der eigene Sieg.

Was Eva damals fasziniert hatte – das gab sie zu. Sie hatte gern mit ihm Zeit verbracht. Da war immer dieses Gefühl von Schutz gewesen.

Keine Geborgenheit, dachte sie und schluckte bitter, als sie ihrer Stimme einen ruhigen Klang geben wollte. „Ich will das Haus nicht, ebenso wenig dein Geld. Es ist mir egal. Was ich will, ist meine Ruhe."

„Die du nicht bekommen wirst", versprach Boris ihr und nahm eine lässige Position ein. „Ich werde für mein Recht kämpfen."

„Und dann? Wenn du die Mädchen eine Woche bei dir hast? Was dann? Wirst du in dieser Woche weniger arbeiten und deine Verabredungen sausen lassen? Wirst du dich ändern?"

Es kostete Eva Mühe, diese Fragen zu stellen. Es kam ihr so vor, als hätte sie einen langen Anlauf genommen in der stillen, verzweifelten Hoffnung, den sich vor ihr ausbreitenden Graben überspringen zu können.

Als sie merkte, wie sie an Geschwindigkeit gewann, sich in ihr Mut aufbaute und Zuversicht, dass sie den Sprung packen konnte, antwortete Boris ihr: „Die Mädchen werden es verstehen, wieso ich so hart arbeite und warum ich die Treffen wahrnehmen muss. Sie werden dennoch alles bei mir haben."

„Den Kindern geht es nicht um materielle Dinge!", fing Eva an zu reden.

„Sie werden sich bei mir wohlfühlen.“

„Sie fühlen sich bei mir wohl.“

„Ich habe da andere Nachrichten von Merle bekommen.“ Boris grinste, hob beschwichtigend die Hände und machte plötzlich ein sanftes Gesicht. Er sagte: „Aber lass uns nicht hier draußen streiten. Komm rein. Wichtig ist, dass wir vernünftig miteinander reden, oder?“

Misstrauen wuchs in Eva wie Unkraut.

Sie betrachtete ihren Ex-Mann verunsichert.

Ihre Gedanken begannen zu rasen, während sie in der Ferne einen Wagen mit überhöhter Geschwindigkeit durch den verkehrsberuhigten Bereich donnern zu hören glaubte. Als sie sich fragte, was der plötzliche Sinneswandel bei Boris bedeutete, bremste das Auto abrupt und mit quietschenden Reifen ab.

Obwohl sie es nicht wollte und sie alles daransetzte, sich gegen die Erinnerungen zu wehren, die auf sie einströmten, stiegen die Bilder wieder in ihr auf.

Wie er eben noch ganz sanft gewesen war, er sich ihre Vorwürfe angehört hatte, nur um dann, einem Raubtier gleich, auf sie zuzuspringen und sie mit all seiner Kraft gegen die Wand zu pressen.

Sie schluckte, als sie meinte seine Hände wieder an ihrem Hals zu spüren ... seinen schweren Atem und das Funkeln einer wilden Bestie in den Augen.

Es war das Klappen einer ins Schloss geworfenen Autotür, das sie aus ihren Gedanken zurück in die Gegenwart riss. Hierher, wo sie ihrem Ex-Mann gegenüberstand und nicht wusste, wie sie auf die sich wendende Handlung reagieren sollte.

„Ich bin ehrlich, Eva, ich will dich wiederhaben. Ich mache dir dieses Angebot aber nur einmal. Schlägst du es aus, hast du mich zum Feind."

Er sagte das in so einer emotionslosen Tonlage, mit einer Eva eine Gänsehaut bescherenden Gelassenheit, dass ihr Hals ganz trocken wurde.

„Also, kommst du rein? Reden wir?"

„Nein, Eva, tu es nicht", erklang plötzlich hinter ihr eine Stimme.

Eva drehte sich herum.

Ihre Augen weiteten sich, während Boris wissen wollte: „Wer ist denn dieser Spinner?"

***

„Konstantin!"

Eva meinte zuerst sich geirrt zu haben, als sie den Kopf drehte und über die Schulter hinweg zu der Pforte schaute. Als er aber die Hand hob, ein unsicheres Lächeln auf den Lippen, darum bemüht, seine Verkrampfung, die durch ihn hindurchtobende Nervosität unter Kontrolle zu bekommen, begriff sie, dass ihre Augen ihr keinen Streich gespielt hatten.

Es war Konstantin.

Hochaufgeschossen, seine Jacke halb geschlossen, um den Hals einen Schal geworfen, auf dem Kopf ein Cap mit einem Batman-Logo.

Als er abwehrend die Hände hob und Boris ignorierte, sagte er: „Ich will nicht, dass du gehst."

„Was soll das jetzt hier werden? Ein Jennifer Aniston Film, oder was?"

„Als deine Mutter mir gesagt hat, wo du hingefahren bist, habe ich Angst um dich bekommen", erklärte Konstantin und ignorierte den abwertenden Kommentar von Boris. „Du hast auf meinen Anruf nicht reagiert ..."

Sie starrte ihn an und konnte nicht fassen, was er hier tat.

„Da habe ich mich ins Auto geschmissen und bin hierher zu dir gekommen. Ich wollte dir nur sagen, dass ich mich ... Ja ... Ich habe mich in dich verliebt."

„Jetzt wird es ja immer schöner", erwiderte Boris und verdrehte die Augen. „Verpiss dich und verlass mein Grundstück. Haust du nicht ab, werde ich die Polizei rufen."

„Du liebst mich?"

Konstantin nickte, leckte sich über die Lippen und sagte: „Das Wissen, dass du vielleicht zu ihm zurückgehen könntest, zerreißt mir das Herz."

„Alter, ist das schlecht."

„Geh nicht zu ihm zurück", bat er sie und machte einen Schritt auf sie zu. „Ich bitte dich darum."

„Ich hatte nie vor, zu Boris zurückzukehren."

„*Was?*", fragte Boris.

„*Was?*", wollte Konstantin wissen.

„Nein", sagte Eva, straffte sich und hoffte, dass ihre sie dominierende Furcht und ihre Angst sie nicht weiter lähmte. Dass sie das klären konnte, weshalb sie hierhergekommen war. *„Probleme sind dafür da, um gelöst zu werden"*, murmelte sie, um dann ihrem Ex-Mann geradewegs in die Augen zu schauen und mit bebender Stimme zu sagen: „Du hast mich verloren, Boris." Sie packte den Vater ihrer Kinder beim Arm und bat ihn mit sanftem Druck, ins Haus zu gehen. Der, konsterniert, von der Entscheidung seiner Ex-Frau überrascht, flüsterte: „Das bedeutet Krieg für dich, Eva. Krieg ...“

***

Wenn es der Alkohol gewesen wäre oder irgendetwas anderes, was seinen Charakter veränderte, dann, und das auch nur vielleicht, hätte sie sich in die Vergangenheit zurückversetzen können. Hin zu dem Moment, als sie glaubte, sich Hals über Kopf in den hochgewachsenen, stämmigen Mann zu verlieben. In diesen süßholzraspelnden Kerl, der es meisterhaft verstand, alte Peter Maffay Songs in sein neu gekauftes Handy zu tippen und sie ihr als SMS zu schicken.

Vielleicht ...

Sie musste über die vage gehaltene Möglichkeit schmunzeln.

Es war lächerlich, auch nur in Erwägung zu ziehen, zu ihm zurückzukehren.

Sie hatte sich kurz nach der Trennung mit den Tatsachen auseinandergesetzt, ihm auf irgendeine Art und Weise eine zweite Chance zu geben. Eine klitzekleine Gelegenheit, ihr zu zeigen, dass er ernsthaft an ihr und an der Beziehung, den Kindern, interessiert gewesen war.

Boris hatte nie getrunken. Nicht im Übermaß.

Er war nie in Kontakt mit anderen, schädlichen, sein Wesen verändernden Substanzen gekommen.

Er war vollkommen nüchtern gewesen, als in seinen Augen diese unbändige Wut geschimmert hatte.

Seine Hände waren ihr an den Hals gefahren, hatten diesen für einen klitzekleinen Augenblick umschlossen, und hatten ihr vor Angst und Schrecken den Atem genommen.

Da war etwas in ihm gewesen, das Eva-Marie mit einem Schlag die Augen öffnete.

Sie hatte sich von ihm losgerissen, hatte ihn gefragt, ob er wahnsinnig sei, und hatte kummervoll, leise, für sich, die Antwort schon parat gehabt.

Ist er.

Jetzt, wo er vor ihr stand, die Hand im Nacken, auf seiner Unterlippe kauend, wirkte er für sie reumütig und klein, so als würde er bedauern, was er getan hatte.

Seine Coolness, die er zur Schau getragen hatte, war ihm abhandengekommen. Er verlor seine Schärfe.

„Ich ...“, setzte er an zu sprechen, und wollte, wie es schien, etwas sagen, ohne aber die richtigen Worte zu finden. Er kämpfte offenbar mit sich, mit seinem Gefühl, der Scham, mit allem, was ihm zusetzte.

Eben noch, als er ihr am Hauseingang begegnet war, forsch, einen Hauch der unterschwelligen, ihn immer begleitenden Aggressivität an sich, war Eva-Marie sich sicher gewesen, dass ihre Diskussion nur in eine Richtung führen konnte.

Streit.

Jetzt aber, wo er vor ihr stand, und auf der Unterlippe kaute, wirkte er seltsam klein und verloren. Sich der Tatsache bewusst, dass er gerade dabei war, zu verlieren.

Probleme sind dafür da, um gelöst zu werden, dachte sie und schob hinterher: *Wer will ich sein?*

Was sie wiederum mit einem Aufreißen ihrer Augen quittierte und einem Schütteln ihres Kopfes. Was Boris dazu brachte zu fragen: „Ist was?"

„Ja, es ist was", sagte sie und sammelte all ihren ihr zur Verfügung stehenden Mut. „Du bist der Grund, warum ich gegangen bin. Du allein."

„Ich ... ich war ... ich stand unter Druck", erklärte er und sah dabei alles andere als glücklich aus.

Eva-Marie verschränkte die Arme vor der Brust. Sie starrte ihren Ex-Mann an, betrachtete ihn und forderte Boris auf, weiterzureden.

„Na, so wie du dich verhalten und benommen hast."

„Wie habe ich mich verhalten und benommen?"

„So frech und aufmüpfig", stammelte er, als merkte er, was für einen Schwachsinn er da gerade redete.

„Für dich ist frech und aufmüpfig, wenn ich ein Fernstudium abschließen will, um mehr für mich machen zu wollen? Hörst du dir eigentlich selbst zu?"

„Du weißt, wie ich das meine."

„Nein." Sie schüttelte den Kopf. „Das weiß ich nicht. Erkläre es mir doch."

Während ihre Stimme einen frechen, provozierenden Unterton annahm, wusste Eva-Marie, dass sie Boris an seinem Ego zu kitzeln begann. Dass sie die Finger auf den vibrierenden, um Ruhe bemühten Nerv legte, der unaufhörlich in ihrem Ex-Mann unter Spannung stand.

Aber jetzt, wo sie begriff, was sie in den letzten Wochen auf Neuwerk geleistet hatte, kam es ihr so vor, als könnte sie ihre Urängste besiegen. Sie konnte sich ihren inneren Dämonen stellen und den seelischen

Schreihals, der sie nachts weckte, endlich dazu bringen, den Mund zu halten.

Und begreifen, was Barbara mir im Auto gesagt hat.

Im Auto? Als sie neben mir saß?

Ich sollte vorsichtig fahren. Damit mir nicht dasselbe passiert wie ihr ...

Sie schüttelte den Kopf, holte schnaubend Luft und verlangte von Boris: „Sag es", nachdem dieser sich geziert hatte den Mund zu öffnen. „Du konntest doch sonst auch immer so gut mit Worten. Wenn sie getippt wurden, auf jeden Fall."

Damit mir nicht dasselbe passiert wie ihr.

Boris zuckte zusammen.

Er wusste, was sie meinte, und verteidigte sich schwach, als er sagte: „Das mit Nancy war eine einmalige Sache. Eine Dummheit, dafür entschuldige ich mich."

„Abgelehnt", meinte sie. „Und deine Erklärung? Warum bist du zu Hause immer wieder ausgerastet? Warum hast du geschrien und sag mir endlich, warum bist du mir an den Hals gegangen und hast mich gegen eine Wand gedrückt?"

„Weil ..." Er setzte an, holte dann tief Luft und sagte mit einem Schulterzucken: „Ich habe von überall Druck bekommen. Die Kollegen haben angefangen, zu fragen, ob ich mir zu Hause denn alles gefallen lasse."

„Dann hast du dir gedacht, du gehst mal los und würgst deine Frau?"

Dasselbe wie mir ...

„So war das nicht."

„Hört sich für mich aber genauso an."

„Das ist so passiert. Ich meine, es lief nicht mehr zwischen uns. Du hast mir stets das Gefühl gegeben, nicht mehr gebraucht zu werden. Du hast dich von mir zurückgezogen ..."

„Weil du kein Interesse mehr an mir hattest. Alles, was ich getan habe, hast du mit einem abfälligen Schnauben abgetan. Bin ich nackt aus der Dusche auf dich zugekommen, hast du mich nicht einmal angeschaut. Ich habe dir nichts mehr gegeben und du warst genervt von mir."

„Du hast dich halt verändert."

„Ach ..."

„Ja", sagte er und suchte wieder nach den richtigen Worten. „Dein Körper und so."

Sie schüttelte den Kopf. Boris, der wusste, dass er etwas Falsches gesagt hatte, hob beschwichtigend die Hand, als er hastig hinterherschob: „Verstehe mich bitte. Ich weiß, dass ich alles, was man falsch machen konnte, falsch gemacht habe, aber versuche doch, es zu begreifen. Ich bin zur Arbeit gegangen, die Jungs haben gesehen, das, was los ist, und dann habe ich ihnen halt erzählt, was zu Hause abgeht. Dass wir uns streiten, dass wir diskutieren, dass wir unterschiedliche Vorstellungen vom Leben haben. Dann haben sie mir gesagt, dass ich strenger sein solle. So mit Hose an und sowas halt.

Als das nicht besser wurde, gaben sie mir Spitznamen. Hosenfurz, Frauenranlasser und so etwas in der Art."

„Wenn deine Kollegen gesagt hätten, dass du von einer Brücke springen sollst, hättest du es auch getan, oder wie?"

„Natürlich nicht."

„Klingt aber so."

„Eva-Marie, ich bitte dich ..."

„Die Zeiten sind vorbei, Boris."

Sie sah, wie sich etwas in seinem Blick veränderte. Wie sich um seine Mundwinkel herum ein harter, ihr nur zu gut bekannter Zug anfing auszubreiten. Da war ein plötzlicher, sie mit kalter Furcht durchziehender Schauer, der sie einen weiteren Schritt zurückmachen ließ.

Sie hob die Hand und sagte: „Wenn du jetzt die Kontrolle verlierst, weiß ich mich zu wehren."

Probleme sind dafür da, um gelöst zu werden.

„Du gibst mir keine Chance, dir zu zeigen, dass ich mich geändert habe."

„Weißt du, warum ich das nicht tue?"

„Sag es mir!", platzte es aus ihm heraus.

„Weil es hier immer nur um dich geht. Du redest davon, wie gemein ich war, wie böse, wie hässlich, wie aufmüpfig. Aber hast du einmal wirklich von mir gesprochen? Oder nur von dem Wunsch, den du hast, mich zurückzubekommen, um mich dann wieder abzuschießen?

Ist es nicht das? Willst du diese Sache nicht wieder beenden? Damit du deinen Kollegen zeigen kannst, was für ein toller Kerl zu bist?

Dass du die Zügel in der Hand hast?

Ist es nicht so?"

„So ein Schwachsinn!"

„Warum hast du dann nicht einmal das Wort *Wir* benutzt, als es darum ging, dass du es gern noch einmal versuchen wolltest? Hm? Kannst du mir darauf eine

Antwort geben? Warum redest du nicht über die Mädchen, die dir ja ach so wichtig sind? Na?“

Boris schluckte.

Er holte tief Luft, bevor er den Mund öffnete, und in sich zusammensackte, den Kopf schüttelte und sagte: „Nein. Nein, das kann ich nicht. Beim besten Willen nicht.“

Eva-Marie nickte.

Sie drehte sich der sorgsam hinter ihr geschlossenen Tür entgegen.

***

Klingeling klang es auf, als sie die Tür hinter sich schloss und hinaus ins Freie trat. Sie spürte eine Erleichterung und eine nie gekannte seelische Ruhe, die sie im gleichen Augenblick mit Müdigkeit gleichsetzte.

Es war ein Gefühl der inneren Losgelöstheit. Ein Schweben, ein wie auf Watte gehen, wie sie fand.

Als sie den Blick hob und Konstantin mit in der Tasche seiner Jacke vergrabenen Händen dastehen sah, meinte sie auf der anderen Straßenseite Barbara zu erkennen.

Auf den Lippen ein zufriedenes Lächeln, ihr ein freundschaftliches Nicken schenkend.

„Und?“, wollte Konstantin wissen, der langsam auf sie zukam, das Gesicht angespannt, in seinen dunklen Augen eine offen zur Schau getragene Sorge, die Eva dazu brachte, erschöpft zu lächeln.

„Ich habe ihm gesagt, was ich von ihm und seiner Art halte“, sagte sie matt, als sie sich in die ausgebreiteten

Arme von Konstantin fallen ließ und es genoss, so dicht bei ihm zu sein.

Werdet glücklich, meinte sie eine Stimme in ihrem Kopf zu hören. *Und nimm Ehrlichkeit als euren Kompass ...*

Eva schaute auf, atmete seinen Geruch ein, nahm seine Nähe wahr und begriff, dass er ihr das gab, was sie schon so lange vermisst hatte: Sicherheit.

Als sie auf die andere Straßenseite zu Barbara schaute, begriff sie, dass diese fort war. Verweht in dem aufkommenden Schneetreiben, davongetrieben von einem auffrischenden Wind.

Sie schlang ihre Arme um ihn, hörte erneut das weit in der Ferne aufklingende *Ho! Ho! Ho!,* und empfand es nicht als kitschig. Nicht als Fantasterei eines überhitzten, sich immer auf der Flucht befindenden Verstands.

Es kam ihr so vor, als löste sich etwas in ihr, von dem sie bisher nicht gewusst hatte, dass es fest verklemmt gewesen war.

Mit dem *Klingeling* kam auch der Geruch von frisch vom Blech auf einen Teller gelegten Keksen, zurück. Von kalter Milch und dem Duft von gerade geknackten Nüssen.

Ruhe breitete sich in ihr aus.

Zufriedenheit.

In dem Moment, als Konstantin sich von ihr löste und ihr ein Küsschen auf die Stirn gab, hörte Eva es leise rascheln. Ohne Scheu und Beklemmung begriff sie, dass es Papier war, das zerknüllt wurde.

Sie schaute an sich herab und sah aus ihrer Hosentasche die Spitze eines Briefs ragen ...

Winterliebe und Weihnachtspost

„Habt ihr alles geklärt bekommen?"

Doris, die im Türrahmen zum Wohnzimmer stand, ein Geschirrtuch in der Hand, ein gütiges Lächeln auf den Lippen, schaute zu der auf der Couch sitzenden Eva. Die, den Brief vor sich, blickte auf, las die ihr wohlbekannten Worte wieder und wieder.

Probleme sind dafür da, um gelöst zu werden.

„Boris hat mir seit drei Tagen nicht mehr geschrieben. Bei meinem Anwalt ist bisher auch noch nichts eingegangen."

„Das meine ich nicht."

Eva seufzte, bevor sie sagte: „Das dachte ich mir schon."

„Ich glaube, er mag dich wirklich."

Sie nickte.

„Und du?"

Sie zuckte mit den Schultern.

Obwohl sie es niedlich gefunden hatte, dass sie sich in seiner Nähe wohl und geborgen fühlte, waren da noch immer Erwins Worte, die in Eva nachebbten.

Sein Verhalten auf der Rückfahrt, dachte sie und wünschte sich den innigen Moment der Zufriedenheit zurück, als sie mit Konstantin in Hamburg auf der Straße gestanden hatte.

Erwins Worte brandeten wieder in ihr auf.

Diese führten dazu, dass sie sich unsicher war und nicht wollte, dass sie sich in etwas verrannte, das am Ende zum Scheitern verurteilt war.

„Weihnachten ist Liebe", sagte ihre Mutter, die den Kopf schief legte und ihre Tochter betrachtete.

„Ja, das ist es."

„Warum willst du sie dann nicht?"

„Die Geborgenheit?"

„Die Liebe!"

Eva faltete den Brief zusammen, seufzte und presste die Lippen aufeinander.

Sie musste ununterbrochen an die Fahrt nach Hamburg denken. Daran, wie sie gemeint hatte, dass Barbara neben ihr saß, mit ihr redete und ihr erklärte, dass sie einen Traum hatte. Wie sie da auf der anderen Straßenseite in ihrem Rollstuhl saß, ihr zuwinkte und zunickte. Ihr das Gefühl gab, auf dem richtigen Weg zu sein.

„Ist das Essen bald fertig?", fragte Eva, wich der Frage aus und lächelte verloren, da sie wieder an das Gespräch denken musste, das sie mit Konstantin geführt hatte, nachdem sie den Weg hinüber auf die Insel hinter sich gebracht hatte und er ihrer Frage ausgewichen war, was Erwin mit diesem Fehler gemeint hatte. Warum Erik ihr nichts erklären wollte und wieso Konstantin nicht mit ihr darüber redete.

„Weil es mir unangenehm ist", hatte er nur gesagt.

„Was hast du denn getan?"

„Manchmal sollte man schweigen", war seine Antwort gewesen und hatte Eva damit auf eine blöde Art von sich gestoßen, die sie verletzt hatte. Die Innigkeit war ihr abhandengekommen.

Sie war von ihm abgerückt, hatte ihn betrachtet und wissen wollen: „Willst du so eine Beziehung beginnen?“

„Ich will einen Neuanfang!“

„Indem du mir etwas verschweigst?“

„Indem ich hoffe, niemals wieder das zu tun, was ich einmal getan habe!“

Eva hatte nicht weiter nachgefragt.

Bis heute.

Drei Tage war das nun her.

Was sie verrückt machte. Wahnsinnig. Obwohl sie sich ab und zu schrieben und sich bei der letzten Chorsitzung getroffen hatten, kam es ihr so vor, als wäre eine Mauer zwischen ihnen entstanden. Das von ihr gefühlte Hoch, als sie Boris die Stirn geboten hatte und sich sicher gewesen war, alles geregelt zu bekommen, hatte sich aufgelöst.

Selbst das aus der Bluetooth-Box dringende: *Last Christmas* von Wham heiterte sie nicht auf. Was selten war. Bei aller Kritik vieler Menschen und der offen zur Schau getragenen Abneigung dem Lied gegenüber, hatte sie sich in den Textzeilen immer wie zu Hause gefühlt. Es berührte etwas in ihr, das sie mit einem warmen Gefühl von Geborgenheit erfüllte.

Auch der aus der Küche strömende Geruch ließ sie keine weihnachtliche Stimmung bekommen.

Dabei wusste sie, dass ihre Mutter gerade Schweinemedaillons briet, deren Sud in eine Knoblauch-Tomatensoße rührte und die Prinzessbohnen zartweich kochte sowie die Kartoffeln mit den Möhren zusammenstampfte.

Eines ihrer Lieblingsessen.

„Ich weiß, dass du nicht scharf auf meine Ratschläge bist“, riss Doris ihre Tochter aus ihren Gedanken. „Aber der hier muss sein.“

Eva schaute wartend zu ihrer Mutter.

„Einsamkeit ist nie ein guter Ratgeber“, sagte sie, kam auf ihre Tochter zu, setzte sich neben sie und nahm ihre Hand auf eine längst vergessene Art und Weise. Eva blickte zu ihrer Mama, betrachtete sie und fühlte sich an früher erinnert. An Tage und Momente, in denen sie sich ganz nahe gewesen waren. Als sie zusammen auf der Couch gesessen, im Garten gespielt oder ihre Zeit gemeinsam in der Küche verbracht hatten.

Als zwischen ihnen noch eine tiefe, fest verwurzelte Innigkeit geherrscht hatte.

Als ich geborgen war, dachte sie, griff nach der Hand ihrer Mutter und drückte sie.

„Ich habe dich lieb, Mama.“

***

„Die Band ist gut“, meinte Barbara, die neben Eva auftauchte, als wäre sie schon immer da gewesen. „Die machen gute Stimmung. Aufgeregt?“

Eva schaute sie an, betrachtete sie und wollte wissen: „Wo kommst du denn her?“

Barbara sagte nichts.

„Ich mache mir gleich in die Hose“, gestand Eva, die ihrer Freundin zulächelte. „Worauf habe ich mich da nur eingelassen?“

„Auf einen Auftritt mit dem Neuwerker Weihnachtschor.“

„Bin ich denn vollkommen verrückt geworden?“

Barbara lächelte und sagte: „Nein. Du kommst an.“

„Das meine ich nicht. Ich habe von dir gesprochen.“

„Ich bin da, wenn jemand meine Hilfe braucht“, entgegnete ihre Freundin und sang: *„Traum Traum Traum.“*

Eva schluckte. In ihren Augen sammelten sich Tränen, als sie fragte: „Was ist beim Autofahren passiert?“

Barbara schaute an Eva vorbei, zu der gut besuchten Bühne, vor der die Menschen standen, zur Musik tanzten, lachten und dampfenden Glühwein tranken.

„Was ist passiert?“

„Dass ich zu dir kommen kann“, sagte Barbara, „um dir den Mut zu geben, den ich dir damals beim Spiel genommen habe. Ich will dir eine gute Freundin sein.“

„Das bist du.“

„Dann komm an. Hier. Werde glücklich!“

„Danke. Bist du es?“

Barbara nahm ihre Hand, streichelte sie und erwiderte: „Mir geht gut. Sehr gut.“

„Dann …“

„Es ging alles so schnell“, sagte Barbara, noch immer die Hand von Eva haltend. „Aber jetzt bin ich bei dir, solange du mich brauchst.“

„Und wenn ich dich nicht mehr …“

„Dann fahre ich …“

***

„Für euch jetzt einen Klassiker: Heidschi-Bumbeidschi“, rief die Sängerin und begann gleich daraufhin, die erste Textzeile zu singen, und traf Eva damit mitten ins Herz ... ließ sie wieder einen Schritt in die Vergangenheit machen, hinein in ihre Kindheit, hin zu jenen Momenten, wo sie die Glocke gehört hatte, die ihr signalisierte, dass der große Augenblick gekommen war. Dass sie in die Wohnstube treten und sich den unter dem Tannenbaum liegenden Geschenken widmen konnte.

Während Eva diese Erinnerungen durch den Kopf gingen, berührte Erwin sie an der Schulter und fragte: „Führst du Selbstgespräche?“

„Nein, mit meiner ...“, sie schaute zur Seite und sah, dass der Platz, an dem Barbara gestanden hatte, frei war.

„Ich brauche dich noch“, murmelte sie, schluckte und führte ihren begonnenen Satz zu Ende. „... Freundin“, flüsterte sie. „Meiner besten Freundin“, um dann zu fragen, ein Glücksgefühl in sich: „Müssen wir auf die Bühne?“

„Dazu haben wir uns doch entschlossen.“

„Ich war dagegen.“

„Als Einzige. Das wird ein Spaß“, sagte Erwin, der ihr freundschaftlich gegen den Oberarm knuffte. „Das haben Konstantin und du toll hinbekommen. Sieh nur, wie die Menschen sich freuen.“

Eva nickte.

„Ja, das ist schön anzusehen.“

„Konstantin und du?“, fragte er mit vorsichtig klingender Stimme.

„Wir werden zusammen auftreten, natürlich“, sagte sie mit einem um Frieden bemühten Lächeln.

„Ihr werdet euren Weg finden", meinte Erwin, der sein Textblatt in der Hand hielt, es faltete und zwischen den Fingern hin und her drehte. „Da bin ich mir sicher."

„Ich mir auch."

„Wir sind wie eine ..."

„... Familie", beendete sie seinen Satz. „Ich weiß."

„Vergiss das bitte nicht."

Sie schüttelte den Kopf und entgegnete: „Niemals." Sie war erleichtert, als sie erneut das leise *Klingeling* in weiter Ferne hörte.

***

Eva fühlte sich beschwingt. Sie hatte nie im Leben damit gerechnet, dass ihr ein Auftritt auf der Bühne so einen Spaß machen könnte. Dass sie all ihre Befürchtungen, all ihre Hemmungen von jetzt auf gleich ablegen konnte.

Sie war noch nie der Mensch gewesen, der sich in den Mittelpunkt stellte, der sich daran berauschte, wenn sie etwas vortrug oder interpretierte.

Als sie auf die Bühne trat und in die erwartungsvollen Gesichter der Menschen schaute, in der ersten Reihe Karla und Merle sah, in ihrer Mitte ihre Mutter, merkte sie das bleierne, sie wie auf den Boden nagelnde Gefühl der Angst Risse bekommen.

Um dann geschüttelt zu werden, als sie Barbara am Rand des klein angelegten Festplatzes sitzen sah. Die Hand zum Gruß erhoben, auf dem Gesicht ein anerkennendes, ihre Fröhlichkeit unterstreichendes Lächeln.

Was ihr die Beklemmung nahm, war der Moment, als Konstantin neben sie trat.

„Ich habe den Text vergessen“, murmelte sie, schaute auf ihre leeren Hände und meinte, die Mauer aus Befürchtungen, Furcht und anderen emotionalen Chaosfahrten würde sie wie einen D-Zug überrollen.

Nur um dann zu merken, dass Konstantin alles dabei hatte.

Notenblätter, markierte Liedertexte und ein nur für sie bestimmtes Lächeln, das sie wohlwollend, mit einem Kribbeln im Magen zur Kenntnis nahm.

„Ich glaube, wir sollten uns noch einmal unterhalten“, sagte er und straffte sich, als Erwin ins Mikrofon rief: „Ihr Lieben, ihr Gäste, ihr Neuwerker, vielen lieben Dank, dass ihr dabei seid, unseren kleinen Weihnachtsmarkt mit so viel Leben zu erfüllen.

Aus Dank dafür, dass ihr alle so zahlreich erschienen seid, möchten wir einige Weihnachtslieder mit euch allen zum Besten geben.

Jeder von euch kennt die Texte, vermute ich. Wir geben den Takt vor und ihr alle singt mit. Ja? Höre ich ein Ja?“

Aus dem Publikum kamen zögerliche Antworten. Einige riefen: „Ja“, andere machten sich einen Spaß daraus und antworteten: „Muss das sein?“, während jemand meinte: „Meine Stimme passt doch nicht.“

„Wir können alle nicht singen“, rief Erwin und übersteuerte das Mikrofon, das krachend und metallisch scheppernd durch die Boxen eine Rückkoppelung übers Publikum trug.

„Entschuldigt bitte!“

„Nur, weil du es bist“, antwortete ein dickbäuchiger Mann, der eine mit Senf bestrichene Krakauer in den Händen hielt.

„Zu freundlich."

„So bin ich zu dir."

„Also, unser erstes Lied ist für alle die, die gerade auf der Wolke der Liebe unterwegs sind und die fühlen, dass es in ihren Herzen brennt."

Damit setzte die Musik ein, leise und zaghaft, noch etwas zurückhaltend, so, als würden die Musiker sich nicht trauen, das zu tun, wozu sie auf die Bühne geholt worden waren.

Eva lächelte, als sie die Klänge von *Last Christmas* hörte. Noch wärmer wurde ihr ums Herz, als Konstantin zu ihr herüberschaute, ein Lächeln im Mundwinkel trug und ihr zeigte, dass ihm das Lied ebenso naheging wie ihr.

Eva fühlte sich plötzlich wie davongetragen und wünschte sich, dass ihr Gefühl, die Irritation, die Befürchtung, wieder enttäuscht zu werden, endlich von ihr abgeschüttelt wurde.

Was sie ernsthaft meinte, als Konstantin sich so dicht neben sie stellte, ihre Hand berührte und sang: „Give me your heart ..."

***

Heinz Nietschke hat mal gesagt: *Wenn du Zweifel hegst, bevor du mit einer Sache beginnst, siegt immer die Bequemlichkeit*, und bei Eva traf er damit den Nagel auf den Kopf.

Während sie vor dem Tannenbaum stand und ihn anschaute, sich in einer der rot schimmernden Kugeln spiegelte, merkte sie, dass sie es war, die sich von ihren Zweifeln tragen ließ.

Von einzelnen, kleinen, aus Unbedachtheit ausgesprochenen Wörtern hatte sie sich aus der Ruhe bringen lassen. Hatte sich den Kopf darüber zerbrochen und gemeint, ihr eigenes Tempo vorgeben zu müssen, während Konstantin gar nicht mit ihr Schritt halten konnte.

Sie hörte die sanften Klänge von *Stille Nacht, Heilige Nacht*, hielt in ihrer Bewegung inne, um einen Weihnachtsmann an die frisch geschlagene und von ihren Töchtern unter einem großen „Hallo" ins Wohnzimmer getragene Tanne zu hängen.

Sie hatte das letzte *Klingeling* nicht vergessen, hatte es mit einem inneren Gefühl der Freude wahrgenommen und sich gewünscht, dass der Brief, wie sonst, direkt zu ihr kam. Dass er ihr im wahrsten Sinne des Wortes vor die Füße fiel.

Aber als sie den Geruch von Orangen in der Nase hatte, sie meinte, das Schnauben eines Rentiers zu hören, war nichts da gewesen.

Weder in ihrer Tasche, im Postsack, noch in einer ihrer Schubladen.

„Suchst du das hier?", hörte sie plötzlich Barbara hinter sich sagen, die mit ihrem Rollstuhl lautlos zu ihr gefahren war.

„Hast du mich erschreckt!", entfuhr es Eva, die auf der Stelle herumwirbelte und einen verwirrten Blick zur Küche warf. In der sie hörte, wie Karla mit ihrer Oma zusammen sang, während Merle etwas von sich gab, das klang wie: „Ihr singt so schief. Das klingt voll schrecklich."

„Ich wollte dir nur das hier geben", meinte Barbara, einen Brief auf ihren Knien.

„Du", sagte sie und sah, dass ihre Freundin auf sie zukam, von diesem weichen Kerzenschein umgeben, einen Geruch nach Schnee und Zimt mit sich tragend, sodass Eva meinte, sich wieder in ihrer Kindheit zu befinden. In jenen Tagen, als alles so viel einfacher und überschaubarer gewesen war.

Als sie zusammensaßen, am See redeten, telefonierten und merkten, dass ihre Welt aus den Fugen zu geraten begann.

„Der hier ist für dich", sagte Barbara, die den Brief in die Hand nahm und ihn Eva reichte. „Ich hoffe, dass er das bewirkt, wofür er da ist."

Eva machte einen verwirrten Schritt nach vorne. Sie kniff die Augen zusammen und versuchte, zu verstehen, was hier passierte und fragte ihre Freundin schließlich: „Warum die Briefe?"

„Sie sind gelebtes Leben", erklärte Barbara.

Eva schaute sie an.

„Manchmal sind Briefe dafür da, um Zweifel zu nehmen und Hoffnungen zu gebären. Lies ihn und ziehe deine richtigen Schlüsse, Süße. Ich glaube, du hast dir dein Glück lange genug selbst vorenthalten."

Eva nahm den Brief vorsichtig und zitternd in die Hand.

Barbara nickte ihr zu und forderte sie auf, den Umschlag zu öffnen.

Eva tat es und als sie das Stück Papier mit spitzen Fingern hervorholte, sah sie, wie Konfetti, glitzernd und bunt, im Kerzenschein funkelnd, drehend und flatternd, auf den Boden rieselte.

Ihr stieg ein Duft in die Nase, als habe sie in den ersten Dominostein der Weihnachtszeit gebissen. Sie fühlte, wie der Geschmack von Gelee auf ihre Zunge kam, zarte Vollmilchschokolade und sie dann den Lebkuchen schmeckte.

Als sie den Brief auseinanderfaltete, meinte sie, dass sich das Licht der Kerzen fächerartig ausbreitete und die Schatten des aufkommenden Abends vertrieben.

Eva las und schluckte schwer.

Dann schaute sie auf, nur um zu sehen, dass Barbara verschwunden war.

***

„Alles gut bei dir, mein Schatz?", wollte Doris wissen, als sie ins Wohnzimmer trat, ein Tablett mit Keksen gefüllt, sorgsam mit Zuckerguss und Zuckerperlen dekoriert.

„Ja", sagte sie, den Brief in der Hand. Die einzelnen Buchstaben tanzend und verschwimmend vor den Augen, den Blick hinaus aus dem Fenster gerichtet, hin zum Steg, wo der Schnee angefangen hatte zu fallen.

„Du siehst ..."

„Alles gut", sagte sie hastig und rief sich den zentralen Satz des eben gelesenen, kurz gehaltenen Briefs in Erinnerung.

Manchmal liegt das Glück in der Ferne, auf dem Rücken der See ...

Sie schaute am Tannenbaum vorbei, hinaus in die Dunkelheit. Dorthin, wo sie meinte, die Kontur eines einsam dastehenden Mannes zu erkennen, der die Hände tief in den Taschen vergraben hatte, die Schultern gesenkt, sich gegen die Kälte stemmend.

„Wo willst du hin?"

„Raus“, sagte sie und sah sich in einer roten, von einem nicht bemerkten Lufthauch in Bewegung gesetzten Christkugel. „Ich muss mein Glück finden.“

Doris schaute sie verwundert an.

„Ich will mich darauf einlassen!“

„Worauf?“

„Auf mein Leben und was es für mich bereithält, Mama. Ich will wieder glücklich sein.“

Mit diesen Worten reichte sie ihrer Mutter den Brief, lächelte sie an und sagte: „Auch mit dir. Ich will, dass wir alle zusammen glücklich sind.“

„Das will ich auch.“

„Lies den Brief“, meinte sie. „Er hat mir so viel gegeben. Er hat mir gezeigt, was ich bin und was ich will.“

„Ich weiß, was ich will ... die Kinder“, sagte Doris, die einen Schritt auf Eva zuging, sich vorbeugte und ihr etwas gab, was sie schon seit Jahren nicht mehr von ihrer Mutter bekommen hatte.

Weich und zart, von einer intensiven Gefühlsregung begleitet, die Eva das Herz bis zum Hals schlagen ließ.

Während die Lippen ihrer Mama sie an der Wange berührten, sie ihren Geruch wahrnahm, ihre Nähe und die Wärme, hatte sie das Gefühl, als würde eine Last von ihr abfallen. Als wären all diese Schwingungen, all diese Gefühle nichts weiter als Einbildung gewesen. Eingeschlossen in einer verblassenden Erinnerung, deren Kraft daraus bestanden hatte, dass sie sich diese immer wieder ins Gedächtnis zurückrief.

Eva bekam einen Kuss und hörte, wie ihre Mutter ihren eben angefangenen Satz beendete, indem sie sagte: „Ich habe dich ...“

***

Der Wind war eisig.

Er pfiff und klang nirgendwo so schön wie hier auf Neuwerk. Er hatte den Laut einer leisen, zart an die Lippen gesetzten Flöte und brachte ein Summen mit sich, das Eva einzuhüllen schien. Das sie, einer Filmmusik gleich, auf den Höhepunkt der Handlung zutrieb. Das sie anhielt, das einmal ins Auge gefasste Ziel nicht mehr zu verlieren.

Während ihr der Brief durch den Kopf ging, wusste sie, dass sie den Mut finden musste, um den Weg gehen zu können, den sie immer hatte gehen wollen.

Probleme sind dafür da, um gelöst zu werden.

Wer willst du sein?

Dass sie sich von Unwegsamkeiten nicht aus der Bahn werfen lassen brauchte.

Warum auch?

Sie bestimmte, ob sie glücklich war oder nicht.

Während sie auf den im Schneegestöber dastehenden Konstantin zulief und ihm zuwinkte, rief sie: „Warte bitte." Sie spürte, dass sie das Richtige tat. Dass sie getrieben wurde, getragen von unsichtbaren Schwingen, von denen sie niemals gedacht hätte, dass es sie wirklich geben könnte.

Sie ging auf Konstantin zu, der am Steg stand, die Hände in seinen Jackentaschen vergraben, den Wind in seinen Haaren und nichts als die weite See zu sehen schien. Er reagierte erst auf sie, als sie dicht neben ihm zum Stehen kam, ihn sanft am Arm berührte und ihm ein: „Na du", als Begrüßung schenkte.

Er wandte den Kopf, betrachtete sie und erwiderte seinerseits: „Na du!"

„Ich glaube, wir sollten endlich miteinander reden, was meinst du?"

Sein Gesicht verschloss sich, aber er nickte. Dann schüttelte er den Kopf.

„Es war deine Idee. Auf der Bühne", erinnerte Eva ihn.

Er hob die Hand, bat sie aber nicht, weiterzureden, was sie erleichterte. Denn der Gedanke, der ihr gekommen war, als sie sein Gesicht betrachtete und den auf sich gerichteten Blick bemerkte, nicht wusste, wie sie diesen nicht anders als Ablehnung deuten konnte, war schlecht gewesen. Er hatte ihr Angst gemacht. Hatte sie angesprungen, sie geschüttelt und angeschrien, dass er sie nicht mehr wollte. Dass er das, was in der Vergangenheit geschehen war, noch nicht verarbeitet hatte und dadurch seinen Weg durch die Einsamkeit fortsetzen wollte.

„Unbedingt!"

Er griff in seine Jackentasche, holte sein Handy hervor und entriegelte es mit einem kurzen Wischen über das kalte Display, nachdem er es zuvor angehaucht hatte.

„Ich muss dir etwas zeigen. Den Fehler, den ich begangen habe."

Sie schluckte.

Eva hatte Respekt davor, auf das Handy eines anderen zu schauen.

Es kam ihr so vor, als würde sie in den innigsten, privatesten Lebensabschnitt eines Menschen eindringen.

„Hier", sagte er und reichte ihr das Handy. „Das ist der letzte Chatverlauf mit meiner damaligen Freundin. Der Fehler, wie Erwin und Erik gesagt haben."

„Weil ... weil sie dir so gutgetan hat?"

Er schüttelte den Kopf. „Wir dachten alle, sie sei perfekt."

Eva zog die Hand wieder zurück und wollte nicht mehr auf das Handy schauen, wollte nicht mehr lesen, was diese Frau Konstantin einst geschrieben hatte. Dieser schien bemerkt zu haben, was gerade in Eva vor sich ging und schob deshalb schnell hinterher: „Ich habe gemerkt, dass sie es nicht ist. Was ich jetzt begreife."

„Warum habt ihr euch getrennt?", wollte Eva mit stockender Stimme wissen.

„Weil wir unterschiedliche Wege gegangen sind. Wir nicht miteinander gesprochen haben. Wir haben uns angeschwiegen und uns gegenseitig gegen eine Wand laufen lassen."

Er stellte sich Eva gegenüber, betrachtete sie und sagte: „So, wie ich es wieder getan habe, bei dir."

Sie hob den Blick, nahm ihn vom Display, auf dem sie nur gelesen hatte, wie Konstantin und seine damalige Freundin geschrieben hatten, dass es wohl besser sei, wenn sie sich nicht wiedersehen würden.

„Ich habe wieder vergessen, zu reden und zu sagen, was ich will. Warum ich der sein möchte, der ich bin und dass ich finde, dass wir unseren Weg gemeinsam gehen sollten. Aber ohne zu wissen, ob du diesen Weg überhaupt gehen willst."

„Darum Fehler."

„Deshalb, genau. Ich vergesse, zu sagen, was ich will und nehme an, dass man in mir lesen kann. Dabei", er tippte sich gegen die Stirn, „habe ich immer ein Brett vor dem Kopf. Und dadurch kann keiner schauen."

„Als ich dich auf dem Heimweg gefragt habe …"

Er nickte und sagte: „… habe ich es mit der Angst zu tun bekommen. Ich hatte dir meine Liebe gestanden, hatte dir gesagt, was ich für dich empfinde und gehofft, die Vergangenheit wäre damit passé. Dass ich sie nie wieder betrachten müsse."

„Ich will mit dir zusammen sein", erwiderte sie. „Bei dir fühle ich mich so leicht. Ich tue Dinge, die ich sonst nie getan hätte. Ich meine, hey, wir haben auf der Bühne gestanden und gesungen. Ich bin in einem Gremium fürs Weihnachtsfest. Ich habe meinem Ex-Mann die Stirn geboten. Ich bin …", sie hielt kurz inne, lächelte, „das erste Mal zu Hause."

Konstantin machte einen weiteren Schritt auf sie zu. Er betrachtete sie, gab ihr einen ehrlichen Kuss und sagte: „Sie hat mir geschrieben, dass sie meinen Weg in die Einsamkeit nicht mitgehen könne. Dass sie das Leben braucht. Kein Meer."

„Und du …?"

„Ich habe geschwiegen. Aber das will ich niemals wieder tun. Nie mehr."

Sie stellte sich auf die Zehenspitzen, umarmte ihn, gab Konstantin einen Kuss und fühlte, dass es richtig war …

Sie murmelte leise: „Jetzt darfst du gehen."

In der Ferne machte es *Klingeling.*

***

Rusch, Rusch, Rusch. Eva schlug den Handrührer durch die pinkfarbene Rührschüssel und lächelte versonnen, als sie zu ihrer neben ihr stehenden, den Zuckerguss ansetzenden Mama sagte: „Ganz sanft. Nicht zu schnell."

Doris schmunzelte, machte einen Schritt zur Seite und sagte: „Ich glaube, du musst mal den Finger in den Teig stecken und probieren."

„Werde ich auch nicht geschlagen?", wollte Konstantin erheitert wissen.

„Nein", flüsterte Eva und spürte das Gefühl von Glückseligkeit durch ihr Herz schweben. Das erste Mal, seit mehreren Wochen fühlte sie sich gelöst und frei. Da waren keinen Gedanken mehr, die ihr zusetzten. Keine Ängste, die sie lähmten. Nur das innere Wissen, dass sie ihr eigenes Glück schmieden konnte. „Ich habe das früher auch immer bei Oma gemacht."

„Und dann hat sie das getan", sagte Doris und tunkte Eva einen Klecks nach Zitrone schmeckenden Zuckerguss auf die Nasenspitze.

Eva schloss die Augen.

Rusch, rusch, rusch.

So war es damals immer gewesen.

Sie hatten zu dritt in der Küche gestanden. Hatten geredet und Musik gehört. Hatten sich an der Gegenwart des anderen erfreut.

„Er schmeckt super", sagte Konstantin und riss sie aus ihren Gedanken. „Vielleicht noch ein Hauch mehr ..."

„... Schokolade", beendete Eva seinen Satz, den Klecks Zuckerguss noch immer auf der Nase.

„Dann wird er perfekt."

Was er war.

Er schmeckte wie früher.

So, wie er Weihnachten zu dem machte, was Eva immer geliebt hatte ... Menschen um sich zu haben, die sie liebte ...

Sie dachte: *Manchmal sind es Momente, die das Essen perfekt machen ...*

***

Barbara fuhr durch einen die Räder ihres Rollstuhls umgebenden Nebel, fort vom Steg. Weg von Eva und Konstantin. Sie sah, wie sich aus Schneeflocken, getrieben vom Wind und wenig gefrorenem Eis erst ein länglicher, im Sternenlicht glänzender Pfeiler formte. Licht verfing sich in dem weißlichen Schimmer, während es sich, um sich selbst zu drehen begann. Der wirbelnde Schnee schuf einen lang gezogenen, blauen Gegenstand, der nach wenigen weiteren Drehungen, einen durch Sternenglitzer umrahmten, Briefkasten bildete.

Sie glitt auf diesen zu, hielt mehrere einfach gehaltene, sorgsam mit Kinderschrift versehene Briefumschläge in der Hand und murmelte, als sie die Klappe des Briefkastens in einer weichen, fließenden Handbewegung öffnete: „Fröhliche Weihnachten dem, der sie liest und der seinen Weg neu gehen will. Fröhliche Weihnachten für alle, die ihr da draußen seid und auf das Glück wartet, das euch allen zusteht."